U0079240

追劇、韓綜、網民都在用的
超融入
韓國語

門化光

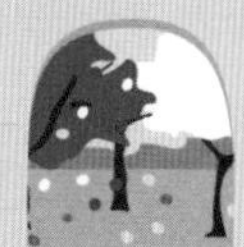

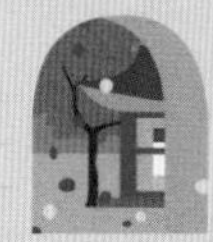

推薦序 ①

韓文是我個人學習的第三個外語，但不一樣的是我必須在韓國生存，這個外語能力不是只有到能溝通，它需要更好，所以我花了很多時間念韓文。但有一塊總是不好接觸，就是口頭用語、年輕人用語、網路用語、縮寫和流行語這個區塊。這個區塊不但翻譯成中文很難，它的使用時機和使用語法，常常牽涉到文化面的東西，對外國人來說，市面上少有正當教材學習，但這偏偏卻是最好吸收的一塊。所以當初知道作者要寫這樣的一本書，我比她本人還興奮。朋友之間，聊天總是有「你很北七」、「靠北邊走」、「住海邊啊？」這些話，這種我們看似日常的對話，對外國人來說是難以接觸而且也不好理解的。若今天翻成韓文，大家是不是也是很想要學呢？雖然要對外國朋友講你很北七也不容易，哈哈。

作者的妹妹跟我是國小同學，本來跟作者沒有實際交情，直到我們同時期要待在韓國。由於異地總是容易對原生環境的朋友感到特別親切，我們倆因此變得常常聯絡，沒有想到作者從此變成我人生非常重要的朋友之一。作者回到台灣以後繼續攻讀韓文碩士班。她一直都是個讀書人，就連看韓綜或是研究偶像新聞，都可以把底下留言的很多網路詞彙搞到懂。我自己多次有看不懂的網路用語、年輕人用語都會去問她，她真的是撰寫這本書的最佳人選了。如果有不懂的韓文，她一定挖到懂，也很喜歡研究韓國用語如何換成中文，而且我們也常常聊到，我們在情緒上表達上與韓國人有何不同。希望對韓文有興趣的大家，可以透過本書有趣、非常現實的對話，一起學到日常用語唷。

台灣妞韓國媳

推薦序 ②

第一次見到禎妮是台灣妞介紹的，頂著一個隨意的包包頭，向我笑笑地打了招呼。妞說禎妮來韓國旅遊，這段時間暫住她家。幾天後，我跟妞出門工作，禎妮前來與我們會合，一見面就很興奮地說她剛剛去逛書店，買到一本很有趣的書。那是一本厚厚的韓文書，對我而言根本是天書。我自認算愛看書的人，但韓文書真的一本也看不下去。看著眼前的禎妮眉飛色舞地說著自己買的新書，眼光閃爍地跟我們強調「這本書真的很有趣！！裡面有各種韓國現下的網路用語，還有年輕人常用的組合字等等～」我心裡就想，「這女孩真的對韓文有無限熱忱啊。」這是我對禎妮的第一印象（笑）。

就這樣，今年便聽到消息，說禎妮要出一本韓語教材。當下我就覺得這本書一定很有趣，絕對會跳脫我們對於語言教學書的刻板印象。果然收到出版社的書籍內容之後，再次驗證了我的想法。翻開第一單元「깡패：流氓」。我笑了，到底有哪本教學書會教這個單字啊！？往下看會話內容，真的好生活化。再繼續往下翻，天啊，每個單字都太有趣了吧！每次在查韓國網民的資料時，我常想說這些單字到底上哪查？最後只能問小眼哥。就像外國人學中文的教材裡，應該也不會有教材挑選的單字是「老天鵝！」、「森77」吧？但學習這些真的是融入當地語言最快的方式了！

這本書除了網路用語、日常用語之外，使用時機以及單字背景都有詳細的解說，非常推薦給不管是剛學完韓文字母、韓文進階學習者又或是單純想了解韓國流行文化的讀者！

喜娜與小眼睛喔爸在韓國

推薦序 ❸

稱本書為增進韓文功力的葵花寶典真的不浮誇！如果您是剛踏入學習韓文的初心者，本書並不適合您，快點放回去！如果您已經有韓文基本程度，本書絕對會是您增進功力的葵花寶典！

韓流喵雖然在韓國住了快11年，但對許多韓語流行語仍不太熟悉，看韓劇或韓綜常感到不知所云；又或者有些流行語雖然會使用，卻不清楚其中的真正含意與典故。相信很多正在學韓語的朋友們也有同感吧！本書正是為了教大家坊間韓文學習書上都學不到，語學堂老師也不會告訴您的實用韓文。

作者本身精研韓文，又旅居韓國3年，對於時下韓國年輕人的流行文化算是了解得很透徹。本書精選的詞彙與例句可說是精闢、實用又犀利。此外，書中還貼心解說這些流行語的背景由來、使用場合以及與其相關的韓國文化。在學習韓文的同時能更了解這個國家，讓學習者以後不只能聽得懂大家在說什麼，更重要的是知道自己在說什麼！

在看完本書寫這篇推薦序的同時，韓流喵已從書上學到許多本來不會表達的流行語，瞬間覺得韓文功力又增進許多！如果你想看懂喜歡的偶像們SNS上到底在說什麼、想知道最近韓國年輕人都怎麼說話、想學習用什麼詞彙表達最潮、想了解電視裡大家都在說說笑笑些什麼，《追劇、韓綜、網民都在用的超融入韓國語》將會是你書架上最實用的一本韓語工具書！

韓國首爾地陪韓流喵

目錄

單字篇

全書音檔下載

韓版大仁哥

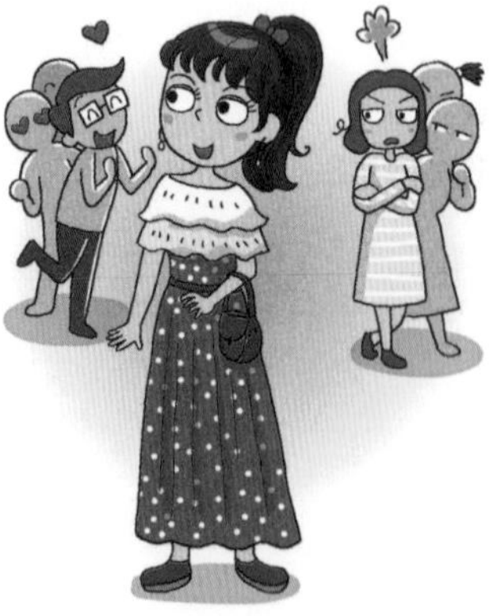

慣用語篇

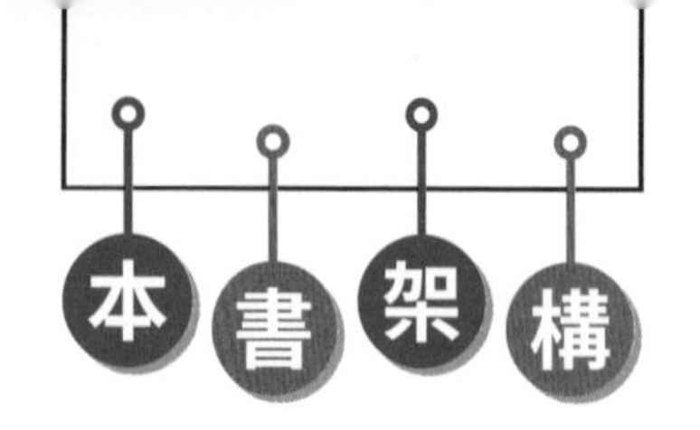

Step 1 學習新單字 / 慣用語

本書收錄的單字、慣用語經過作者嚴格篩選，既跟得上時代潮流，又不會太過流行，不用擔心學了沒多久，這些字就被淘汰掉用不上了。

Step 2 基本會話

書中編寫的基本會話絕對 100% 生活化，搭配情境插圖，將大家私下說話的樣子，靈活呈現在紙本上。

Step 3 單字解說

這個部分會介紹主題單字 / 慣用語的相關知識，告訴大家這個字 / 慣用語是怎麼來的。讓大家學習新單字的同時，也學學有趣的文化知識。

Step 4 使用時機

作者教你如何在正確的時機使用這些單字 / 慣用語，帶你一步步避開韓國人的雷區。

Step 5 詞類變化

想到要改變單字型態或進行詞尾變化就一顆頭兩顆大？別擔心，這邊都幫大家整理好了！

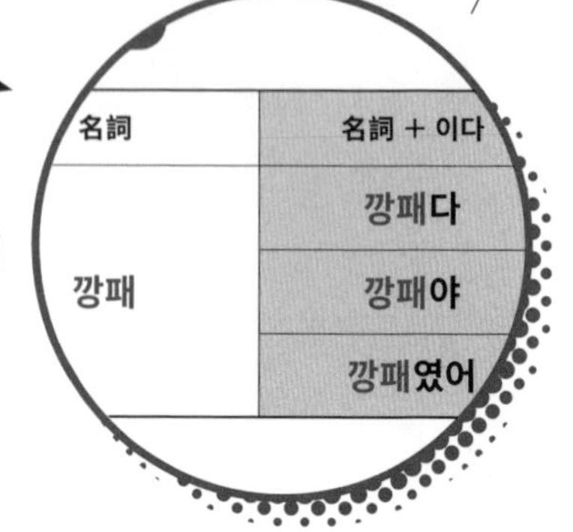

名詞	名詞 + 이다
깡패	깡패다
	깡패야
	깡패였어

句型活用

002.mp3

1. 옆 집 강씨 아들이 깡패인
隔壁老姜的兒子好像是流氓。

2. 내 도시락 먹지 마! 너 깡
不要吃我的便當！你是流氓啊

그 아저씨는 깡패였

Step 6 句型活用

每個主題單字 / 慣用語都會提供 3 個例句，旁邊還會附上趣味插圖，讓大家開心學習，輕鬆記憶。

們都在說什麼

분위기 깡패

분위기 깡패這樣的
聽等的文章裡，指一個
果是在娛樂新聞的標題
位藝人散發出獨特的氣
質不凡」、「氣場強」

例句：그 남배우
那位男演

Step 7 網民們都在說什麼

這個部分會提供與主題單字 / 慣用語相關的新詞彙，除了告訴你單字的由來，同時也會提供例句。

補充單字／表現

❶ **조폭** 黑社會組織
조직폭력배（漢字：組織暴力輩）的
體。也是許多양아치的夢想。

❷ **악당** 流氓團體／惡棍、惡役角色
這個字除了指由惡人形成的團體以外
值得注意的是，戲劇中的악당與악
色，而**악역**則是與主角對立的角色
電影的主角本身就是壞人，所以

라리 小混混

Step 8 補充單字

這些屬於進階單字，僅提供單字介紹，不提供例句。

者有話要說

韓國的社會比起台灣，階級觀念
稱小社會的校園裡，早就開啟了各種
學業成績、競賽名次、社團經歷之外
心的重點之一。於是在 Naver 지식 in[1]
出「該怎麼成為學校老大？」、「如
鬥的秘訣」…等五花八門的問題，數
有趣的是，當這類型的問題出現時
詳細，討論度也不低。韓
和諧校園生活

Step 9 作者有話要說

這個是作者的迷你專欄，不定時穿插在本書中，告訴你你所不知道的韓國文化，帶你深入了解韓國。

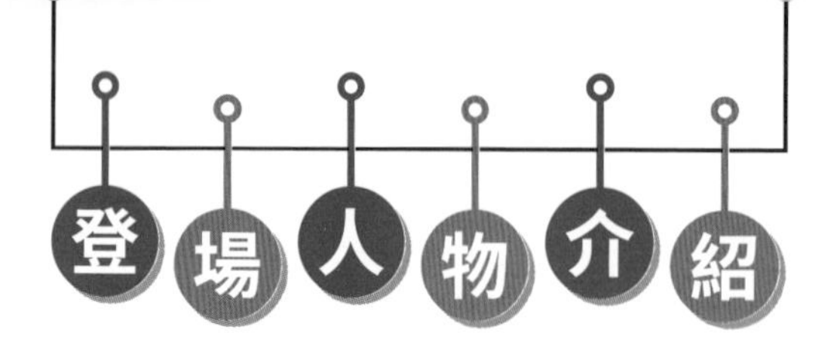

서연 書妍

學村大學歷史系，超級理智，洞察力驚人。因為數學成績太差而無法考上夢想的心理學系。

지원 智媛

學村大學歷史系，書妍的學妹。瘋狂的追星族，貌似四次元的她，卻有著深不可測的背景。

민준 敏俊

學村大學數學系，書妍從小一起長大的鄰居，優等生的外殼下有著一顆少女心，喜歡지원。

현우 賢宇

學村大學數學系，敏俊的同學，擁有六塊肌健美身材，性格踏實善良。缺點是白目又好騙。

單字篇
단어

깡패：流氓

基本會話

001.mp3

지원 오빠, 그 빵 줘.

민준 이거 내 점심인데 너 깡패야?

지원 응, 나 고딩때 우리반 짱이었거든.

민준 지금 이 오빠를 빵셔틀로 보니?

지원 싫으면 말고 갈게.

민준 지원아, 가지 마… 우유 사 줄까?

智媛：哥，那個麵包給我。

敏俊：那是我的午餐欸，妳是流氓嗎？

智媛：對啊，我高中的時候可是我們班老大呢。

敏俊：妳現在是把我這大哥當成小跟班了嗎？

智媛：不給拉倒，我走了。

敏俊：智媛，別走…要買牛奶給妳嗎？

單字解說

깡패這個字由「Gang」與「패」（漢字：牌）兩個字組合而成，兩者都是指幫派的意思。깡패原本指的是愛逞兇鬥狠，成天使壞的地痞流氓；但在最近的韓語中，這個字多了一層正面意義，常被用來形容在某方面具有壓倒性優勢的人、地、物。

使用時機

깡패這個字有褒貶兩種涵義。直接說깡패時，指的是貶義的「流氓」或行為如流氓一般蠻橫的人。以○○깡패的形式與其他名詞結合時，則是褒義，表示在某方面具有壓倒性的優勢。如外貌極為出眾的비주얼깡패、肩膀比常人寬闊的어깨깡패、學歷驚人的학벌깡패、超引人注意的시선깡패等。

詞類變化

名詞	名詞＋이다
깡패	깡패다
	깡패야
	깡패였어

句型活用

002.mp3

1. 옆 집 강씨 아들이 깡패인 것 같아.
   隔壁老姜的兒子好像是流氓。

2. 내 도시락 먹지 마! 너 깡패야?
   不要吃我的便當！你是流氓啊？

3. 그 아저씨는 깡패였는데 지금은 평범한 치킨집 주인이다.
   那個大叔以前是流氓，但現在是個平凡的炸雞店老闆。

網民們都在說什麼

003.mp3

분위기 깡패 氣氛絕佳／氣質不凡、氣場強

분위기 깡패這個說法常出現在網路上介紹景點或餐廳、咖啡廳等的文章裡，指一個地方氣氛非常棒，令人留下深刻的印象。如果是在娛樂新聞的標題上看到분위기 깡패這個表現，就是在形容某位藝人散發出獨特的氣質與魅力，非常吸引人，類似中文裡的「氣質不凡」、「氣場強」。

例句：그 남자배우 실물 진짜 분위기 깡패야.

那位男演員本人氣場真的很強。

학교짱 學校老大

這裡的「짱」是指團體中的首領、老大，源自漢字詞「장」（漢字：長），而학교짱指的就是學校裡最能打的人。另外，由於짱這個字包含了「頂級」的意義在裡頭，所以也可以用○○짱的形式與名詞結合，形容在○○方面特別突出的人。例如：몸짱（身材絕佳的人）、얼짱（顏值極高的人），以及마음짱（心地超善良的人）、공부짱（學霸）…等，族繁不及備載。

例句：나 학교짱을 먹었어.

我當上了學校老大。

쫄다 退縮、害怕

쫄다是「졸다」的非正式說法，有強調語氣的意味，不過目前쫄다的使用普及度是遠超過졸다的。쫄다原本的意思是醬料、湯汁蒸發收乾，現在則用來形容人類遇到具有威脅性且對自己造成壓力的人、事、物時畏懼、膽怯（勇氣收乾？）的情緒。常常呈現勇氣收乾狀態的膽小鬼、懦夫則稱為쫄보。

例句：야, 너 쫄았냐?

喂，你怕了是不是？

補充單字／表現—惡勢力相關

❶ 조폭 黑社會組織
조직폭력배（漢字：組織暴力輩）的縮寫，指以組織型態，使用暴力來進行不法行為的團體。也是許多양아치的夢想。

❷ 악당 流氓團體／惡棍、惡役角色
這個字除了指由惡人形成的團體以外，還可以指作惡多端的人，或是戲劇裡邪惡的人物。值得注意的是，戲劇中的악당與악역皆有「反派角色」的意思，但악당為邪惡的壞人角色，而**악역**則是與主角對立的角色。由於與主角對立的角色不一定是壞人，甚至也有少數電影的主角本身就是壞人，所以兩者是有微妙差異的。

❸ 날라리 小混混
指言行輕浮，不可靠的人。

❹ 일진 問題學生
指在學校裡常打架鬧事或欺負同學的學生。類似的表現還有비행 청소년（漢字：非行青少年）。

❺ 양아치 不良少年
指品性不良，結夥作惡的青少年。

作者有話要說

比起台灣，韓國社會的階級觀念更加明顯，競爭意識也較為激烈。而在堪稱小社會的校園裡，早就開啟了各種檯面上與檯面下的全方位角力。除了比學業成績、競賽名次、社團經歷之外，同儕之間的人際關係勢力排名也是關心的重點之一。於是在 Naver지식in[1]裡頭，可以看到許多血氣方剛的少年提出「該怎麼成為學校老大？」、「如何不怕打架？」、「請教與學校老大決鬥的祕訣」等五花八門的問題，數量更是多到讓人不敢相信自己的雙眼。有趣的是，當這類型的問題出現時，總是會有熱心人士認真回文答覆，不僅內容詳細，討論度也不低。韓國學生稱王的強烈慾望，與台灣學生普遍以和為貴，追求和諧校園生活的屬性十分不同。或許這種「成為強者」的野心，也是讓他們在各方面發展速度加快的動力之一呢。

[1] Naver지식in 等於台灣的 Yahoo 奇摩知識+。可供使用者提問，與網友進行互動。

갑질：仗勢欺人

基本會話

현우 어제 알바하는 편의점에 진상 손님이 오더라.

민준 수고했다. 브로.

현우 그러니까. 사과소주가 없어서 나한테 막 성질을 냈거든.

민준 갑질을 참 잘하시네. 고작 소주 한 병인데.

현우 예쁘니까 괜찮아.

민준 너도 제정신 아니구만!

賢宇：昨天我打工的便利商店來了個奧客說。

敏俊：辛苦你啦。兄弟。

賢宇：就是說啊。她因為沒有蘋果燒酒就對我亂發脾氣欸。

敏俊：還真會仗勢欺人啊。不就一瓶燒酒而已。

賢宇：她很漂亮，所以沒關係。

敏俊：你腦袋也是滿有問題的！

單字解說

갑질中的「갑」（漢字：甲），指的是「**갑을관계**」（漢字：甲乙關係）中佔權力優勢的甲方。在合約書中，甲方通常為主導合約的出資方，甲乙各有其權利義務，是不分上下的平等關係。但是在韓國，本應平等的甲方和乙方，卻變成了地位懸殊的兩個名詞。這樣扭曲的「甲乙關係」存在社會的各個角落，尤其在職場、商場、服務業中特別嚴重。

「갑」加上表行為的貶意後綴「-질」，指的是甲方利用自己的權勢欺壓乙方的行為。但由於甲乙關係是韓國特有的社會現象，所以갑질這個字，在全世界也都沒有完全對應的單字。這裡謹採用最接近原意的「仗勢欺人」來詮釋。

使用時機

在雙方權力地位差距明顯的前提下，發生上位者欺壓下位者的狀況時，方能稱為갑질。要表達某人仗勢欺人時，可以使用動詞用法갑질(을) 하다或갑질(을) 부리다；乙方被甲方欺負時則可以說갑질(을) 당하다。

詞類變化

名詞	名詞＋이다	名詞＋動詞
갑질	갑질이다	갑질(을) 하다
	갑질이야	갑질(을) 부리다
	갑질이었어	갑질(을) 당하다

句型活用

005.mp3

1. **부장님의 갑질이 너무 심해.**
   部長非常會仗勢欺人。

2. **그 선배 항상 나이로 나한테 갑질을 해.**
   那個前輩常常仗著年紀大欺負我。

3. **회사에서 매일 갑질을 당해서 진짜 그만두고 싶어.**
   我每天在公司被欺壓，真的好想辭職。

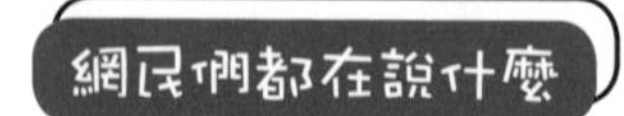

진상 손님 奧客

진상（漢字：進上）最初的意義為「進貢」，但由於進貢常出現弊端，所以也有「爛貨」的意思。而現代人常使用的진상，則是取其負面意義，指醜陋、惡質、不可取的行為或做出這些行為的人。這裡的진상 손님，說的就是對服務人員提出無理要求或態度惡劣的奧客。類似的表現還有갑질 고객。

例句：진상 손님 퇴치!

奧客退散！

민폐 造成他人困擾的人、事、物

민폐（漢字：民弊）最原始的意義為官員的擾民行為，主詞必須是政府官員，不能是一般民眾。但網路文化的發達，賦予了這個字更寬廣的意義，現在민폐可以泛指所有造成他人困擾的人、事、物。近期也會用**민폐녀**（漢字：民弊女），**민폐남**（漢字：民弊男）來稱呼那些顏值高，身材好，會打扮，在公共場合搶盡鋒頭的人；**민폐하객**（漢字：民弊賀客）則是指在婚禮上打扮得比新娘還亮眼的賓客。

例句：너 정말 민폐야.

你真的很讓人困擾。

까칠하다 機車、難搞

까칠하다這個字原本的意思為物品或皮膚粗糙沒有光澤，近幾年來廣泛地被用來形容人的性格不圓融、說話不客氣、難相處。但這個表現的重點在於一個人外在所顯露出來的態度較強硬，不易妥協，並不代表此人的性格一定有偏差。有些藝人以外表機車，內心溫暖的反差形象大受歡迎，甚至還引起粉絲的刻意模仿呢。

例句：다소 까칠하지만 알고 보면 마음이 따뜻한 사람이야.

他雖然有點難搞，但認識了就知道，他是個內心溫暖的人。

補充單字／表現─態度不佳相關

❶ 까다롭다 刻薄、挑剔／麻煩、難處理

指人的性情苛刻，愛找麻煩，難以應付。除了人以外，也可以用來形容某件事的條件嚴苛，繁複，不好處理。

❷ 을질 乙方逆襲的行為

這裡的을（漢字：乙）指的是與前述的甲方相對的乙方。意思是居於權力關係中的弱者，以蠻橫不講理的態度對待甲方，讓甲方難以行使正當權利。也可以說**역갑질**（漢字：逆甲질）。

❸ 얄짤없다 不留情面、毫不通融

指絲毫不讓步，即便他人有苦衷也絕不通融的態度。

作者有話要說

說到甲乙關係，便不得不提到大韓航空董事長趙亮鎬一家人了。趙亮鎬的長女趙顯娥曾在 2014 年搭乘大韓航空飛機時，因空服員沒有把堅果裝在盤子裡而要求已開始滑行的飛機調頭回到登機門，甚至將座艙長趕下飛機，造成班機延誤。弟弟趙源泰曾在 2005 年對抱著幼兒的 77 歲婦人動粗，亦在 2017 年因為不希望電玩畫面被切換而禁止空服員做亂流警報廣播。次女趙顯玟則是在 2018 年於會議進行時辱罵員工，拿寶特瓶朝與會人員臉上砸。而他們的母親李明姬（音譯）更是有多次對員工、服務人員動粗或施以言語暴力的紀錄。

這些財閥仗勢欺人的惡形惡狀，也許只是冰山一角。像大韓航空一家人，如此有錢有權的階層，可說是社會上的絕對甲方，在這樣的環境中成長，很難不傳承到唯我獨尊的價值觀。祖父輩胼手胝足開創事業的精神與智慧，在坐享其成的一代身上早已蕩然無存。

由於普羅大眾多多少少都曾因這樣不健康的甲乙關係吃過悶虧，許多描寫上流階層惡質行為的戲劇節目都大受歡迎。當然，每個人期待的都是惡有惡報的圓滿結局。你也曾經看過類似的電視劇或電影嗎？那些令人氣得牙癢癢的劇情內容，可不是灑狗血，一幕幕都是血淋淋的社會真實寫照呢。

003 속물：勢利鬼

基本會話

007.mp3

지원　언니의 이상형 뭐야?

서연　음…꼼꼼하고 제테크를 잘하는 사람.

지원　좀 속물같이 느껴지네.

서연　인생은 세속 그 자체야. 결혼도 마찬가지지고…

지원　어머 이 속물적인 발언 봐! 언니는 사랑을 너무 몰라.

서연　(해 본 적이 없는 게 문제지…)

智媛：妳的理想型是什麼？

書妍：嗯…嚴謹又擅長理財的人。

智媛：感覺就像個勢利鬼欸。

書妍：人生的本體就是世俗啊。結婚也是一樣…

智媛：老天，瞧這庸俗的發言！妳太不懂愛情了。

書妍：（沒談過戀愛才是問題所在吧…）

單字解說

속물（漢字：俗物）除了可以指俗氣的東西以外，還可以用來表示將名利視為最重要的事，僅在意眼前的利益，性格庸俗缺乏教養的人。

使用時機

속물指的是勢利眼、庸俗的人。如果要拿來修飾名詞或搭配動詞使用時，可以加上表「性質」、「狀態」的後綴「-적」，用속물적來做變化。例如속물적인 생각（庸俗的想法）、속물적으로 살다（世俗地活著）等。

詞類變化

名詞	名詞＋이다	冠詞形	副詞形
속물	속물이다	속물적인＋名詞	속물적으로＋動詞
	속물이야		
	속물이었어		

句型活用

008.mp3

1. **너 속물이야.**
   你這勢利鬼。

2. **김과장님 원래 속물적인 사람이었는데 딸 생긴 후 성격이 싹 바뀌었어.**
   金課長本來是個勢利的人，有了女兒以後個性完全變了。

3. **나도 속물적으로 변했어.**
   我也變庸俗了。

009.mp3

밝히다 飢渴、垂涎

밝히다除了有照亮、公布、釐清等常用的意思以外，還可以用來形容人對情慾或錢財等的渴望溢於言表，且程度超於常人。相較之下，「좋아하다」（喜歡）、「원하다」（想要）等屬於正常範圍內的喜愛與欲望，「밝히다」則給人貪婪、吃相難看的感覺。

例句：그 사람 여자를 너무 밝힌다.

那個人對女色太飢渴了。

탐내다 覬覦、貪圖

탐내다是覬覦、貪圖的意思，指對不屬於自己的東西有貪念，想要佔有，類似台灣口語中的「肖想」。這個字常在網購的商品頁面中以「모두가 탐내다」（大家都想要）的形式出現，這個說法可以表達人或物相當受歡迎，人人都想佔有，也意味著此商品非常搶手，要買要快。

例句：이게 모두가 탐내는 핫한 상품인데요.

這是人人搶著要的熱門商品。

쫀쫀하다 小氣

쫀쫀하다原本是指布織得很細密，也有緊密、厚實、飽滿、細緻、有彈性等意思，常用來形容物品或皮膚的質地。用來形容人的性格時，則有小氣、小心眼、小家子氣的意思。

例句：왜 이렇게 쫀쫀하게 굴어?

幹嘛那麼小氣？

補充單字／表現—貪婪、小氣相關

❶ 짠돌이／짠순이 小氣鬼

「-돌이」為表男性的後綴；「-순이」是表女性的後綴。所以짠돌이指的是小氣的男人；而짠순이則是小氣的女人。

❷ 반죽(이) 좋다 厚臉皮

반죽是「麵團」的意思，而반죽(이) 좋다的字面意義為「麵團和得好」。這句話是把麵團柔軟且不失韌性的特質，套用到人的性格上。形容一個人不怕丟臉，也不容易被激怒，自尊心較低，就像一個好的麵團一般，身段軟又耐高壓。雖然聽起來有點好吃，但它確實是一句負面的話噢。

❸ 꽁하다 小心眼

這個字可以形容人心胸狹窄，或是很會記仇，容易想不開。

❹ 치사하다 小鼻子小眼睛

形容人的言行不大方，不登大雅之堂。

❺ 쪼잔하다 小氣、寒酸

形容人心胸狹窄或在錢財上非常吝嗇。

作者有話要說

韓國有個傳統的四字成語「**자린고비**」，它是由「**자린**」與「**고비**」兩個字組合成的，指有錢不捨得花，吝嗇到極致的人，也就是「守財奴」。這個成語背後有什麼故事？「자린」和「고비」又是什麼意思呢？一起來看看吧。

很久以前，忠州（충주）有個富翁，他雖然衣食不缺，卻異常地小氣，連祭祀父母與祖先用的紙牌位－**지방**（漢字：紙榜）都不捨得年年換新，總是把浸了油的紙留到明年繼續用。而「자린고비」這四個字原本指的就是這張浸了陳年老油的紙牌位。其中「자린」（漢字：玼吝）是取自「기름에 절인 종이」（浸了油的紙）中「절인」的變音所成的漢字詞；而「고비」（漢字：考妣）的原始意義為「死去的父母」，在這裡指的則是「父母的紙牌位」。

韓國是一個非常重視儒家傳統倫理的國家，祭祀祖先亦是每年最大的家族活動。連祖先神聖的紙牌位髒了都不換的人，吝嗇的程度可說是非常極致啊。這也難怪자린고비這四個字能不隨時光流逝，成為「守財奴」的經典代名詞。

급식충：屁孩

基本會話

010.mp3

현우 지원아, 오늘도 너네 오빠들 스케줄을 따라다니니?

지원 아니, 오늘 내 급식충 남동생 따라다닐거야.

현우 왜? 네 동생 무슨 사고쳤어?

지원 얘가 어제 늦게 돌아왔는데 술냄새 났거든.

현우 고삐리가 술을 먹다니! 야, 네 학식충의 힘을 보여줘.

지원 너야말로 중2병이야.

賢宇：智媛，你今天也要去追歐巴的行程嗎？

智媛：不，我今天要去追我屁孩老弟。

賢宇：為何？ 你弟幹了什麼好事嗎？

智媛：他昨天很晚回來，身上還有酒味。

賢宇：小高中生居然喝酒！喂，給他看看妳大學屁孩的厲害。

智媛：你才中二病啦！

單字解說

급식충（漢字：給食蟲）中的「급식」（漢字：給食）指的是小學、國中、高中生在學校吃的營養午餐；「-충」（漢字：-蟲）則是一個網路常見的貶意後綴，以○○충的形態活用，指常常做○○的人、過於○○的人或是對○○族群的貶低。而급식충這個說法指的就是光顧著吃營養午餐跟發育，

精神與行為卻沒在成長的未成年者，特別是在網路上謾罵成性，造成他人不快的屁孩。급식충也可簡稱為급식。

使用時機

這個字雖然是用來貶低心智不成熟的未成年者，但由於並非所有未成年者都會因年紀輕就造成他人困擾，所以千萬不能用這句話來泛指所有還在吃營養午餐的學生噢。此外，部分已成年卻仍然和屁孩一樣行為幼稚的人，也會被譏為급식충或급식새끼，在網路筆戰中便時常看到這樣的字眼。不過급식충的貶意較強，會讓聽者非常不舒服，使用時請務必三思。

詞類變化

名詞	名詞＋이다
급식충	급식충이다
	급식충이야
	급식충이었어

句型活用

011.mp3

1. 우리 아들 지금 중2인데 완전 급식충이야.

我兒子現在國二，完全就是個屁孩。

2. 나도 한때 급식충이었어. 이제 와서 생각해 보니까 정말 흑역사였어.

我也一度是個屁孩，現在想想真是不堪回首的過去。

3. 너 대학생이야. 급식충짓 좀 하지 말자.

你是個大學生，不要做屁孩的行為了。

학식충 大學屁孩

학식是학생 식당（漢字：學生食堂）的縮寫，학식충（漢字：學食蟲）指的則是在大學裡吃學生餐廳的飯，行為卻依然幼稚如屁孩的大學生，這些人通常是升上大學的급식충。不過，也有許多大學生會自嘲為학식충，表示自己雖然當了大學生，內心卻還像個小孩子。此外，也有人會拿학식충這個字來貶低就讀偏遠地方大學或非知名大學的學生們，這樣的用法是嚴重的人身攻擊，請節制使用。

例句：나 학식충이 됐다.

我成為了大學屁孩。

중 2 병 中二病

중2병這個說法源自於日本網路流行語，它並非醫學上的疾病，而是普遍出現在青春期少男少女身上的一種心理狀態。和급식충之間有著微妙的關係。

正值青春期的中學二年級學生，由於正在確立自我認同的階段，很容易將自己視為世界的中心，展現自身獨特性的欲望也異常地強烈。但也因為心智尚未成熟，常不切實際地遊走於自大與自卑；渴望理解與刻意叛逆之間。在外人，或是長大後的自己眼中看來，這樣缺乏現實感的自我價值膨脹顯得做作膚淺，令人手腳蜷曲，不忍直視。

通常過了青春期，人會漸漸學習到如何以客觀角度看待自我價值，중2병也會自然痊癒。不過，並非每個中二生都會得中二病，也不是每個有中二病的人都是中二生。

例句：너 중2병 걸렸니?

你有中二病嗎？

관종 愛刷存在感的人、關注婊

관종是관심종자（漢字：關心種子）的縮寫，指為了得到他人關注而在網路上發文或上傳圖片的人，彷彿沒有他人的關注來灌溉就會枯竭一般。會成為급식충，或是有중2병的人，通常都是典型的관종。不過這樣的人，其實是存在於各種年齡、各種階層的。而這種過度渴望引起他人注意的病態心理則稱為**관심병**（漢字：關心病）。

例句：내 여동생 완전 관심종자야.

我妹是個超愛刷存在感的人。

補充單字／表現——年少輕狂相關

❶ 사춘기 青春期

사춘기的漢字為「思春期」，許多人會依漢字直接翻譯為思春期，但其實翻譯為「青春期」才是正確的唷。

❷ 초딩／중딩／고딩 小學生／中學生／高中生

「-딩」這個後綴是源自於초등（漢字：初等）、중등（漢字：中等）、고등（漢字：高等）中的「-등」（漢字：等），是一個從韓國網路剛開始普及時存活至今的網路流行語。초딩也可以用來形容保留著小孩子心性的大人。後來○딩這個模式被廣泛地套用在各種身分上，比如유치원생（幼稚園生）－**유딩**、주부（主婦）－**주딩**、노인（老人）－**노딩**等。

❸ 초삐리／중삐리／고삐리／대삐리

死小學生／死中學生／死高中生／死大學生

「삐리」最早是指流浪戲班裡剛開始練功的「菜鳥練習生」，可能算是偶像們的骨灰級前輩吧。七零年代時，韓國人開始用「학삐리」來諷刺當時奇貨可居的大學生們。而「-삐리」這個後綴也被拿來貶低一些不認真讀書，愛裝大人的兒童或青少年。

❹ 허세 虛張聲勢

허세（漢字：虛勢）指的是沒有真材實料卻裝得很厲害的態度，被稱為是급식충與중2병必備的症狀之一。動詞用法為허세(를) 부리다。

❺ 악동 壞孩子、搗蛋鬼

악동（漢字：惡童），指的是行為不良的兒童或是一般愛搗蛋的小孩子。

덕후：狂熱粉絲、瘋狂愛好者

基本會話

013.mp3

지원: 언니, 난 오늘 저녁 같이 못 먹을 것 같아.

서연: 왜? 약속했잖아. 또 오빠 스케줄이야?

지원: 그래, 지금 강남 미용실에 있다는 소식을 들어서 빨리 가야 돼.

서연: 완전 덕후네. 공부도 저렇게 열심히 하면…

지원: 언니같은 머글들은 우리 덕후의 마음을 모를 거야. 갈게.

서연: 머글? 누구? 해리포터? 야! 잠깐만!

智媛：書妍姐，我今天晚餐可能無法跟妳一起吃了。

書妍：為什麼？都約好了。又是歐巴有行程嗎？

智媛：對啊，我收到消息說他現在在江南美容院，我得趕過去。

書妍：妳完全是狂熱粉絲欸。要是念書也那麼認真的話…

智媛：姐這種麻瓜哪會懂我們狂熱粉絲的心情啊。我走了。

書妍：麻瓜？誰？哈利波特啊？喂！等一下啦！

單字解說

덕후這個說法源自日本的「おたく」（御宅族），指瘋狂喜愛某特定人、事、物或極度熱衷於特定領域的人。流傳到韓國後，發音也從오타쿠變

成오덕후，進而簡化為現在的덕후，也可以更簡短地說덕。**팬**（Fanatic＝狂熱份子）雖然也是粉絲的意思，但狂熱程度不及덕후。

使用時機

덕후這個字經常以○○덕的形態活用，指○○的狂熱粉絲，或是極度喜歡○○的人，例如**방탄덕**（防彈少年團的狂熱粉絲）、**커피덕**（極度愛喝咖啡的人）。中毒程度更深的粉絲可以稱為**십덕후**，십（十）除了是오（五）덕후的兩倍，也與具強調意味的前綴「씹」發音相近。不過韓國人口語中常用的「씹」，原始義義是女性的生殖器，其實是非常不雅的，使用時請斟酌。

詞類變化

名詞	名詞＋이다
덕후	덕후다
	덕후야
	덕후였어

句型活用

014.mp3

1. 나는 삼겹살덕후야.

我是五花肉的瘋狂愛好者。

2. 이 친구가 트와이스덕후야.

這位是 TWICE 的狂熱粉絲啊。

3. 난 커피덕후였는데 임신해서 지금 커피를 못 마셔.

我之前是咖啡瘋狂愛好者，但現在因為懷孕，沒辦法喝咖啡了。

015.mp3

입덕 成為狂熱粉絲

입덕是「成為某人的狂熱粉絲」的意思，也就是俗稱的「入坑」、「被圈飯」。입為입문（漢字：入門）的縮寫，意指進入某個領域。進入「덕」的領域指的就是成為某藝人的粉絲，進入了追星世界。動詞用法為○○에 입덕하다（成為○○的狂熱粉絲）。

例句：트와이스에 입덕했다.

我成為 TWICE 的狂熱粉絲了。

덕통사고 突然成為瘋狂粉絲

這個說法源自교통사고（交通意外），덕통사고指的就是像出車禍一樣，在某個瞬間突然迷上某位藝人，成為了他的狂熱粉絲。動詞用法同교통사고，如덕통사고(를) 당하다、덕통사고(를) 일어나다。另外○○에게 **치이다**這個說法也可以用來表達相同的意思噢。

例句：박서준한테 덕통사고 당했다.

我突然成為朴敘俊的瘋狂粉絲了。

덕밍아웃 公開身為狂熱粉絲的事實

덕밍아웃源自於커밍아웃（Coming out），커밍아웃意指同性戀者出櫃，公開自己的性向。덕밍어웃指的則是公開自己身為某人粉絲的事實，不再隱藏。動詞用法為덕밍아웃(을) 하다。另外，沒有덕밍아웃的粉絲則可以稱為**일코**。일코為일반인 코스프레（一般人 cosplay）的縮寫。指因不想被人發現有在追星而偽裝成一般民眾的飯圈人。動詞用法為일코짓(을) 하다，指假裝自己不是飯圈之人，偽裝一般人的行徑。

例句：덕밍아웃할까?

我該公開狂熱粉絲的身份嗎？

補充單字／表現—追星相關

❶ 머글（Muggle）　麻瓜

머글在小說《哈利波特》的世界中，指的是沒有魔法能力的一般人。在飯圈裡，머글指的則是的非粉絲的普通人士。

❷ 팬덤（Fandom）　飯圈

팬덤（Fandom）是 Fanatic（狂熱份子）中的「Fan」，與表「領域」、「範圍」的後綴「-dom」的合成詞。指熱愛特定的人、事、物（通常指演藝人員）或深度投入某個領域的粉絲們所形成的集團。形容某藝人的粉絲很多時，可以說〇〇팬덤(이) 크다。

❸ 덕질　追星

덕질是由「덕」（狂熱粉絲）與表行為的貶義後綴「-질」組合而成的。指將對特定藝人的熱愛視為興趣，收集周邊商品、參與相關活動與行程的行為。動詞用法為덕질(을) 하다。

❹ 탈덕　脫飯

탈덕是「탈퇴」（漢字：脫退）與「덕질」（追星）的合成詞，指不再喜歡某個藝人。動詞用法為탈덕하다。

❺ 성덕　成功的粉絲

성덕是성공（漢字：成功）與덕후（狂熱粉絲）的合成詞，指在職場上有所成就，進而得以親身接觸自己偶像的人；或是社會上的某位成功人士，其實是身為特定領域的飯圈人士。

❻ 빠순이／빠돌이　迷妹／迷弟

「-순이」是表女性的後綴，而빠순이則是오빠순이（心中只有歐巴的女孩）的縮寫，原指因行為脫序而造成他人困擾的女性粉絲，現在則泛指積極參與追星活動的迷妹，與덕후相比多了些貶義。也可以〇〇순이的形式來指稱追〇〇藝人的迷妹，如엑소순이（追 EXO 的迷妹）。男性則改用表男性的後綴「-돌이」。

❼ 〇〇빠　〇〇的腦殘粉

指瘋狂地著迷於某人、事、物，且因不理性的偏執言行造成他人不快與不便的人。通常會在前面加上著迷的對象，如 H.O.T빠（H.O.T 腦殘粉）。

❽ 사생팬　私生飯

사생팬為사생활（漢字：私生活）與팬（粉絲）的合成詞，指刺探並侵害藝人私生活的粉絲。

❾ 안티팬（Anti-Fan）　黑粉

안티（Anti）為表反抗、排斥的前綴，而안티팬指的就是厭惡特定藝人的人們。

006 돌아이：瘋子

基本會話

016.mp3

민준 지원이 요즘 안 보이네. 걔는 잘 있니?

서연 아이돌을 보기 위해 3일이나 집에 돌아오지도 않았다고 들었어.

민준 우리 지원이 수고 많았네.

서연 수고가 많다니? 내가 볼때는 돌아이인데.

민준 돌아이라니? 덕질을 하는 것도 정신력이 필요한 거야.

서연 너도 제정신 아니구만! 돌았다. 돌았네!

敏俊：最近都沒看到智媛欸。她過得還好嗎？

書妍：聽說她為了看偶像，足足有三天連家門都沒進。

敏俊：我們智媛真是太辛苦了啊。

書妍：什麼太辛苦？在我看來就是個瘋子。

敏俊：什麼瘋子？追星也是需要意志力的。

書妍：你腦袋也不是很正常欸！瘋了，瘋了！

單字解說

돌아이這個說法源自表「精神失常」的「돌다」這個動詞，加上指「孩子」、「小子」的「아이」後，便可以用來稱呼腦袋不好或瘋瘋顛顛的人。돌아이有精神失常的含義，但更常用來形容精神正常，卻做出瘋子般怪異舉動的人，或是思考方式與行為與異於常人的人。

使用時機

如果想要加強語氣，可以將發音加重，說또라이，但同時也會把這個字完全變成一句謾罵的話，用來指行為離經叛道，不符合社會道德標準的人，請務必節制使用。另外，돌아이所做的蠢事或瘋狂行為則稱為돌아이짓。

詞類變化

名詞	名詞＋이다
돌아이	돌아이다
	돌아이야
	돌아이였어

句型活用

017.mp3

1. **요즘 예능 프로그램에서 돌아이 캐릭터로 인기 끄는 연예인 많더라.**
   最近綜藝節目中有許多藝人因瘋子角色而受歡迎。

2. **수업시간에 노래를 부르는 돌아이짓을 하는 걸 보니까 이 애 진짜 돌아이네.**
   做出上課唱歌這種瘋狂行為，我看他真的是個瘋子欸。

3. **평상시 돌아이같은데 알고 보니 재능이 뛰어난 친구야.**
   他平常像個瘋子，其實是個才華出眾的人。

혼모노 白目宅

혼모노為日語「本物」（ほんもの）的韓式發音，原始詞義為「真實的」、「真貨」，在日本通常做為正面意義使用；但到了韓國，卻變成了有負面意義的網路用語，指白目自私的御宅族，或是社會化不足，言行違反常理的人。혼모노原本是只在部分論壇上出現的說法，但由於《你的名字》這部日本動畫電影在韓國大賣，一般觀眾得以直接接觸日本動漫的狂熱粉絲，而部分御宅族在觀影時做出了起立拍手，或用支離破碎的日語跟著念台詞等妨礙觀影的荒唐行為，讓網友們忍不住在網路上發文表示「終於目睹了耳聞已久的혼모노！」。從此以後，「혼모노」便隨著《你的名字》觀後感的傳播，開始普及於各大論壇。

例句：영화관에서 말로만 듣던 혼모노를 봤어.

我在電影院看到了耳聞已久的白目宅。

약(을)빨다 神來一筆／很有事

약(을) 빨다最原始的意義為「嗑藥」，由於嗑了藥的人精神狀況特殊，可能會出現奇異的幻覺，或是感官變得更敏銳，所以약(을) 빨다這個表現也可以用來讚嘆創作者想出了驚天動地的新點子，或是創作出突破常人創意極限的奇妙作品；當然，也可以單純用來指責他人如嗑了藥般的荒唐言行。另外，這個表現常以<u>약빤○○</u>的形態配合名詞使用，指很瘋狂或很有創意的○○。

例句：《마음의 소리》는 약을 빨고 만든 약빤 웹툰이라고 할 수도 있다.

《心靈的聲音》堪稱是神來一筆創作出的神創意網路漫畫。

병맛 無厘頭

병맛是병신 같은 맛（廢趣味）的縮寫，指不合邏輯又莫名其妙的惡搞風格，原本是用來指劇情空洞的漫畫，現在被沿用來形容各

式各樣無厘頭風格的創作內容。曾改編成電視劇的搞笑漫畫《마음의 소리》（心靈的聲音）、韓國情境喜劇《하이킥 짧은다리의 역습》（歡樂滿屋 2：短腿的反擊）、日本虛構歌手 Piko 太郎的《PPAP》，以及韓國男歌手 PSY（싸이）的大部分歌曲等，都可以稱為병맛風格的作品。

例句：유튜브에 있는 병맛더빙 영상들 진짜 핵꿀잼.

YouTube 上的那些無厘頭配音影片真的超級無敵有趣。

補充單字／表現 — 怪咖相關

❶ 4차원 四次元

指思考邏輯與行為模式異於常人，活在自己世界裡的人。

❷ 괴짜 怪胎、奇葩、鬼才

指言行古怪荒誕的人，這個表現並不完全是負面的，部分괴짜有著天馬行空的絕妙發想，也有些괴짜在特定領域具有過人天賦，一般人眼中個性古怪的天才，都可以歸類為괴짜。

❸ 빌런（Villain） 狂人／怪咖

빌런（Villain）在韓語中通常是指英雄電影中的反派角色，由於此類角色一般都有異於常人的執著，所以也被用來指稱對莫名奇妙的事物有強烈執著的人；亦可形容行為詭異或不得體，無意識中造成他人困擾的人。另外，也可以用○○ 빌런的形式，在前方加上빌런所執著的事物，或빌런出沒的地點。例如：一天不吃地瓜就活不下去的人可以稱為**고구마 빌런**（地瓜狂人）；在圖書館發出怪聲或與戀人卿卿我我的人則可以稱為**도서관 빌런**（圖書館怪咖）。想強調其怪異程度則可以在前面加上「極限」的外來語**익스트림**（Extreme），稱為익스트림 ○○ 빌런（超○○怪咖）。

❹ 병신 廢物、白痴

병신（漢字：病身）在古代指的是「殘疾人士」，並沒有貶低與辱罵的含意，但現代人普遍拿來指稱「做人缺乏智慧，處世不經大腦的人」，可以解釋為「廢物」、「白痴」等。由於貶低意味相當濃厚，請不要輕易說出口噢。

잉여：廢柴

基本會話

019.mp3

현우 지원아, 같이 점심을 먹을래?

지원 난 바빠. 지금 방송국에 가려고.

현우 곧 중간시험인데 왜 이렇게 잉여같냐?

지원 나 잉여 아니야. 아이돌 사진을 찍게 되면 비싸게 팔 수 있거든.

현우 처음 듣는 얘기네. 신기하다.

지원 공부도 안 하고 점심 같이 먹는 친구도 없고 너야말로 잉여야.

賢宇：智媛，要不要一起吃午餐？

智媛：我很忙，現在要去電視台。

賢宇：馬上就要期中考了，妳怎麼還那麼廢啊？

智媛：我才不是廢。拍到偶像照片的話可以高價賣出好嗎。

賢宇：我沒聽過這種事欸。真神奇。

智媛：不讀書又沒有可以一起吃午餐的朋友，你才廢勒。

單字解說

잉여（漢字：剩餘）原本有「盈餘」、「過剩」、「綽綽有餘」等意思。由於現代社會求職不易，잉여這個字開始被解釋為「社會上多餘的人力」。另外，也可以指把精力用來做無用之事的人。

使用時機

잉여除了形容多餘的人以外，還可以用來指稱每天閒閒沒事在網路上發廢文的人。由於近年來有越來越多잉여在網路上發表品質令人讚嘆，卻毫無實際用處的作品，所以這個說法也多了一層正面意義，形容在社會上懷才不遇，只能在網路上發揮其長才的人。

詞類變化

名詞	名詞＋이다
잉여	잉여다
	잉여야
	잉여였어

句型活用

020.mp3

1. **여름 방학 생활 완전 잉여다.**
   暑假的生活廢到極點。

2. **와이프를 돕고 싶은데 서툰 내가 마치 잉여같아.**
   我想幫老婆的忙，但笨手笨腳的我活像個廢柴。

3. **할일을 제대로 안 하고 인터넷에서 어그로만 끄는 사람 정말 잉여야.**
   該做的事不好好做，光會在網路上引戰的人真是廢柴啊。

021.mp3

잉여력 廢柴力

잉여력（漢字：剩餘力）指的是執行對實際生活毫無助益之蠢事的能力。잉여력的另一個境界請參考下方장잉력。

例句：잉여력 폭발.

廢柴力爆發。

장잉력 匠人廢柴力

장잉력是**장인정신**（漢字：匠人精神）與 잉여력的合成詞，장인정신是全心全力將某一件事做到盡善盡美的精神，而잉여력則是進行無意義之事的能力。加起來就是指長時間維持高度耐力創作，並將對實際生活毫無用處的作品執行到具有匠人級水準的能力。也多虧這些神人，讓잉여這個貶意的字眼，多了一些些正面的意義。

例句：장잉력 넘쳐.

匠人廢柴力滿滿。

아싸 邊緣人／非主流人士

아싸是**아웃사이더**（Outsider）的縮寫，原本是指團體中不被搭理的人，現在也可以用來稱呼不喜與人群交流，獨來獨往的人。但其實英語圈中的 Outsider 指的是「局外人」，並非「邊緣人」，所以아싸亦略具콩글리시[1]（Konglish=韓式英語）的特性。另外，若是在名詞前加上아싸，便表示這樣東西並非主流路線，跟不上時代。例如**아싸 춤**（過時舞步）、**아싸 패션**（過時衣著）等。

例句：이번 학기에 아싸탈출 가능할까?

這學期我可以脫離邊緣人嗎？

---

[1] 콩글리시（Konglish）為 Korean 與 English 的合成詞，指以韓式拼音發音的英語單字，或是原文中所沒有的英語表現，以及用韓式文法造出的錯誤文句。

補充單字／表現—邊緣人相關

❶ 집돌이／집순이　宅男／宅女

指不愛出門，喜歡自己待在家的人。這類人的日常生活與工作和常人無異，只是偏愛以自宅空間為主的休閒生活。在韓國網路上的形象相當良好。

❷ 히키코모리　繭居族

히키코모리為日文的「引き籠もり」，字面意義為「足不出戶，隱居在家」。指自我封閉，極度抗拒與外界接觸的行為，或是這樣的人。在心理學上屬於「迴避性人格障礙」。

❸ 루저　魯蛇

루저（Loser）的基本詞義為失敗者，但若要更精確地說明的話，루저不只是某個競爭或比賽上的失敗者，而是「人生的失敗者」。由於這個說法會讓聽者有受到污辱，自尊遭到踐踏的感受，所以請盡量不要使用。

❹ 찌질이　遜咖、小人

찌질이源自於形容一個人「沒用」、「不像話」的單字찌질하다，可以指性格懦弱的遜咖，或人際關係有問題的人。찌질이有可能在社會上呈現消極、退縮的樣貌，也有可能外顯為在網路上引戰、刷存在感，或因無責任感而常造成他人困擾的麻煩人物。

❺ 폐인　自我放棄的人／廢寢忘食的人

폐인（漢字；廢人）原本的意義是身體殘缺嚴重或沒有用的人。但現在普遍用來指絕望、自我放棄的人，或是對某種東西上癮到廢寢忘食的人。例如**게임폐인**（遊戲廢人）指的就是為了打遊戲而廢寢忘食的人。

❻ 마이페이스　我行我素的人

마이페이스（My pace）指的是不受他人言行影響，處於任何環境下都能保持自我步調的人。另外，它雖然是外來語，但英語圈並不會使用 My pace 這個說法，請務必注意。

인싸：潮人／主流人士

基本會話

022.mp3

현우 서연아, 내 새 옷 어때? 완전 시선강탈이지?

서연 이 옷이 별론데 너 자뻑이 좀 심하다.

현우 무슨 소리야? 이거 인싸 패션이야.

서연 야, 너 뭘 믿고 자기를 인싸라고 하냐?

현우 나 태어날 때부터 파워 인싸거든.

서연 파워 인싸는 무슨. 네 근자감만 시선 강탈이야!

賢宇：書妍，妳看我這件新衣服怎樣？完全是視線焦點吧？

書妍：這件衣服不怎麼樣，你也太自戀了吧。

賢宇：什麼話？我這是潮人穿搭欸。

書妍：喂，你憑哪一點說自己是潮人啊？

賢宇：我天生就是超級潮人好嘛。

書妍：超級潮人個屁，你只有這股莫名的自信很搶眼吧！

單字解說

인싸是인사이더（Insider）的縮寫，指的是在團體中人緣佳，積極參與活動或聚會，較受人注目，且能夠與主流文化接軌的人。除了網路論壇以外，目前連新聞報導也經常使用這個說法。인싸看似外來語，其實是由既有

的아웃사이더（Outsider）這個表現衍生出的反義詞（請參考잉여篇P48），為韓國自行詮釋的韓式英語。英語圈所使用的「Insider」是「知情人士」的意思，與韓語中的인싸完全不同。

使用時機

由於인싸也有主流的意思，所以只要在名詞前加上인싸，便表示這樣東西是走主流路線，符合當代趨勢的。例如：**인싸 게임**（主流遊戲）、**인싸 패션**（潮人穿搭）等。另外，活躍度極高且更具影響力的인싸則可以加上表「勢力」、「影響力」的**파워**（Power），稱**파워 인싸**。

詞類變化

名詞	名詞＋이다
인싸	인싸다
	인싸야
	인싸였어

句型活用

023.mp3

1. 내 남친이 과에서는 최고 인싸야.
我男友在系上是最活躍的人物啊。

2. 이게 인싸들만 아는 인싸용어야!
這是只有潮人才懂的潮人用語啊！

3. 인싸가 되는 것도 쉽지 않다.
要當個潮人也不簡單。

024.mp3

시선 강탈 視線焦點、搶眼

시선 강탈為「시선」（漢字：視線）與「강탈」（漢字：強奪）的合成詞，字面意義為「搶奪他人視線」，指引人注目，搶盡鋒頭，讓人眼神不由自主停留的人、地、物，常縮寫為시강。這個字最常拿來形容外貌出眾的人，不時會在與藝人相關的新聞報導中看到。此外，任何亮眼好看的物品、空間等，都可以用시선강탈來形容，也可以用動詞形시선강탈하다表達「搶眼」、「吸睛」的意思。

例句：이 배우가 너무 예뻐서 어딜 가도 시선 강탈이야.

這個演員太美了，不管走到哪都是視線焦點。

자뻑 自戀、自我陶醉

這裡的자（漢字：自）是「自己」的意思，뻑則是取自「뻑(이) 가다」（著迷到神魂顛倒）這個表現，合起來就是自己被自己迷得神魂顛倒的狀態。一般來說自視過高或是患有王子病或公主病的人都處在嚴重的자뻑狀態中。動詞用法為자뻑하다。

例句：적당한 자뻑은 자신감을 회복하는 데 도움을 준다.

適當的自我陶醉對於恢復自信心有所幫助。

포스 氣場

포스（Force）這個說法源自於《星際大戰》中達斯·維達的名台詞「The Force is strong with this one.」（這個人的原力很強大。）。포스在星際大戰系列作品中，是一種神祕又強大的能量，在韓國網路上則廣泛地用來指各種人、事、物所散發出的獨特氣場。最普遍的表現方式為포스(가) 넘치다（氣場強大）。

例句：슈퍼스타답게 포스가 철철 넘치네.

他很有巨星的樣子，氣場十分強大。

補充單字／表現—自信、突出相關

❶ 아우라　氣息、磁場／氛圍／光環

아우라源自於拉丁語的「Aura」，指生物身上所散發出的氣息、磁場，或是藝術作品獨特的氛圍，也可以用來指神、仙、天使等身上的光環。

❷ 미친 존재감　強大的存在感

指電視節目或戲劇中，即便不是主要人物，演出份量也不多，還是能以本身特殊的魅力或風格吸引觀眾目光的角色。

❸ 카리스마　不凡的吸引力／天生的領袖氣質

카리스마（Charisma）源自希臘文的「Kharisma」，意思是「才能」、「神的祝福」。而카리스마保留了原文中「與生俱來的獨特天賦」之含義，指難以在平凡人身上找到的強烈魅力，或壓倒性的影響力。擁有카리스마的人，總是能吸引人們的目光，並成為團體中的領導人物。

❹ 튀다　亮眼／突兀

這個字指的是「在團體中顯得與眾不同且顯眼」，它可以有正面與負面兩種解釋。若是因優秀或特別而與眾不同，便是「亮眼」；若是因為程度不足或格格不入而與眾不同，便是一種「突兀」。

❺ 근자감　莫名的自信

근자감為근거없는 자신감（沒有根據的自信）的縮寫，據說是韓國男團 SS501 在某節目中發明的新造語，指除了當事者本人以外，無人能理解的高度自信。雖然是略有年代的流行語，但目前在韓國還是十分普及，請安心使用。

作者有話要說

位於首爾的弘益大學以藝術領域科系著名，而弘大周邊區域也順勢成為孕育韓國小眾文化的寶地，聚集了不少文藝屬性的**힙스터**（請參考간지나다篇 P.122）而提到了힙스터，就不能不提**홍대병**（弘大病）了。所謂홍대병指的就是本身不具文藝素養，卻喜愛出沒弘大周邊，強調自己風格脫俗，追求與眾不同的虛榮心理，以及這樣的族群。嚴格來說，홍대병的定義更接近我們常講的「假文青」。

另外一個與韓國힙스터幾乎劃上等號的說法便是**마이너부심**了。首先，○○부심這個形態，源自於指「自信」、「自豪」的「자부심」（漢字：自負心），它可以與各種名詞連接使用，嘲諷人對自己的○○方面有過度的自信。這個說法加上指小眾文化的**마이너**（Minor）後，便可用來形容某人對於自己喜愛獨立音樂、電影等小眾文化這件事相當自豪，且具有高度的優越感，甚至無條件歧視主流文化以及喜愛主流文化的人。

這些罹患홍대병，充滿마이너부심的人，其實深愛的是非主流文化為自身鍍上的獨特感與高級感，他們往往在自己喜愛的地下音樂人或獨立電影受到主流認可後，便因獨特感與高級感的消逝不再支持，轉而尋找其他尚未受主流關注的人、事、物，繼續將那份自命不凡，依附在下一個對象身上。

009 보이스피싱：電信詐騙

基本會話

025.mp3

민준: 우리은행에서 개인정보를 다시 입력하라는 문자를 받았어.

서연: 야, 절대 그런 거 믿지 마라. 보이스피싱이야.

민준: 휴, 똑똑한 서연이 옆에 있어서 다행이다.

서연: 요즘 보이스피싱 진짜 많거든. 방심하면 안돼.

민준: 있잖아…어제 지원이도 돈이 필요하다고 메시지가 왔는데…

서연: 너 메신저 피싱을 당했네. 빨리 신고해!

敏俊：友利銀行傳簡訊叫我重新輸入個人資料欸。

書妍：喂，絕對不要相信。那是電信詐騙。

敏俊：呼，幸好有聰明的書妍在我旁邊。

書妍：最近電信詐騙真的很多。不能掉以輕心。

敏俊：那個…昨天智媛也傳訊跟我說她需要錢說…。

書妍：你遇到通訊軟體詐騙了。趕快報警！

單字解說

보이스피싱是「보이스」（Voice＝聲音）與「피싱」（Phishing＝網路釣魚）的合成詞，簡單來說，就是你我可能都見識過的那種「是我啦，是我啦，你不記得我了嗎？」、「你的女兒在我手上」、「您網購時我方因作業疏失造成每月會定期扣款」等族繁不及備載的詐騙電話。

使用時機

除了詐騙電話之外，在韓國，所有透過電腦、智慧型手機、簡訊、電話等經由電子通信系統進行的詐騙都可以統稱為보이스피싱。進行電信詐騙是보이스피싱(을) 하다；遭遇到電信詐騙則可以說보이스피싱(을) 당하다，或是보이스피싱(을) 꺾다。

詞類變化

名詞	名詞＋이다	名詞＋動詞
보이스피싱	보이스피싱이다	보이스피싱(을) 하다
	보이스피싱이야	보이스피싱(을) 당하다
	보이스피싱이었어	보이스피싱(을) 꺾다

句型活用

026.mp3

1. **어제 웃긴 전화를 받았는데 너무나 뻔한 보이스피싱이었어.**
   我昨天接到一通很好笑的電話，擺明就是詐騙的。

2. **어떤 사람이 경찰한테 보이스피싱하다 딱 걸렸어.**
   有人向警察進行電信詐騙，被抓個正著。

3. **우리 엄마가 보이스피싱을 당할 뻔했어.**
   我媽差點就上了電信詐騙的當。

해킹 駭客

해킹（Hacking）原本指的是擅長程式語言的「해커」（Hacker＝駭客）破解程式，修改內部編程的作業，但現在則和「크래커」（Cracker＝劊客）進行的「크래킹」（Cracking＝非法入侵）混用，泛指破壞網路安全、非法入侵他人電腦的犯罪行為。除了電腦系統以外，手機通訊軟體或社群網站的破解盜用也可以稱為해킹。

例句：내 컴퓨터 해킹을 당했어.

我的電腦被駭客入侵了。

몸캠 피싱 裸聊詐騙

몸캠是몸을 웹캠로 촬영하는 것的縮寫，字面意義為「用網路攝影機拍攝身體」，也就是俗稱的「裸聊」。몸캠피싱最常見的手法是女網友對男性提出觀看彼此身體的要求，並說服對方下載特定軟體。下載了這個軟體後，不僅受害人手機所拍攝到的內容皆會被側錄下來，手機內部資料也會傳送給對方，使用權限亦會被控制。之後女網友便會以裸聊影片做為籌碼，威脅被害人以贖金交換檔案。這樣的犯罪模式在韓國相當猖獗，在網路上還可以找到不少被害人自救社團呢。

例句：모르는 여자랑 영상채팅 하면 몸캠 피싱을 당할 수도 있다.

和不認識的女性視訊聊天的話，可能會遭到裸聊詐騙。

스미싱 簡訊詐騙

스미싱（Smishing）是「SMS」（簡訊）與「Phishing」（網路釣魚）的合成詞，指利用智慧型手機的簡訊功能入侵手機後，竊取被害人個資的犯罪行為。常見的手法是假借知名企業或公家機關的名義，誘使被害人進入簡訊中提供的網址，點擊之後，手機便會被植入惡意程式碼，駭客即可依此程式碼遠端操控被害人手

機，並利用竊取的個資在網路上進行金錢交易。

例句：스미싱문자 받은 것 같아.

我好像收到了詐騙簡訊。

補充單字／表現——電信詐騙相關

❶ 피싱 사이트（Phishing Site）　釣魚網站

以幾乎相同的網頁內容與網址，偽裝成其他合法的網站，讓使用者在不知情的狀況下輸入帳號密碼，竊取其個資。

❷ 파밍（Pharming）　網址嫁接

當個人電腦被植入了惡意程式碼之後，它便會在使用者進入一個正常網址時，導入另一個冒牌的網站，並竊取其個人資料。在韓國通常以銀行網站居多。

❸ 메신저 피싱（Messenger Phishing）

通訊軟體詐騙

盜用他人的通訊軟體帳號後，假借其名義向朋友借錢，或是要求朋友代為購買遊戲點數等。

❹ 와이파이 해킹（Wi-Fi Heacking）

無線網路攻擊

指駭客入侵安全性較低的路由器，破解設定，讓使用者上網時連接到釣魚網站，或是直接竊取其個資，綁架通訊軟體等。

뻉소니：肇事逃逸

基本會話

028.mp3

지원：오빠, 나 요즘 한 드라마 때문에 월화마다 열받아!

민준：어? 그게 왜? 드라마가 재미 없었어?

지원：그런 게 아니야. 그 뻉소니한 사람이 완전 법꾸라지더라.

민준：지원아, 그건 다 픽션이니까 너무 신경을 쓰지 마…

지원：돈이 있는 게 다야? 사람을 치고 도망가도 어떻게 처벌을 안 받냐?

민준：응…하긴…나쁘긴 나쁘네…

智媛：哥，我最近因為一部電視劇，每週一二都好火大！

敏俊：什麼？怎麼會這樣？電視劇不好看嗎？

智媛：不是啦。那個肇事逃逸者根本是個規避法律刑責的人啊。

敏俊：智媛啊，那都是虛構的，妳不要太在意…

智媛：有錢就可以橫行霸道嗎？撞了人跑走也不用受到處罰嗎？

敏俊：嗯…也對…這樣是很壞啦…

單字解說

뻉소니中的「뻉」源自指「抽離」的「빼다」這個單字，而「소니」則源自「손이」，也就是「손」（手）加上名詞後綴「-이」的同音表現。兩者合起來的字面意義為「抽手」，也有急忙脫身，偷偷逃跑的意思，一般指交通事故中的肇事逃逸行為。

使用時機

빵소니是我們在電視劇裡常常聽到的說法，韓國人在口語中也都會用빵소니來表達開車撞到人之後，不僅不將受害人送醫急救，還逕自逃跑的行為。但它在法律上的正式罪名為「**특정범죄 가중처벌 등에 관한 법률 위반 (도주차량)**」，可直譯為「違反特定犯罪加重處罰等相關法律（肇事逃逸車輛）」。動詞用法為빵소니(를) 하다、遭遇肇事逃逸意外則可以說빵소니(를) 당하다。

詞類變化

名詞	名詞＋이다	名詞＋動詞
빵소니	빵소니다	빵소니(를) 하다
	빵소니야	
	빵소니였어	빵소니(를) 당하다

句型活用

029.mp3

1. **오다가 교통사고를 목격했는데 빵소니였어.**
   我在路上目睹了一場車禍，是肇事逃逸。

2. **빵소니를 하는 사람들이 다 무책임한 찌질이다.**
   肇事逃逸的人都是無責任感的懦夫。

3. **빵소니를 당하면 꼭 현장에서 바로 신고해야 돼요.**
   如果遭遇肇事逃逸事故，一定要馬上在現場報案。

網民們都在說什麼

030.mp3

법꾸라지 法律泥鰍（規避法律刑責的人）

법꾸라지為법률（漢字：法律）與미꾸라지（泥鰍）的合成詞，字面意義為「法律泥鰍」，指利用本身的人脈、知識、情報所形成的權力與技術，像泥鰍一般熟練地規避法律刑責的人。這類人通常有一定的社會地位，且與權力中心有相當程度的勾結。

例句：그가 높은 사람이지만 사회 질서를 흐리는 나쁜 법꾸라지야.

他雖身居高位，卻是個敗壞社會秩序的惡質法律泥鰍。

먹튀 拿了好處就跑

먹튀是먹고 튀다的縮寫，字面意義為「吃了就跑」。指取得了利益就一走了之，沒有付出相應的代價。먹튀最早指的是拿了高額的簽約金之後，成績卻遠不如預期的職棒選手，後來也能應用在所有類似的狀況上。例如外食跑單、在線上遊戲裡偷裝備、捲款潛逃、白嫖等。

例句：같이 노래방에 갔는데 학과 선배가 먹튀했어.

大家一起去 KTV，學長卻跑單不付錢。

치한 色狼

雖然치한（漢字：癡漢）一般用來指稱電車裡性騷擾女性的色狼，但只要是有性騷擾或性侵他人之行為的男性，都可以稱為치한。

例句：오늘 아침에 지하철에서 한 여자가 치한에게 당하고 있는 걸 봤어.

我早上在地鐵上看到一個女的被色狼騷擾。

補充單字／表現—犯罪相關

❶ 제비족 小白臉
제비족的字面意義為「燕子族」，指流連聲色場所，以騙取金錢為目的誘惑年長女性的男性。至於제비족的來源則眾說紛紜，有一說是韓國早期的小白臉多半是夜總會的國標舞老師，他們翩翩起舞的模樣神似輕盈的燕子。另一說則是日語會用「燕」（つばめ）來稱呼受年長女性豢養的年輕男子，而這個說法也流傳到了韓國。

❷ 꽃뱀 狐狸精
꽃뱀的字面意義為「花蛇」，指的是刻意接近男性，誘惑對方發生性關係後，就以威脅等各種手段來騙取金錢的女子。通常說的是仙人跳中的女性角色。

❸ 삥뜯다 敲詐勒索
指不良少年在暗巷搶奪他人錢財的行為。

❹ 묻지마 범죄 隨機犯罪
묻지마的字面意義為「不要問」，指無特定原因對不特定對象進行的行為，多半與表負面行為的詞彙連接使用。例如：**묻지마 살인**（隨機殺人）、**묻지마 테러**（隨機恐怖活動）等。

❺ 사이비 종교 偽宗教
사이비 종교（漢字：似而非宗教），顧名思義就是「外表看似宗教，其實並不具宗教基本要件的團體」，裡頭還可以細分為基督教、佛教、伊斯蘭教以外的**신흥종교**（漢字：新興宗教）、民間迷信的**유사종교**（漢字：類似宗教），以及參與犯罪行為的**사교**（漢字：邪教）等。

作者有話要說

只要住過韓國，您肯定遇過一兩次사이비 종교的傳教人士。他們通常會大肆地宣傳來誘惑新人加入，佈教方式具有濃厚的強制性，甚至運用各種騙術。加入之後便會開始誘導教徒奉獻高額獻金，並強迫實施合宿，進行體能訓練。這些偽宗教以信仰之名控制心靈脆弱的民眾，成為了危害國家社會的毒瘤。

似而非宗教有幾個特徵，首先是教義表裡不一；其次是教主的神格化；第三是相信世界末日；第四是反社會、違悖倫理；第五是對既有宗教心懷憤恨；第六是期待僥倖，依賴命運。由於似而非宗教內部通常會有許多語言方面的人才，負責吸收外國人加入，所以如果有機會去韓國居住，一定要格外小心，遇到傳教人士，先觀察該團體是否有以上特徵，別因為他們的友善而誤入陷阱。

애드버토리얼：業配／廣編

基本會話

031.mp3

지원 나 어제 커뮤니티에서 맛집 후기를 보고 갔는데 맛없었어!

서연 애드버토리얼이지. 바보야.

지원 돈도 벌 수 있고 맛있는 것도 먹을 수 있고…꿀잡이네.

서연 그럼 너도 블로그 시작해 보지 그래…일단…

지원 언니 미안, 우리 오빠들 지금 여의도에 있대. 먼저 갈게.

서연 쓸데없는 일만 하네.

智媛：我昨天在論壇看到一篇食記就跑去吃了，可是好難吃噢。

書妍：那是業配文啊，傻瓜。

智媛：能賺錢又能吃好料…好爽的工作。

書妍：那妳也去開個部落格看看啊…首先呢…

智媛：姐，抱歉，聽說我們家歐巴現在在汝矣島。先走一步。

書妍：光是做些沒用的事情欸。

單字解說

애드버토리얼（Aditorial）為 Ad（廣告）與 Editorial（社論、編輯）的合成詞，中文的專有名詞為「社論式廣告」，指以報導或紀實型態呈現的廣告，主要在電視、報紙、雜誌、部落格、社群網站上出現，也就是我們常說的「業配」。

使用時機

出現在平面、電視、網路等各種媒體上，以「使用後記」或「開箱評比」等紀實型態呈現的內容皆可以稱之為애드버토리얼。但YouTuber受廠商委託所拍攝的劇情類廣告片並不具紀實、報導的性質，故不屬於애드버토리얼的範疇之內。

詞類變化

名詞	名詞＋이다
애드버토리얼	애드버토리얼이다
	애드버토리얼이야
	애드버토리얼이었어

句型活用

032.mp3

1. **후기인 줄 알았는데 알고 보니 애드버토리얼이었어.**
   本來還以為是開箱文，原來是業配文啊。

2. **이 맛집 소개글이 왠지 애드버토리얼 냄새나.**
   這篇美食介紹文莫名有種業配的味道。

3. **이 잡지 애드버토리얼 너무 많지 않아?**
   這本雜誌的廣編也太多了吧？

인터넷 스타 網紅

指在網路上知名度高的人或動物，由於現在韓國年輕人相當關注中國網紅，韓國廣告主也會常與華人地區的網紅合作，所以近期直接使用網紅的韓文音譯「왕홍」的狀況也相當普遍。另外，在 Instagram 上追蹤人數眾多的使用者稱為인스타 스타（Insta Star）。

例句：요즘 인터넷 스타들도 티비 많이 나오네.

最近網紅也很常出現在電視上呢。

파워 블로거 知名部落客

파워 블로거（Power Blogger）是由表「勢力」、「影響力」的파워（Power）與「部落客」的英語外來語「블로거」（Blogger）所組成的，指以發表自己的經驗或意見、創作等得到讀者關注，進而形成影響力的創作者。

例句：와이프가 창작레시피로 파워 블로거가 됐어요.

我太太因自創的食譜而成為知名部落客。

BJ 直播主

BJ（Broadcasting Jockey）原本是방장（房主）的羅馬拼音縮寫，指在直播平台아프리카tv[1]進行直播的人，隨著아프리카tv 在韓國的規模越來越大，站方也將 BJ 的解釋改為較具現代感的 Broadcasting Jockey（節目主持人）。不過，英語圈的 BJ 是「口交」的縮寫，所以與英語母語者對話時請千萬不要使用這個說法。BJ 這個行業在韓國的影響力非常大，不僅是年輕人模仿、追隨的對象，更是無數流行語的源頭，頂級 BJ 的收入與人氣甚至與藝人不相上下。

例句：인기BJ들의 수입이 어마어마하다고 들었어.

聽說人氣直播主的收入非常驚人。

---

1 아프리카tv 為韓國最具代表性的直播平台。

補充單字／表現——網紅、業配相關

❶ 왕홍경제　網紅經濟

網紅利用自身的魅力與號召力，將人氣化為買氣，創造商機的商業模式。

❷ 간접광고　置入性廣告

간접광고（漢字：間接廣告）又稱 **PPL**（Product Placement），指的是在電視劇、電影、音樂錄影帶、遊戲等娛樂內容中將廣告主提供的商品做為道具使用，讓消費者在無意識中接收商品的曝光，進而達到廣告效果。

❸ 가상광고　虛擬廣告

가상광고（漢字：假想廣告）的基本概念與간접광고類似，不過廣告主不需要先行提供商品，而是用後製的方式將商品廣告植入現場畫面中。

❹ 공동구매　團購

공동구매（漢字：共同購買）為網友在網路上一起合購大量特定商品，用數量來壓低售價的消費方式。

作者有話要說

韓國小學五六年級生都必須要繳交一張「진로희망 조사서」（未來志向調查書），而現在越來越多孩子選擇「Youtuber」或「個人內容創作者」做為未來的志向。

看電視長大的小孩皆已成人，現在的小朋友都是看 Youtube 長大的新世代。當父母分身乏術時，只要給孩子一個平板，就能讓他們自由選擇有興趣的內容來觀賞。比起電視，Youtube 可以提供更多樣化的資訊內容，且幾乎不受時間、地點的限制。網路世代的孩子們，與家人、朋友相處的時間都不及手機裡的 Youtuber。他們不僅讓孩子們認識了這個新興行業，也成為孩子們模仿與崇拜的對象。

然而心智尚未成熟的兒童、青少年，只看到 Youtuber 們光鮮且自由的生活，若是看到了太刺激的內容，也許還會誤以為網路創作是個不僅能為所欲為，還能賺大錢的工作。其實不管在任何行業裡，成功的背後都是耕耘的汗水。知名 Youtuber 的名利與人氣，又何嘗不是默默努力的成果呢？

네티즌／누리꾼：網民

基本會話

034.mp3

민준 어제 네이버 뉴스를 봤는데 헐！네티즌들 악플 정말 심하더라!

서연 그런 거 보지 말아, 친구야. 기분이 더러워질 거야.

민준 그러니까…이런 걸 볼 때마다 헬조선 실감이 난다.

서연 대한민국 누리꾼 다 트롤 아니거든. 기죽을 필요없어!

민준 평범해 보이는 사람도 마음 속에 악마가 있을지도 몰라…

서연 저기요. 아저씨. 제 말 들리세요????

敏俊：我昨天看 Naver 新聞啊，嘩！網民的惡意留言真的很誇張欸！。

書妍：不要看那種東西了，朋友。心情會變得烏煙瘴氣的。

敏俊：就是啊…每次看到這種東西，就會親身感受到地獄朝鮮呢。

書妍：大韓民國網民並非全部都是酸民好嗎。沒有必要沮喪！

敏俊：看似平凡的人心中或許也有惡魔呢…。

書妍：哈囉，先生，你有在聽我講話嗎？？？？

單字解說

韓國一開始用來指「網民」的詞彙僅有「네티즌」這個外來語，它源自於由「Internet」（網路）與「Citizen」（市民、公民）所組成的英語單字「Netizen」。韓國國立國語院在 2004 年才將네티즌這個字純化（漢字：순

화）[1]為由「世界」的古語「누리」與表「專家」或「慣用者」的貶意後綴「-꾼」所組合而成的「누리꾼」。

---

[1] 這裡的純化為「語言純化」（漢字：언어순화），在韓國指的是用自創的純韓語新詞來取代外來語，或是用優雅、正統的詞彙來取代原本粗俗、錯誤的說法。

使用時機

「네티즌」與「누리꾼」這兩個說法都是泛指一般常在網路世界活動的人士，沒有多餘的褒貶意義，可以安心使用。不同的點是，廣播電視節目與媒體上，只會使用純化過的누리꾼，絕對不會使用네티즌。在各媒體持續不斷地推廣之下，누리꾼的普及度已成功追趕上네티즌，兩者目前在韓國的使用率都非常高。

詞類變化

名詞	名詞＋이다
네티즌／누리꾼	네티즌이다／누리꾼이다
	네티즌이야／누리꾼이야
	네티즌이었어／누리꾼이었어

句型活用

035.mp3

1. **한국 네티즌들이 대만 여자가 예쁘다고 해.**
   韓國網民說台灣女生很漂亮。

2. **인기 BJ들이 만든 유행어들이 네티즌 사이에 많이 쓰인다.**
   人氣直播主創造的流行語在網民之間被廣泛使用。

3. **네티즌들이 핫한 아이돌들의 공개연애 소식에 난리가 났다.**
   網民們因為當紅偶像公開戀愛的消息而騷動起來。

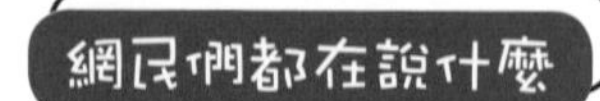

036.mp3

핑프 伸手牌

핑프是핑거 프린세스（Finger princess）、핑거 프린스（Finger prince）的縮寫，字面意義為「手指公主」與「手指王子」。顧名思義就是手指頭有公主病或王子病，連自己動手查資料都懶，什麼都要上網問的人。另外，從핑프這個字還衍生出**핑슬**這個說法，它是핑거 슬래브（Finger Slave）的縮寫，字面意義為「手指奴隸」，指的是即便핑프們在網路上問了一些隨便查就能找到答案的問題，還是願意親切回覆的人。

例句：자기 일에도 책임을 안 지는 핑프들 제일 싫어.

我最討厭這種連對自己的事情都不願負責任的伸手牌了。

인터넷 트롤 酸民

트롤源自於英文 Troll，原意為「山怪」，在網路上指的則是刻意用惡意留言引戰的酸民。意思相近的表現還有由指「惡意留言」的「악플」與表「人」的英文後綴「-러」（-er）所組成的**악플러**（惡意留言者）。

例句：인터넷 트롤의 말에 신경 쓰면 지는 거다.

在意酸民講的話就輸了。

화이트 불편러 正義發聲者

화이트 불편러是由「白色」的外來語「화이트」（White）、「불편」（不舒服）、表「人」的英文後綴「-러」（-er）等三個部分組合而成。這個字的樣貌與**프로불편러**（請參考어그로篇P.72）類似，也都是指對小事有大反應的人，但兩者的內涵與格局卻大大不同。화이트 불편러在意的，是一直以來被社會忽略的小事裡透露出的不公義與錯誤價值觀，他們勇敢指出這些問題，站出來為遭受不合理待遇的人們發聲，進而掀起輿論，試圖用行動為世界帶來正

向的改變。近年來在社群網站及媒體上廣泛傳播的「Me Too」[1]運動，便是화이트 불편러用輿論與行動改變世界的絕佳例子。

例句：화이트 불편러는 세상을 움직이는 강한 힘이라 할 수도 있어요.

正義發聲者可以說是一股推動世界的強大力量。

---

1 Me Too 原本是指性侵害或性騷擾的受害者，在社群網站上傳播自身受害經歷時加上的主題標籤，他們希望藉由這個運動公布自身受害的經歷，讓世界正視此問題的普遍性。Me Too 在極短的時間內席捲了全球，不少知名人士也挺身而出告白自己不愉快的經歷，許多加害者亦因此受到譴責或制裁。

補充單字／表現—網路使用者相關

❶ 악플 惡意留言

악플是악성 리플（惡意 reply）的縮寫。善意留言則是**선플**（善意 reply）。動詞用法為악플(을) 달다。

❷ 키보드 워리어（Keyboard warrior）

鍵盤戰士

指網路一條龍，私下一條蟲的鍵盤戰士。

❸ 사이버 전사 網軍

指受僱利用網路進行任務以達成特定目的的人員。

❹ 뉴비（Newbie） 網路新手

指在線上遊戲或論壇中剛開始活動的使用者。

❺ 올드비（Oldbie） 網路老鳥

指在線上遊戲或論壇中活動很久的使用者。

作者有話要說

韓國的網路惡性留言問題非常嚴重，2008 年，紅極一時的女演員崔真實因網路上的惡性留言累積了龐大的心理壓力，最終因無法戰勝憂鬱症自殺身亡。此後，韓國社會開始正視惡性留言的問題，政府也開始施行網路實名制，並設立網路偵查隊，用實際行動解決網路帶來的新社會問題。

可惜時至今日，仍然可以在韓國網路上看到許多公眾人物公開自己因惡性留言而飽受折磨的心情。顯然法律與政策都無法消弭匿名人世界裡處處隱藏的惡意。科技可以無上限地持續進步，然而人心卻不是隨著時代演進就能解決的難題啊。

어그로：引戰／刷存在感

基本會話

037.mp3

현우 카페에서 누군가와 키배를 하고 있어.

민준 왜 그래? 무슨 일이 있어?

현우 그 사람이 계속 뭐 불편하다고 어그로를 끌더라고. 짜증나게.

민준 현우야, 그냥 프로불편러인데 신경 쓸 필요가 없어.

현우 아 몰라. 쉴드 좀 쳐줘.

민준 그러다가는 우리 둘 다 영정당할 걸.

賢宇：我在社團跟一個人在筆戰。

敏俊：為什麼？怎麼回事？

賢宇：那個人一直說什麼他覺得很不舒服，就在那引戰，煩死了。

敏俊：賢宇啊，他就只是個正義魔人啊，不需要在意。

賢宇：不管啦，幫我護航。

敏俊：這樣弄下去我們都會被永久停權的。

單字解說

어그로為 Aggro（挑釁）的韓化發音，這個說法起源於角色扮演遊戲。在此類型的遊戲中，怪物總是會先攻擊對自己最有威脅性的角色，這種系統就稱為어그로；而為了引起怪物的注意，刻意攻擊怪物的行為則稱為어그로(를) 끌다。此一遊戲用語後來在網路世界中廣為使用，衍生為刻意引人注意，或在網路上發表具挑釁意味的內容來引戰的行為。

使用時機

除了網路上挑起筆戰以外，在公共場所或社群網站等處為了引人注意而做出的種種突兀行為，也可以稱為어그로。這種愛刷存在感的人稱為어그로꾼；而어그로的程度嚴重時則可以說광역어그로（大範圍引戰）。

詞類變化

名詞	名詞＋이다	名詞＋動詞
어그로	어그로다	어그로(를) 끌다
	어그로야	
	어그로였어	

句型活用

038.mp3

1. **어그로 끌지 마.**
   不要引戰了。／不要刷存在感了。

2. **이런 공격적인 말을 하는 게 뻔한 어그로야.**
   說這種有攻擊性的話很明顯是在引戰啊。

3. **이 친구가 어그로 쩌네.**
   這位朋友很會刷存在感欸。

프로불편러 正義魔人

프로불편러為「專業」的外來語「프로」（Pro）、「불편」（不舒服）、表「人」的英文後綴「-러」（-er）三者的合成詞，字面意義為「專業不爽人」，指喜歡在網路上用個人的標準來衡量一切，對瑣事反應過度，且極度需要他人認同自己價值觀的人。他們常以「이거 나만 불편한가요?」（只有我覺得不舒服嗎？）這句話來求取他人的共鳴。表面上是提問，其實是要引導大家和他一起進行批判，而這句話也讓프로불편러成了這類人的代稱。

프로불편러這個字，本身就是許多網友對主觀意識過於強烈的正義魔人產生反感而創造出來的字眼，所以使用上也必須小心。對於懷著善意提出理性忠告的網友，是不能使用프로불편러這個說法的。

後來프로○○러這樣的形態也被網友們廣泛運用，指老是在做○○事的人，例如**프로야근러**（專業加班人）、**프로쇼핑러**（專業血拼人）…等，將○○部分替換成各式各樣的名詞。在做這樣的衍生使用時，便沒有原本的貶意，單純形容做○○事的次數或頻率相當高的人。

例句：프로불편러들이 쓸데없는 것만 트집잡네.

正義魔人老是拿一些沒用的事情來找碴。

진지충 認真魔人

「-충」（漢字：-蟲）是一個具貶意的後綴，○○충代表的是常常做○○的人、過於○○的人，或是對○○族群的貶低，概念類似台灣網路上常用的「魔人」。而「진지」（漢字：真摯）加上「-충」，指的就是在不需要認真的時候過度認真，還企圖用自以為是的道德觀來指正他人的網民。

光看진지충的定義會覺得與프로불편러十分相近，但진지충指的通常是在應該哈哈大笑的氛圍裡，突兀地對人曉以大義，過度嚴肅，看不懂玩笑的人；而프로불편러強調的是極度渴望自己價值觀

被認同這一點。相同的是，兩者的都有強烈的貶意，使用前務必三思。

진지충的另一個說法是씹선비。선비指的是朝鮮時代的知識階層，也就是我們常說的書生，而씹-則是表強調的前綴。這邊要特別注意的是，씹的原始詞意是女性的生殖器，說出來是非常不好聽的，紳士淑女們請斟酌使用。

例句：진지충이랑 어울리는 게 정말 힘들어.

跟認真魔人相處真的很累。

補充單字／表現—網路筆戰相關

❶ 키배　筆戰

키배是키보드 배틀（Keyboard Battle）的縮寫，字面意義為「鍵盤鬥爭」，指網路上的論戰。動詞用法為키배(를) 하다。

❷ 쉴드（Shield）　護航

指某人或某集團在論壇上遭受批判時，出來發言維護的行為。動詞用法為쉴드(를) 치다。

❸ 신상털기　肉搜

신상털기為「신상」與「털기」的合成詞，「신상」指的是人的身分與狀態；「털기」則是動詞「털다」（抖出）的名詞形，意指查出某人的真實身分。

❹ 마녀사냥　獵巫／迫害、公審

마녀사냥又可以稱為**마녀재판**（漢字：魔女裁判），原本指中世紀歐洲的女巫搜捕行動，當時有許多無辜的女性被指控為女巫並處刑，而現代的마녀사냥指的則是社會上的不特定多數對於少數族群或個人的迫害、公審行為。

❺ 강퇴　強制退出

강제 퇴장（漢字：強制退場）或강제 퇴학（漢字：強制退學）的縮寫，指從群組或社團被踢出去。

❻ 영정　永久停權

영구 정지（漢字：永久停止）的縮寫，指在遊戲或網站上因觸犯法規導致帳號被永久停權。類似的表現還有영구밴（永久 ban＝永久禁用）的縮寫**영밴**、영구 블록（永久 block＝永久封鎖）的縮寫**영블**, 以及영구 추방（永久驅逐）的縮寫**영추**；被永久停權則可以說영정(을) 당하다。

썰：親身經驗

基本會話

040.mp3

지원 어제 갤러리에 우리 보고 싶은 그 영화를 보고 온 썰을 봤거든.

서연 어때? 볼 만해?

지원 말도 마. 나 스포를 당했음.

서연 어머, 글쓴이가 "스포주의"라도 제목에 적어놔야지. 민폐네.

지원 그러니까. 나도 썰을 하나 풀어 스포해 볼까?

서연 하지 마. 유치해.

智媛：我昨天在論壇看到我們想看的那部電影的觀後感。

書妍：怎麼樣？值得看嗎？

智媛：別提了，我被爆雷。

書妍：天哪，作者好歹在標題寫個「小心有雷」吧，真讓人困擾欸。

智媛：就是啊，我也來寫個觀後感爆雷吧？

書妍：不要鬧，很幼稚。

單字解說

這個字是由表「言語」的「설」（漢字：說）衍生出來的網路用語，指自己親身經歷的故事，或是如對人說故事一般，以第一人稱敘述的文體。

使用時機

썰的動詞用法為썰(을) 풀다，常出現在論壇或社群裡有人分享自己的親身經驗時。也可以用在標題中，前面加上名詞或修飾語後，便能讓讀者知道分享的是哪一方面的內容。雖然這個說法在網路上以及年輕人之間很常用，但它並不是標準韓語，所以正式場合是不適合使用的。

詞類變化

名詞	名詞＋이다	名詞＋動詞
썰	썰이다	썰(을) 풀다
	썰이야	
	썰이었어	

句型活用

041.mp3

1. **남자들이 모이면 군대썰을 많이 풀어.**
   男人一聚在一起就會說很多軍隊的經歷。

2. **도서관에서 잘생긴 남자를 본 썰을 풀어 보자.**
   讓我來說說我在圖書館看到帥哥的經驗吧。

3. **어떤 갤러리에서 남의 성형썰을 보니까 나도 성형해 보고 싶어졌어.**
   在某論壇上看到別人整形的經驗分享之後，我也好去整形。

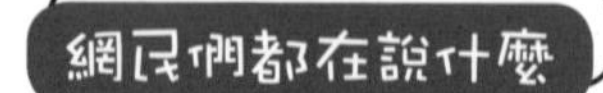

042.mp3

TMI 過量資訊／透露太多了

TMI 是 Too much information 的縮寫，原本是美國年輕人之間常用的網路流行語，在非自願狀態下得知過於詳細或私密的資訊時，便可以使用這個說法，也可以當名詞使用，指超過負荷的過量資訊。它的字面意義雖然是「訊息量過大」，但它和台灣網友常使用的「訊息量過大」有著微妙的差異。台灣的訊息量過大指的是言語或圖片裡有很大的想像空間可供解讀；但 TMI 裡的情緒則是「我一點也不想知道這些，可以不要再講了嗎…」，隱藏著叫對方閉嘴的意思。另外在發文時也可以寫在標題上，提醒網友裡面有極為大量的資訊，建議斟酌後再點擊。

例句：아이돌들의 공개 연애 소식은 팬들한테 TMI일뿐이다.

偶像公開戀愛的消息對粉絲來說都只是超負荷的資訊而已。

스포 爆雷

스포是「敗壞」的外來語「스포일러」（Spoiler）的縮寫，指把小說、漫畫，或各種影視作品等的劇情內容甚至結局透露給沒看過的讀者、觀眾、網友等。爆雷者稱為스포꾼，動詞用法為스포(를) 하다。若是想發表心得文又要避免網友踩雷，可以在標題註明스포 주의（小心有雷）；被爆雷則可以說스포(를) 당하다。

例句：스포하지 마라!

不要爆雷！

퍼가다／스크랩 轉載

퍼가다原本是盛走、舀走、挖走的意思，網路普及後便衍生為將他人在網路上發表的文章「挖到其他地方去」的意思，也就是我們常說的「轉載」，相似的表現還有外來語스크랩（Scrap）。另外，轉載文章的韓語說法是由퍼 오다（挖來）的名詞形「퍼옴」與「글」（文章）組合而成的펌글；未經許可的轉載行為則是「불법 퍼옴」（非法轉載）的縮寫불펌。

例句：퍼가기 금지.／불펌 금지.

禁止轉載。

補充單字／表現──網路發文相關

❶ 스압주의　文長慎入

스압為스크롤 압박（壓迫捲軸）的縮寫，스압주의的字面意義為「小心壓迫捲軸」，通常用在提醒網友，文章內容太長，長到會讓你的視窗捲軸壓得非常扁。

❷ 혐오주의／공포주의

不適者慎入／膽小者慎入

혐오주의的字面意義為「小心嫌惡」，通常用在提醒網友，文章內容有可能讓人感到不適。另一個常見的說法為공포주의，字面意義為「小心恐怖」，可以提醒網友，文章內容有可能讓人產生恐懼感，膽小者慎入。

❸ 정리글／총정리　懶人包

정리（漢字：整理）有歸類、總結的意思，所以정리글（總結文）和총정리（總整理）都可以代表總結複雜事件的精簡文章。

❹ 제곧내　如題

제곧내為제목이 곧 내용的縮寫，字面意義為「題目即內容」，常取初聲寫做**ㅈㄱㄴ**，指文章的題目便是作者想陳述的內容。

❺ 냉무　無內文

為내용 무的縮寫，字面意義為「無內容」，指此文章只有標題沒有內容，通常會寫在標題，提醒讀者不需要花時間點進來。例如：「출첵합니다. 냉무」（簽到，無內文）。

❻ 뻘글　廢文

뻘글源自於指「無用之事」的全羅道方言「뻘짓」，將「짓」置換為「글」後指的是沒內容也沒意義的廢文。

作者有話要說

韓國的「썰」文化十分發達，一開始網友們會在一般社群網站上以文字敘述一些好笑或是色色的經驗。在 Youtube 上搜尋「썰」，也會出現大量以字卡形式呈現的影片版「썰」。漸漸地，某些擅長繪畫的網友們，開始覺得光看文字不夠精采，便將這些文字版的썰，畫成漫畫分享出來，並稱之為「**썰만화**」。由於這些業餘的썰만화大受歡迎，一些大型的網路漫畫平台也開始連載這種形式的短篇集成人漫畫，部分較受歡迎的作品甚至還被拍成了電影。但是，世界上哪有那麼多值得分享的精采故事呢？網友們標榜的「親身經驗分享」中，其實大部分是捏造出來的創作文，越是脫離現實的故事，越有可能是個人創作。所以各位看倌啊，這些網路上流傳的經驗談，還是別當真，當成小說來看會比較好喔。

도배：洗版

基本會話

043.mp3

지원：오빠, 요즘 내 페이스북 오빠가 올린 월드컵 글로 싹 도배됐어.

현우：월드컵은 핫이슈잖아. 너 축구에 관심 없어?

지원：나 축구 싫은 거 아니라 도배가 싫은 거야.

현우：미안, 흥이 차오르다 못해 도배하게 됐어.

지원：오늘 결승전이라면서? 도배글 보기 싫으니까 지금 차단해야 될 것 같아.

현우：지원아, 오빠한테 너무 독한 거 아니야?

智媛：大哥，最近我的臉書完全被你的世界盃文洗版欸。

賢宇：世界盃是熱門話題啊。妳對足球沒興趣嗎？

智媛：我不是討厭足球，我是討厭洗版。

賢宇：抱歉，我太興奮就洗版了。

智媛：聽說今天是決賽吼？我不想看洗版文了，看來我必須現在就封鎖你。

賢宇：智媛，妳對哥會不會太狠了？

單字解說

도배（漢字：塗褙）原本的意思是「貼壁紙」，在網路上指的是畫面上被相同的內容或垃圾留言佔滿，就像被文章塗了一整面牆一樣。

使用時機

도배的內容通常會是廣告文、垃圾文，或是惡意毀謗文等，有時太熱門的話題也會造成도배。動詞用法為도배(를) 하다，如果畫面被洗版可以用被動說法도배(가) 되다，洗版文則是도배글。

詞類變化

名詞	名詞＋이다	名詞＋動詞
도배	도배다	도배(를) 하다
	도배야	
	도배였어	도배(가) 되다

句型活用

044.mp3

1. 카페에서 도배가 제일 보기 싫다.

在社團裡最討厭看到洗版了。

2. 갤러리에서 도배하면 다른 유저에게 민폐만 된다.

在論壇裡洗版只會帶給其他使用者困擾。

3. 내 페이스북이 탑스타커플의 공개연애 소식으로 도배됐다.

我的臉書被巨星情侶公開戀愛的消息洗版了。

펑하다 刪文

펑하다原本是指東西突然炸開的「砰」聲，在網路上則引申為「刪文」的意思，指文章就像變魔術一樣砰一聲地消失。這個說法通常都是用來公開告知其他網友「我要刪文了」，或是「之後會刪文」，所以常以「펑합니다」這種比較正式且尊敬的文法形式出現。

例句：내일 펑합니다.

明天刪文。

낚시글 釣魚文

낚시글是「낚시」（釣魚）與「글」（文章）的合成詞，這裡所謂的「낚시」指的是用聳動的標題或圖片吊人胃口，騙點閱數甚至進行詐騙的行為，而這類型的文章便是낚시글。낚시글的內文通常和標題有很大出入，或是包含虛構的事實，而這些用來吊人胃口的標題或圖片就叫**떡밥**（魚餌）。例如「二十億人都驚呆了！」這個標題就是「떡밥」。要是上了낚시글的當，則可以說**낚였다**（上鉤了）。

例句：낚시글에 낚였다.

被釣魚文騙到了。

눈팅 潛水

눈팅為눈채팅的縮寫，為指「眼睛」的「눈」與「網路聊天」的外來語「채팅」（Chatting）的合成詞。눈팅原本是在聊天室裡不發言，光用眼睛看別人聊天的行為；現在意義則變得更廣泛，在論壇中只瀏覽，不留任何痕跡的行為也可以稱為눈팅。另外，在網路上以눈팅為習性的人稱為**눈팅족**，也可以解釋為在一旁圍觀的吃瓜群眾。動詞用法為눈팅(을) 하다。

例句：눈팅은 그만 해.

不要再潛水了。

補充單字／表現－網路論壇相關

❶ 커뮤니티（Community）／카페（Cafe）

網路社群、社團

커뮤니티為英語的 Community，是「社群」的意思；카페則是英語的 Cafe，原意為「咖啡廳」。以上兩者都可以指由具有某種共同點的網友所組成的網路社團。

❷ 게시판／갤러리（Gallery）　○○論壇、○○版

게시판（漢字：揭示板）原意為「公佈欄」；而갤러리則是英語的 Gallery，原意為「美術館」、「畫廊」。兩者在網路世界中都是指論壇或版的意思。

❸ 출첵　簽到

출첵為출석 체크（出席 Check）的縮寫。就是在論壇中發文表示自己今天已來訪的意思。

❹ 자삭　自刪

자삭為자진 삭제（主動刪除）的縮寫。指自己刪除自己的發文。

❺ 빛삭／광삭　秒刪

兩者分別是빛처럼 빠른 속도로 삭제（以光一般的速度刪除）與광속도로 삭제（光速刪除）的縮寫，指迅速刪除發文或留言。

❻ 퇴갤／탈갤　退出論壇、退出、消失

兩者分別是갤러리를 퇴장하다（自論壇退出）與갤러리를 탈퇴하다（脫離論壇）的縮寫，原始的意思是「不再上論壇」，但後來也可以用來表示不參加某活動，或從某處消失等。而탈갤的語氣又比퇴갤強烈一點。類似的表現還有「登出」的外來語**로그아웃**（Logout）。

作者有話要說

韓國使用率前五名的網路社群有哪些呢？一起來看看吧。

1. 디시인사이드（dcinside）：歷史最悠久的韓國網路社群，裡頭有各種不同主題的版，也是韓國流行語誕生的寶地。
2. 인벤（inven）：韓國訪問流量最大的遊戲社群。
3. 루리웹（Ruliweb）：韓國知名遊戲社群，手作神人的出沒處。
4. 일간베스트 저장소（最佳網文日報儲藏所）：韓國爭議最大的網路社群，獨立自디시인사이드，政治傾向屬極右派[1]。
5. 뽐뿌（PPOMPPU）：以便宜購物情報著稱的社群，政治傾向偏左派[2]。

---

[1] 右派為保守主義或穩健主義傾向。
[2] 左派有追求進步或激進的傾向。

언팔：取消追蹤

基本會話

046.mp3

현우 서연아, 나 지원이한테 언팔 당했어.

서연 어? 진짜? 너 무슨 이상한 걸 올렸지?

현우 나 어제 머리를 잘랐는데 셀카 몇 장을 올렸을 뿐이야.

서연 음…셀카 몇 장 때문에 언팔 당할 리가 없는데…

현우 그렇지. 이거 봐봐, 나 이상한 거 안 올렸거든. (인스타피드를 보여줌)

서연 셀카 20장을 올리면 언팔을 당해도 싸지.

賢宇：書妍，我被智媛取消追蹤了。

書妍：什麼？真的嗎？你上傳了什麼怪東西吧？

賢宇：我昨天剪頭髮，只是上傳了幾張自拍而已。

書妍：嗯…不可能因為幾張自拍就被取消追蹤吧…

賢宇：就是啊。妳看，我沒有上傳什麼怪東西啊。（展示 IG 動態）

書妍：你上傳 20 張自拍被取消追蹤也是剛好而已吧。

單字解說

언팔是언팔로우（Unfollow）的縮寫，指在社群網站上取消追蹤他人的帳號。

使用時機

這個說法最常出現的地方其實是Instagram的主題標籤。許多使用者會在發文中加上#언팔싫어요（討厭取消追蹤），向點閱的人或追蹤者表達「希望各位追蹤了以後就不要取消」的心情。動詞用法為언팔(을) 하다；被他人取消追蹤則可以說언팔(을) 당하다。

詞類變化

名詞	名詞＋이다	名詞＋動詞
언팔	언팔이다	언팔(을) 하다
	언팔이야	
	언팔이었어	언팔(을) 당하다

句型活用

047.mp3

1. 친구사이에는 아무리 싸워도 언팔은 좀 아닌 것 같아.
   朋友之間吵得再怎麼兇也不該取消追蹤吧。

2. 요즘 맞팔하자고 먼저 이야기 하고 나중에 몰래 언팔하는 사람이 많아.
   最近主動提出要互相追蹤後又偷偷取消追蹤的人很多。

3. 좋아하는 남자한테 언팔을 당해서 기분이 더러워.
   我被喜歡的男生取消追蹤，心情很差。

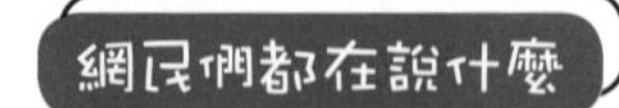

맞팔 互相追蹤

這裡的맞팔是「마주 팔로우」的縮寫，字面意義為「互相Follow」，指兩個人在社群網站上互相追蹤對方，動詞用法為맞팔(을)하다。另外，선팔是「선팔로우」的縮寫，它是「선」（漢字：先）與「追蹤」的外來語「팔로우」（Follow）的合成詞，指在社群網站上主動追蹤他人，動詞用法為선팔(을) 하다。선팔和맞팔都是韓國IG上非常常見的表現，請一定要記住噢。

例句：선팔해 주시면 맞팔할게요.

您先追蹤我，我就會和您互相追蹤喔。

좋페 按讚換臉書訊息

좋페是韓國年輕人無聊的時候很愛玩的小活動，它是「좋아요 누르면 페이스북 매시지 보내다」的縮寫，字面意義為「你按讚，我就傳臉書訊息給你」。許多人都因為좋페而交到了好朋友，甚至得到與欣賞的對象聊天的機會。現在韓國青少年使用臉書訊息功能互相聯絡的比例越來越高，理由就是使用者能夠從動態消息快速連接到朋友的動態時報，並且立刻發訊息給對方。臉書特有的即時性，深受青少年喜愛，좋페這個小遊戲便是在這樣的狀況下出現的。

例句：나 어제 좋페로 좋아하는 선배랑 1시간 채팅했어.

我昨天用按讚換臉書訊息，跟喜歡的學長聊天聊了一小時。

좋반 以讚換讚

좋반是좋아요 반사的縮寫，字面意義為「按讚反射」，指「你按我讚，我就按你讚」，在臉書或Instagram上都是很常見的主題標籤。韓國年輕人很常用반사（漢字：反射）來表達「你怎樣我就怎樣」的意思，被人用不好聽的話指責的時候，可以用반사來表示「我把這句話奉還給你」；被讚美，或是受到好的待遇時也可以用반사來表示禮尚往來的心意。

例句：좋반 환영합니다.

歡迎以讚換讚。

補充單字／表現—社群網站相關

❶ 타임라인（Timeline） 動態時報

指顯示臉書使用者所有個人資料與動態的頁面。也常縮寫為탐라。

❷ 한소 個人簡介

한소是한줄 소개的縮寫，字面意義為「一句介紹」，指的是臉書動態時報「簡介」下方可以自己撰寫的簡短自我介紹。

❸ 뉴스피드（News Feed） 動態消息

指社群網站上，可以看到各追蹤對象發文的頁面。也可以只說피드（Feed）。

❹ 페메 臉書訊息

페이스북 메시지（Facebook Messenger）的縮寫。

❺ 선페 主動發臉書訊息

「선」（漢字：先）是主動、率先的意思；「페」則是페이스북 메시지（臉書訊息）的縮寫，兩者合起來指的是먼저 페이스북 메세지를 하다，也就是「主動發臉書訊息」意思。

❻ 좋탐 你按讚，我就去逛你的動態時報

좋탐是좋아요하면 타임라인 둘러보러 가겠습니다的縮寫，是臉書常見的主題標籤。

❼ 좋튀 按完讚就跑

좋튀是좋아요 누르고 튀다的縮寫，在臉書或 Instagram 上都是很常見的主題標籤。

❽ 리그램（Regram） 轉發 IG 貼文

指轉載他人 Instagram 發文的意思。

읽씹：已讀不回

基本會話

049.mp3

민준 서연아, 지원이 오늘 학교 왔니?

서연 응, 왔어. 아까 학과 사무실에서 잠깐 봤어.

민준 바쁘지도 않을 텐데 내 문자를 왜 읽씹한 거야?

서연 수업을 듣고 있어서 칼답을 못했겠지.

민준 벌써 30분이나 기다렸는데 나 싫어하나?

서연 대학교 수업은 50분인 걸 잊은 거야? 멍청아.

敏俊：書妍，智媛今天有來學校嗎？

書妍：嗯，有啊。我剛剛在系辦公室有見到她一下。

敏俊：她應該也不是很忙吧，怎麼已讀不回我的訊息呢？

書妍：可能是在上課沒辦法即時回吧。

敏俊：我已經等了 30 分鐘了，她討厭我嗎？

書妍：大學課程是 50 分鐘這件事你忘了嗎？笨蛋。

單字解說

읽씹為읽고 씹다的縮寫，字面意義為「讀後不理」，其中「읽다」是「閱讀」的意思；씹다指的則是不理會、忽略他人的言語或訊息。不過씹다的原意其實是用嘴咀嚼食物或在心中深思他人的話語，這裡的씹다使用的是新衍生出來的意義，目前還屬於流行語的範疇，尚未被韓國列為標準語。

使用時機

由於읽씹這個行為在醞釀感情的攻防戰中會給人相當大的猜疑空間，所以在發展愛情的領域中，較常會討論到읽씹的問題。읽씹可以直接連接動詞「하다」，以읽씹(을) 하다的形式使用；傳出去的訊息遭到已讀不回時，則可以說읽씹(을) 당하다。

詞類變化

名詞	名詞＋이다	名詞＋動詞
읽씹	읽씹이다	읽씹(을) 하다
	읽씹이야	
	읽씹이었어	읽씹(을) 당하다

句型活用

050.mp3

1. **왜 또 읽씹이야?**
   怎麼又已讀不回？

2. **썸타다가 갑자기 읽씹하는 남자는 도대체 무슨 생각일까?**
   曖昧搞到一半突然已讀不回的男人到底在想什麼？

3. **남친한테 읽씹을 당해서 지금 기분이 꿀꿀해.**
   我被男友已讀不回，現在心情很鬱悶。

안읽씹 不讀不回

읽씹加上表否定的「안」之後，指的是不讀也不回的意思。在智慧型手機普及之後，읽씹 vs 안읽씹就成為一個非常熱門的話題，在韓國網路上也有相當多的討論串與文章在研究這個問題。雖然已讀不回和不讀不回都令人不悅，但哪一個算是勉強可接受呢？做出這些舉動的人背後的心態與動機又是什麼？看來高科技除了讓生活便利，另一方面也讓人際關係的攻防戰更加複雜了呢。

例句：읽씹 vs 안읽씹, 뭐가 더 기분 나쁠까?

已讀不回 vs 不讀不回，哪個更讓人不開心呢？

칼답 秒回

칼답是칼같이 답장하다的縮寫，字面意義為「準時回覆」，指用極快的速度回覆訊息、信件，或是回應他人的發文或問題，動詞用法為칼답(을) 하다。칼같이為副詞，形容詞形態則為칼같다，有準時、準確、果斷、一針見血等意思，常被縮寫為「칼-」來當做修飾其他行為的前綴，連在一起做為合成詞使用。例如：**칼퇴**（準時下班）、갈군무（整齊劃一的群舞）等。

例句：심심할 때만 칼답한다.

我沒事做的時候才會秒回。

선톡 主動傳訊

선（漢字：先）有先行、主動的意思，톡則是韓國最普遍的通訊軟體카카오톡（KakaoTalk）的縮寫，合起來就是「主動發KakaoTalk」的意思，現在也適用於各種通訊軟體。韓國網路上討論선톡的文章相當多，比如「선톡 안하는 남자의 심리」（不主動傳訊的男性心態）等，有興趣的朋友馬上用這個關鍵字搜尋看看吧。

例句：여자한테 선톡 자연스럽게 해 보자!

試著自然地主動傳訊給女生吧！

스몸비　低頭族

스몸비為英語的 Smombie，這個說法是由 Smart phone（智慧型手機）與 Zombie（殭屍）兩個字組合而成的。由於人們邊走路，邊低著頭沉迷於手機的樣子，與殭屍十分神似，所以殭屍就被來形容走路不看路的低頭族了。

例句：스몸비 교통사고 예방을 위해 횡단보도 앞에 바닥신호등을 설치했다.

為了預防低頭族交通意外，在人行道前設置了地面號誌燈。

補充單字／表現—通訊軟體相關

❶ 개인톡　私訊

개인톡中的「개인」為「個人」的意思；「톡」則是韓國通訊軟體카카오톡（KakaoTalk）的縮寫，後來也可泛指各種傳送訊息的管道。而개인톡指的就是通訊軟體或社群網站上的一對一聊天訊息。常簡稱為**갠톡**。

❷ 단톡방　群組聊天室

단톡방中的「단」（漢字：團）指的是團體；「톡」是카카오톡（KakaoTalk）的縮寫；「방」（漢字：房）則是房間的意思。除了用來指카카오톡的群組以外，其他通訊軟體的聊天室也可以稱為단톡방。另外也有人說단카방或단체방，不過단톡방的普遍度還是最高的。

❸ 오픈채팅（Open Chatting）　公開聊天室

오픈채팅是카카오톡（KakaoTalk）的功能之一，透過分享連結即可加入公開聊天，不需要擁有其他使用者的電話號碼或帳號，亦可從軟體中透過關鍵字搜尋自己有興趣的話題來參與對話。

❹ 스팸（SPAM）　垃圾訊息／垃圾郵件

스팸（SPAM）原本是美國一種豬肉火腿罐頭的名稱，因成本低廉且方便儲存與食用，很快便成為一般家庭及軍隊的常見伙食。由於它在餐桌上的出現率過高、毫無營養，其特質與大量出現、令人厭煩且沒有用處的垃圾郵件、垃圾訊息十分符合，後來便成為垃圾郵件、垃圾訊息的統稱。

❺ 차단　封鎖

차단（漢字：遮斷）為「阻斷」、「隔絕」的意思，在通訊軟體中指的是讓特定聯絡人無法再傳訊息給自己的設定。

그루밍족：精緻型男

基本會話

052.mp3

현우 나 그루밍족으로 거듭나고 싶어.

민준 네가? 너답지 않네. 무서워.

현우 아니, 이게 트렌드잖아. 나도 인기 좀 올려야 될 것 같아.

민준 그루밍족이 되려면 패션센스가 필수야.

현우 나정도면 패션센스가 괜찮은 편이지. 오케이 오케이.

민준 야, 너 지금 신고 있는 슬리퍼부터 바꿔라.

賢宇：我想改頭換面當個精緻型男。

敏俊：你嗎？太不像你了。我怕怕。

賢宇：欸，這是潮流嘛。我也該提升一下人氣了。

敏俊：要當精緻型男的話呢，時尚品味是必備的。

賢宇：我時尚品味算不錯的吧。OK 的。

敏俊：喂，先把你腳上穿的那雙拖鞋換掉吧。

單字解說

그루밍족是「그루밍」（Grooming）與表「族群」的後綴「-족」（漢字：族）的合成詞。그루밍족是從美國開始的潮流，源自英語的 Groom，原意為負責照顧馬匹，為牠們進行梳洗的馬夫。而現代的그루밍족指的是大量

投資在時尚、美容上，花許多心思優化自己外型的男性，照料的對象不再是馬，而是他們自己。

使用時機

그루밍족是一個褒義的單字，當一個男性被歸類為그루밍족時，便表示他的外貌整潔精緻，造型具時尚感。韓國網路上亦有不少內容在教導男性如何成為그루밍족的一員，許多美妝品牌也看準男性市場的商機，推出了專為그루밍족設計的各種產品。

詞類變化

名詞	名詞＋이다
그루밍족	그루밍족이다
	그루밍족이야
	그루밍족이었어

句型活用

053.mp3

1. **완벽한 그루밍족으로 거듭나고 싶어.**
   我想要脫胎換骨成一個完美精緻型男。

2. **그루밍족을 위한 남성화장품이 많아지고 있다.**
   為精緻型男量身訂做的男用美妝產品越來越多了。

3. **내 남자친구가 그루밍족이라서 스트레스 너무 많아.**
   我男朋友是個精緻型男，我壓力超大。

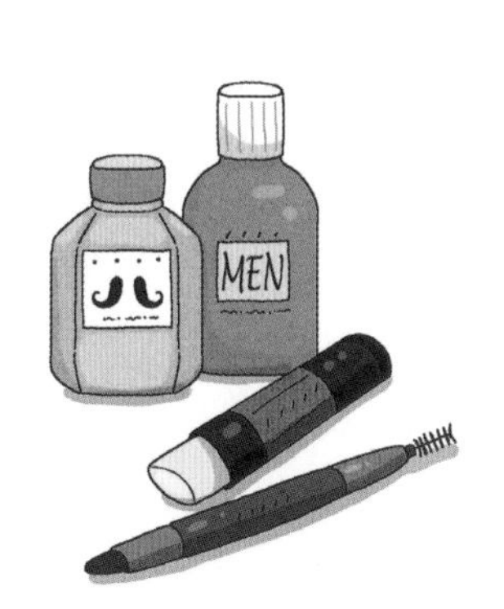

054.mp3

메트로섹슈얼족 都會美型男

메트로섹슈얼족（Metrosexual族）是一個源自於英國的潮流，這裡的 Metrosexual 是由 Metropolitan（大都市）和 Heterosexual（異性戀）或 Sexual（性別的）所組成的合成詞，指具有中性特質，感情比一般男性豐富，美感強烈，會大量投資在外型與精緻生活風格的男性。메트로섹슈얼족與그루밍족的共同點為對於外在的重視；差異之處是메트로섹슈얼족連喜好與生活方式等內在特質也較為中性。

例句：데이비드 베컴은 대표적인 메트로섹슈얼족이다.

大衛貝克漢是個代表性的都會美型男。

옴므 파탈 致命男子

옴므 파탈為法文的 Homme（男人）與 Fatale（致命的）的合成詞，指身上具有難以抗拒的魅力，讓人願意飛蛾撲火的男性。

例句：가질 수 없는 옴므 파탈이 제일 매력적.

得不到的致命男子最有魅力。

얼굴천재 臉蛋天才

얼굴천재是「얼굴」（臉）與「천재」（漢字：天才）的合成詞，指天生就長得非常帥氣或非常漂亮，外貌接近完美，不需要整形便有極高顏值的人。

例句：얘가 완전 얼굴천재야. 같이 있으면 나 오징어 돼.

他根本就是臉蛋天才。跟他在一起我就會變成豬頭。

補充單字／表現—性感女子相關

❶ 팜므 파탈（Femme Fatale） 蛇蠍美人

팜므 파탈為法文的 Femme（女人）與 Fatale（致命的）的合成詞，指擁有毀滅性危險魅力的女性。原本有「禍水」的意思，但現代通常用來形容美麗且迷人的女性。

❷ 쌔끈하다 性感火辣

쌔끈하다是取「세련되다」（幹練有品味）與「끝내주다」（棒透了）的第一個字組合而成的詞彙，用來形容性感火辣的女性。不過這個字眼帶有情色意味，在女性面前直接說出來恐有性騷擾之嫌，請小心使用。

❸ 육덕지다 肉感

形容不會過瘦，擁有恰到好處健康肉感的女性身材。

❹ 쭉쭉빵빵하다 修長豐滿

「쭉쭉」為表延伸感的副詞，「빵빵하다」則是豐滿有彈性的意思，加起來指的是女性身型修長，體態前凸後翹，肌肉緊緻，具有完美身材。

❺ 글래머（Glamour） 性感豐滿的女性

Glamour 在英文中有妖豔、迷人的意思，而韓語中的글래머指的則是身材豐滿，凹凸有致的性感女性。

❻ 베이글녀 童顏巨乳的女性

베이글為「베이비 페이스」（Baby Face＝娃娃臉）與表「妖豔」、「迷人」的外來語「글래머」（Glamour）的合成詞。加上表女性的後綴「-녀」後，便可指天使臉孔，魔鬼身材的女性。由於近年來健身風氣盛行，許多男性擁有傲人胸肌，於是形容娃娃臉肌肉男的**베이글남**這個說法也漸漸普及起來了。

금수저：富二代

基本會話

055.mp3

현우：아, 알바 힘들어. 금수저로 태어났다면 이런 걸 할 필요가 없을 텐데.

지원：쓸데없는 생각 하지 마. 시간낭비일 뿐이야.

현우：근데 너는 금수저 생활이 안 부럽냐?

지원：아니, 난 스타2세가 부러워. 태어날 때부터 오빠들 볼 수 있는 건 생각만 해도 설레.

현우：역시 지원이. 오빠밖에 안 보이는 빠순이.

지원：너야말로 괜한 상상만 하는 흙수저야.

賢宇：啊，打工好累。如果生來就是富二代大概就不用做這種事了。

智媛：不要想沒意義的事。只是浪費時間而已。

賢宇：不過你都不會羨慕富二代的生活嗎？

智媛：不羨慕，我羨慕的是星二代。光想到一出生就可以見到歐巴們，我就小鹿亂撞。

賢宇：不愧是智媛。眼中只有歐巴的迷妹。

智媛：你才是光會空想的窮二代勒。

單字解說

금수저這個字雖然是「金湯匙」的意思，但它其實是源自於一句英文俗語：「Born with a silver spoon in his mouth.」（銜著銀湯匙出生。），指一出生就能使用高級銀湯匙的富裕家庭子女，和中文裡的「含著金湯匙出

生」有異曲同工之妙。由於在韓國人心中，貴金屬的代表為「金」而非「銀」，所以這個俗語也因應當地文化，變成了금수저。

使用時機

這個字表面上只是單純指稱出身自富裕家庭的子女，但背後其實有一種「這個人因為家境好，教育資源豐富，所以不用吃苦就能吃好穿好」的小小諷刺語氣在裡頭，雖然它並不屬於強烈貶低他人的用語，但使用時還是要看對象，看場合。

詞類變化

名詞	名詞＋이다
금수저	금수저다
	금수저야
	금수저였어

句型活用

056.mp3

1. **우리 회사 새로 온 인턴이 평범해 보이는데 알고 보니 금수저이다 .**
   我們公司新來的實習員工看起來普普通通，原來竟是富二代。

2. **그가 아무리 금수저라고는 하지만 그동안 노력했다는 사실은 인정해 줘야 한다.**
   雖然他是個富二代，但我們還是要認可他這段時間的努力。

3. **그 사람이 금수저였는데 부동산 투자 실패로 가산을 다 탕진했다.**
   那個人本來是個富二代，因為不動產投資失敗，把家產都敗光了。

흙수저 窮二代

흙수저是「土湯匙」的意思，它和금수저一樣都是源自於英語的表現。在英語圈會用「Born with a wooden spoon in his mouth.」（銜著木湯匙出生）來形容出生於貧困家庭的人，不過流傳到韓國之後，亦因應當地文化而改變成了흙수저。

例句：흙수저라서 여자친구한테 차였어.

我因為是窮二代而被女友甩了。

개룡남/녀 白手起家的男性/女性

개룡남／녀（漢字：開龍男／女）這個說法源自於韓國的俗語「개천에서 용난다.」，字面意義為「小溪裡出了龍」。而개룡남與개룡녀指的就是在惡劣的外在環境中，憑著自身的努力，取得了常人難以達到的成績，功成名就的人。

例句：시아버지께서는 전형적인 개룡남이라 남편에게 엄격하세요.

我公公是典型的白手起家，所以他對我先生要求很嚴格。

재벌 2 세 財團接班人

재벌2세（漢字：財閥二世）指的是將繼承家業的財團負責人子女，當然也有재벌3세、재벌4세等說法。另外，藝人的子女則可以稱為스타2세，也就是我們常說的「星二代」。

例句：재벌2세랑 결혼한다면 스트레스 엄청 받을 것 같아.

和財團接班人結婚的話，感覺壓力會非常大。

補充單字／表現—社會各族群相關

❶ **인간승리자**　人生勝利組

指在特定領域獲得成功，或社會地位崇高的人。

❷ **늦깎이**　大器晚成／半路出家／晚熟

這個表現最早指的是「머리를 늦게 깎았다.」（很晚才剃頭），也就是年紀很大才剃頭出家的意思。而現代的늦깎이則可以指年紀很大才在特定領域一展長才，或開始某件進行某件事的人。例如很晚才進入校園讀書的人便稱為**늦깎이 학생**。

❸ **졸부**　暴發戶

졸부（漢字：猝富）為졸지에 부자가 된 사람的縮寫，字面意義為「忽然之間變成富翁的人」，純韓語的說法為**벼락부자**。

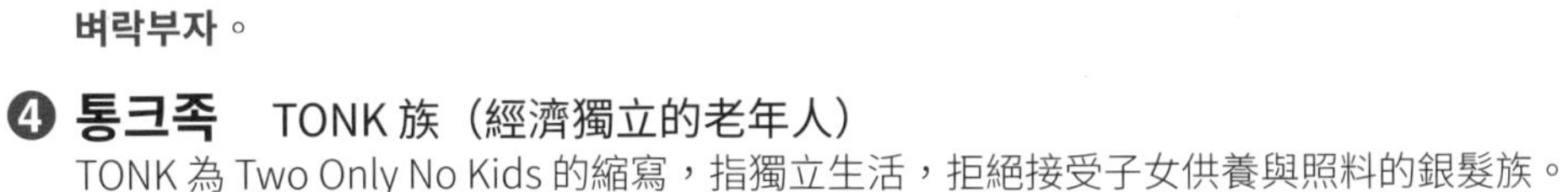

❹ **통크족**　TONK 族（經濟獨立的老年人）

TONK 為 Two Only No Kids 的縮寫，指獨立生活，拒絕接受子女供養與照料的銀髮族。

❺ **부동산 플리퍼족**　炒作房地產的人

플리퍼족（Flipper 族）原本指的是看電視的時候頻繁轉台的人，加上了부동산（漢字：不動產）之後，便是頻繁購買不動產，並高價轉賣以獲取利益的人。

作者有話要說

韓國是個階級觀念根深蒂固的國家，從許多經典文學中的主角對於身分提升的執著便可略知一二。到了現代，依然能看到百貨公司將顧客分為數個等級，提供水準懸殊的貴賓室服務。

近年來，韓國就業競爭越來越激烈，除了學經歷外，連家世背景都成為審查的條件。在這種嚴苛的環境下，**수저계급론**（湯匙階級論）這個說法便出現了。수저계급론的主要內容為，每個人一出生，就依雙親的職業與經濟能力而被分配不同的「湯匙」，例如鑽石、白金、金、銀、銅、鐵、塑膠、土，甚至屎湯匙等。而湯匙的等級，便決定了一個人的社會階級，甚至未來的人生。更殘酷的是，國內外已有數篇研究論文指出，人的學業與事業成就，與父母親的所得息息相關。

種種殘酷的現實讓韓國人悲觀地認為，韓國的確是讓人再努力也難以翻身的地獄。在這樣的社會氛圍裡，無法奪得金湯匙的人們，該怎樣放下比較與自卑消極的心態，找到自己的幸福，也許是個更值得深思的問題吧。

020 백수：無業遊民

基本會話

058.mp3

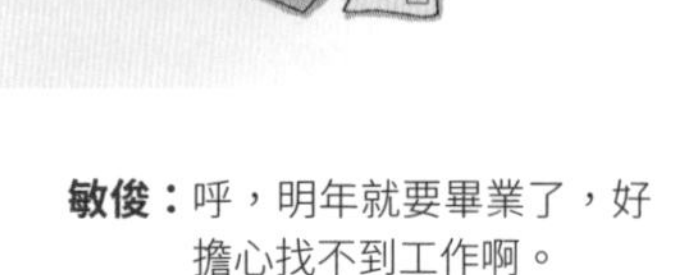

민준：휴, 내년이면 바로 졸업인데 취업 못 할까 봐 걱정이야.

지원：오빠. 노오오오오오력 하면 돼. 걱정할 필요가 없어.

민준：노오력할 수밖에 없겠지. 백수가 되면 여친도 못 사귀고…

지원：하긴. 나라면 절대로 백수랑 안 만나. 예쁜 백조가 꿈이니까.

민준：그…그럼 일자리를 제대로 안 찾으면 안 되겠네…

지원：(그럼 난 일자리를 안 찾아도 되겠네…ㅋㅋㅋ)

敏俊：呼，明年就要畢業了，好擔心找不到工作啊。

智媛：哥，只要努力努力再努力就可以了。不用擔心。

敏俊：也只能努力再努力了。成了無業遊民的話，也無法交女友…

智媛：也是。是我也不會跟無業遊民交往。畢竟當個美美的無業女子是我的夢想。

敏俊：那…看來我不好好找工作不行了呢…

智媛：（看來我可以不用找工作了呢…顆顆顆）

單字解說

백수是백수건달（漢字：白手乾達）的縮寫，取其「白」字中「空白」的意義，意指沒有工作，兩手空空的人。可詳細定義為無職業，也沒有在進修的 20 歲以上成人。

使用時機

無業遊民不論男女都叫做백수，但女性的無業遊民也可以稱為백조（漢字：白鳥）。백조是「天鵝」的意思，因為其優雅美麗的形象，被拿來比喻淡定面對無業狀態的女性。

詞類變化

名詞	名詞＋이다
백수	백수다
	백수야
	백수였어

句型活用

059.mp3

1. **회사에서 짤려서 지금 백수가 돼 버렸어.**
   我被公司裁員，現在變成無業遊民了。

2. **백수 탈출을 위해 매일 영어회화를 연습하고 있어.**
   為了脫離無業遊民生活，我每天都在練習英語會話。

3. **내 남친은 잘 생겼고 성격도 좋은데 백수야 .**
   我男朋友長得帥，個性又好，卻是個無業遊民。

網民們都在說什麼

060.mp3

n 포세대 n 拋世代

N포세대指的是因為社會競爭與青年失業等問題而在各方面放棄追求的世代。最初出現的是放棄戀愛、結婚、生子的 3포세대（三拋世代），接著是連置產與人際關係都放棄的 5포세대（五拋世代），以及放棄夢想、希望的 7포세대（七拋世代）、放棄健康與外貌的 9포세대（九拋世代）等。最終極的版本則是完全放棄人生的십포세대（十拋世代）、완포세대（完拋世代）、전포세대（全拋世代）等。由於版本太多，便將以上用語通稱為 N포세대。

例句：N포세대에게 희망이 될 수 있는 게 뭐죠?

有什麼能帶給 N 拋世代希望呢？

열정페이 熱情 PAY

열정페이指的是以「讓年輕人做自己喜歡的事」為藉口，未給予年輕求職者應得報酬的壓榨現象，也就是「因為有熱情，所以可以減少 Pay（薪資）」的意思。有許多不肖企業認為工作本身就是在累積經驗，即便只領低薪或免費服務也不該有所抱怨。況且搶著做的人多得很，能得到一展長才的機會便應該珍惜。由於韓國就業市場競爭激烈，青年失業問題十分嚴重，許多求職者不得不放下尊嚴接受不合理的待遇。這樣的惡性循環，也形成了相當嚴重的社會問題。

例句：열정페이는 한국이 헬조선으로 불리는 이유 중 하나다.

熱情 Pay 是韓國被稱為地獄朝鮮的原因之一。

노오력 努力努力再努力

노오력是노력拉長音的表現，指比努力更努力的人生態度。這個表現其實帶有對韓國階級化社會現象的諷刺，因為韓國社會極為強調個人的努力，但努力又無法改變自己的「湯匙」等級（請參考금수저篇P.94），如果노력不夠，就只好노오력了。韓國網友在使

用這個表現時，通常會加上부족하다（不足），以노오력이 부족해這句話，來表達「努力努力再努力的態度不夠」，或是刻意無限拉長以表示強調，例如：노오오오오오오오력。

例句：헬조선에서는 노오력이 부족하면 안 된다.

在地獄朝鮮，不努力努力再努力是不行的。

補充單字／表現—失業族群相關

❶ 캥거루족　袋鼠族

캥거루（Kangaroo）為「袋鼠」的意思，而캥거루족指的是離開校園後依然在經濟上仰賴父母援助的20至30歲年輕人。彷彿躲在父母腹部的口袋中的小袋鼠。

❷ 니트족（NEET）　尼特族

NEET為Not in Employment, Education or Training的縮寫，指沒有工作意願，也不想升學進修或接受就業輔導的無業青年。

❸ 빨대족　啃老族

빨대是「吸管」的意思，빨대족指的就是因失業或晚婚而無法獨立，超過30歲依然仰賴父母經濟援助過生活的人。彷彿用吸管在吸取父母親的財產一般。

❹ 연어족　鮭魚族

指一度獨立生活，卻因經濟不景氣而無法負擔高額生活費與房租，便和鮭魚一樣再次回到父母親老家中生活的20至30歲上班族。

❺ 프리터족（Freeter）　飛特族

Freeter是由英文的Free（自由）、德文的Arbeit（兼職）、英文表「人」的後綴-er所組成的和製英語，指靠兼職工作維生的人。

❻ 장미족　玫瑰族

장미為장기 미취업자的縮寫，字面意義為「長期未就業者」，指學經歷優秀卻長期找不到工作的求職者，彷彿美麗卻帶刺的玫瑰一樣，有一張漂亮的履歷表，在就業上卻走著坎坷的荊棘路。

무민세대：無意義世代

基本會話

061.mp3

지원　언니, 공부방송 본 적 있어?

서연　아니, 남이 공부하는 걸 뭣하러 봐?

지원　난 그런 게 되게 좋은데 왠지 힐링도 되고, 마음도 편하게 해 주는 것 같아.

서연　전형적인 무민세대네.

지원　응, 그건 인정. 난 요즘 장난감 언박싱 영상도 자주 봐.

서연　100% 무민세대가 맞네. 트렌디하게.

智媛：姐，妳有看過讀書直播嗎？

書妍：沒，看別人讀書幹嘛？

智媛：我還滿喜歡那種東西的，莫名療癒。感覺會讓心情平靜。

書妍：典型的無意義世代欸。

智媛：嗯，這我承認。我最近還常看玩具開箱影片呢。

書妍：妳是百分之百的無意義世代沒錯欸。好潮啊。

單字解說

무민세대可以拆解為以下三個部分：「무」（漢字：無）、「意義」的外來語「민」（Mean）、「세대」（漢字：世代），字面意義為「無意義世代」，指在無意義的事物中尋找純粹真諦的年輕世代。

使用時機

무민세대甘於平凡，不想承受出人頭地的壓力，喜歡輕鬆無壓力的生活，關注無意義的事物。他們覺得不含刺激性，沒有邏輯、無特殊目的的東西才是有趣的。例如：無厘頭的笑點、沒有行程的放空旅行、不用動腦觀賞的網路影片…等。有以上特質的人，便可以稱為무민세대。

詞類變化

名詞	名詞＋이다
무민세대	무민세대다
	무민세대야
	무민세대였어

句型活用

062.mp3

1. **나는 주말이 되면 집에서 먹방만 보는 무민세대야.**
   我是一到週末就只待在家看吃放的無意義世代。

2. **무민세대는 아무것도 안 해도 괜찮다고 생각한다.**
   無意義世代認為什麼事都不做也無所謂。

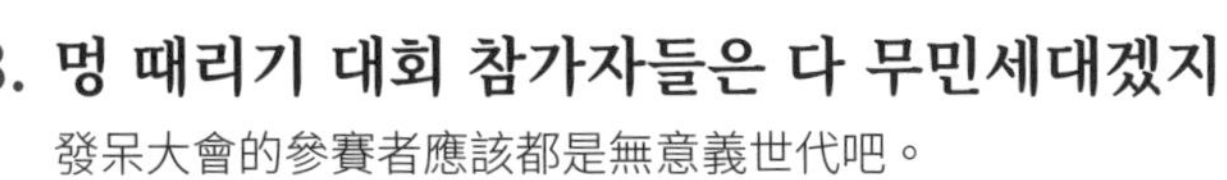

3. **멍 때리기 대회 참가자들은 다 무민세대겠지.**
   發呆大會的參賽者應該都是無意義世代吧。

063.mp3

욜로 你只會活一次（活在當下）

욜로（YOLO）為 You Only Live Once 的縮寫，指不為了未來與他人犧牲，活在當下，及時行樂的生活態度。採取這種人生態度的人稱為욜로족（YOLO 族），他們不置產，不為老後生活做準備，只為了現在的幸福而活，只為了現在的自己而投資。

例句：나는 지금 이런 욜로 라이프가 아주 마음에 들어.

我很滿意目前這種活在當下的生活。

소확행 小確幸

韓國這兩年也開始流行「小確幸」這個說法，它出自村上春樹隨筆集《蘭格漢斯島的午後》中的〈小確幸〉篇，指生活中微小但確切的幸福。在競爭越來越激烈的社會中，比起晉升、置產、結婚等遙不可及的遠程目標，許多人寧可追求隨手可得的簡單小幸福。소확행呈現的，就是這樣的人生觀與這樣的幸福感。

例句：매일 아침 혼자 마시는 커피가 나만의 소확행이야.

每天早晨獨自享受的咖啡是我專屬的小確幸。

휘소가치 揮發性稀少價值（心理價值）

휘소가치（漢字：揮少價值）為휘발적（漢字：揮發的）與희소가치（漢字：稀少價值）的合成詞，指以隨性的隨機消費追求自我獨特價值的消費型態。追求휘소가치的人，最在意的並非價值與品牌，而是商品是否符合個人價值觀與信念，他們會購買蘊含特殊訊息的周邊商品，亦會拒買不認同的企業所推出的商品。雖然外人看來可能只是無意義的衝動購物，但對當事人來說卻是能帶來幸福感的、有意義的消費活動。

例句：이 피규어가 좀 비싸지만 내게는 휘소가치가 있는 거야.

這公仔雖然有點貴，對我來說卻是很有心理價值的。

補充單字／表現—年輕世代生活態度相關

❶ 취존　尊重個人喜好

취존為「취향존중」（尊重個人喜好）或「취향입니다. 존중해 주시죠.」（這是我的個人喜好，請予以尊重）的縮寫。這個表現的概念在於每個人的喜好都是平等的，希望人們勿因有人喜歡自己不欣賞的東西就加以輕視或排斥，反映了現代社會重視個人特質的趨勢。

❷ 싫존주의　尊重異己主義

싫존주의為싫음마저도 존중하는 주의的縮寫，字面意義為「就算不喜歡也予以尊重的理念」。指就算不符合自己的喜好與價值觀，也予以尊重的處世態度，就是上方「취존」這個說法的具體概念。

❸ 잡학피디아　雜學百科

잡학피디아為「잡학」（漢字：雜學）與「維基百科」的外來語「위키피디아」（Wikipedia）的合成詞，指喜歡吸收廣泛且淺顯之知識的年輕人。由於現代趨勢變化快速，不停吸收最新資訊，學習新的知識才能適應時代的腳步，所以現在越來越多人渴望當個對各領域都略知一二的「維基百科」啊。

❹ 트리비아（Trivia）　冷知識

트리비아便是英語的 Trivia，指瑣碎、無意義的事情，意思與上述的잡학類似。

❺ 1코노미　一人經濟

1코노미為「1」與「經濟」的外來語「이코노미」（Economy）的合成詞，指單人進行的消費行為。韓國社會一直相當重視團體，但隨著近年來越來越多人享受**혼밥**（獨自用餐）、**혼술**（獨自喝酒），許多針對單人消費的商品與場所也越來越多了。

❻ 무근본　無條理、不設限

근본（漢字：根本）指的是事物的本質與根源；而무근본（漢字：無根本）就是不具任何結構與脈絡、莫名其妙、不著邊際、隨性所致的東西。例如**무근본 여행**指的就是毫無計畫，走一步算一步的隨性旅行。

겜알못：遊戲白痴

基本會話

064.mp3

현우 실은 너한테 궁금한 게 하나 있거든.

궁금한 게 뭔데?

현우 너 PC방 가본 적 없는 거지?

지원이랑 티켓팅하러 한 번 가 봤는데 왜?

현우 그러니까 넌 수알못이고 겜알못이네. ㅋㅋ.

뭐야, 뜬금없이 왜 날 찔러?

賢宇：其實我對妳有件事很好奇。

書妍：好奇什麼？

賢宇：妳沒去過網咖吧？

書妍：我有跟智媛去搶過一次票，怎麼了嗎？

賢宇：所以說妳不但是數學白痴還是遊戲白痴欸。顆顆。

書妍：幹嘛莫名其妙弄我啊？

單字解說

겜알못中的「겜」是「遊戲」的外來語「게임」（Game）的縮寫，「알못」則是알지도 못하는 사람（完全不懂的人）的縮寫，兩者結合起來指的便是指完全不懂遊戲的人，也就是「遊戲白痴」的意思。

使用時機

겜알못中的「알못」常以○알못的形態與各式各樣的名詞進行合成，以三個字為原則運用。例如**시알못**（不懂詩的人）、**맛알못**（不懂吃的人）、**축알못**（不懂足球的人）等，是一個可供使用者隨心所欲搭配的說法。

詞類變化

名詞	名詞＋이다
겜알못	겜알못이다
	겜알못이야
	겜알못이었어

句型活用

065.mp3

1. 오빠랑 게임을 같이 하고서 "겜알못" 이라는 별명이 생겼다.

我跟我哥一起打遊戲之後，得到了「遊戲白痴」這個綽號。

2. 겜알못이지만 "포켓몬 고"는 잘 할 수 있어.

我是個遊戲白痴，但很會玩「精靈寶可夢 GO」。

3. 겜알못도 하기 쉬운 게임을 추천해 줘.

推薦我遊戲白痴也能輕易上手的遊戲吧。

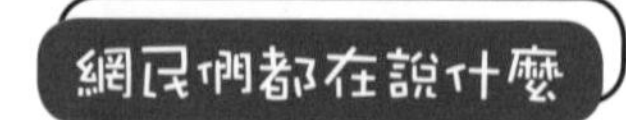

하드캐리 主導勝利者

하드캐리（Hard Carry）最早指的是在線上遊戲中帶領團隊獲得勝利的核心人物，後來使用範圍越來越廣，在任何領域、任何團體、任何活動中特別活躍或表現出色的人，皆可稱為하드캐리。亦能以하드캐리하다的動詞形態，指某人掌控局面或主導勝利的行動。

例句：어제 농구대회에서 현우가 하드캐리했어.

昨天的籃球比賽，是賢宇主導了勝利。

갱 突襲

갱（Gank）這個說法始於《英雄聯盟》（League of Legends）這個線上遊戲，簡單來說就是突襲戰術。갱常以○갱的形式與其他名詞連用，例如：看到不該看的東西，感覺眼睛突然受到攻擊時，便可以說눈갱，也就是눈에 갱왔다的意思；聽到不想聽的事情或聲音時，可以說귀갱；손갱這個表現則是指手藝不精，也就是我們常說的「手殘」。

例句：아침부터 이런 눈갱 사진을 봐서 기분이 더러워.

一早就看到這種傷眼睛的圖片，心情真差。

버프 補強技術、加分條件

버프為英文的 Buff，原意為「愛好者」，在線上角色扮演遊戲中指的是可以暫時強化角色能力值的特殊效果或技能。在日常生活當中，因增添了外在加分條件，讓原本的狀態變得更好時，也可以使用버프(를) 받다這個說法，或用○○을／를 버프하다來表達「把○○變得更強」的意思。

例句：이 친구가 원래 예쁘긴 한데 뽀샵 버프를 받고 완전 여신 같아 .

她本來就很漂亮，修圖加強之後根本就是女神。

너프　效能減低、扣分條件

너프是버프的相反詞，它是美國的一個玩具廠牌－Nurf，在《網路創世紀》（Ultima Online）這個線上角色扮演遊戲中，遊戲公司曾一度將近距離攻擊用刀的效能降低，其中玩家們對於印有 Nurf 商標的武器評價最差，從此너프便被用來指稱這種調降角色能力值或減低裝備性能的行為。在日常生活當中，因外在的扣分條件而讓原本的狀態變差時，也可以使用너프(를) 당하다這個說法，或用〇〇을／를 너프하다來表達「讓〇〇變差」的意思。

例句：잘생겼는데 이상한 패션때문에 너프가 된다.

他長得雖然帥，古怪的穿著打扮卻很扣分。

補充單字／表現－電玩相關

❶ 발컨　肉腳玩家

발컨是발로 컨트롤하다（用腳 Control）的縮寫，字面意義為「用腳操控」，指玩遊戲技術非常差的人。

❷ 신컨　神人玩家

신컨是신의 컨트롤（神的 Control）的縮寫，字面意義為「神操控」，是발컨的反義詞，指遊戲技術高超的人。

❸ 갠전　個人戰

갠전為개인전的縮寫，指線上遊戲中一對一的個人戰。

❹ 팀전　團體戰

팀전中的「팀」為英語的 Team，故팀전指的就是遊戲中團隊對團隊的戰局。

❺ 극딜　極限攻擊

극딜為「극」（漢字：極）與「Damage Dealing」的縮寫「딜」的合成詞，字面意義為「極限攻擊」，指瞬間使出所有的力量去擊敗強敵的作戰方式，亦可應用在日常生活中，類似中文的「使出洪荒之力」。動詞用法為극딜(을) 하다。

품절남／녀：死會男／女

基本會話

067.mp3

서연：상혁 선배도 역시 품절남이 돼 버렸네…

지원：어? 이 씁쓸한 말투 뭐지? 설마…?

서연：그런 게 아니야. 얼마전 같이 솔로의 고민을 나눴는데…

지원：버림받았네.

서연：그래. 아, 나도 남자를 만나 품절녀될 수 있었으면 좋겠어.

지원：언니, 상품 출시부터 해야 되는 거 아니야?

書妍：相赫學長也死會了欸…

智媛：什麼？這心酸的語氣是怎麼回事？難道…？

書妍：不是啦。不久前我們還一起分享單身狗的煩惱…

智媛：妳被拋棄了欸。

書妍：沒錯。啊，要是我也能交個男友死會就好了。

智媛：姐姐，妳應該要先讓商品問世吧？

單字解說

품절（漢字：品切）是商品賣完，斷貨的意思，後面加上남（男）或녀（女）時，指的是名草有主的男性以及名花有主的女性。

使用時機

품절一般指的是已婚狀態，但有固定交往對象的人也可以稱為품절남／녀。不過這個說法用在受歡迎、條件好的人身上較為適合，畢竟商品在需求大於供應的狀態下斷貨才合乎邏輯。一般已婚男女稱為유부남／녀（有婦之夫／有夫之婦）即可。

詞類變化

名詞	名詞＋이다
품절남	품절남이다
	품절남이야
	품절남이었어
품절녀	품절녀다
	품절녀야
	품절녀였어

068.mp3

1. 내가 좋아하는 배우가 다음 달에 품절남이 될 거야.
   我喜歡的演員下個月要變成死會男了。

2. 고백할까 말까 망설이다가 그녀가 품절녀가 돼 버렸어 .
   在我煩惱著要不要告白的時候，她就死會了。

3. 지금은 품절남이지만 언젠가 반품될지도 모르잖아.
   雖然他現在死會，但也許他哪天又會恢復單身啊。

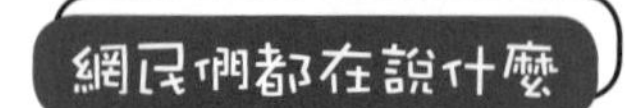

픽업 아티스트 獵艷達人

픽업 아티스트（Pick Up Artist）在韓國指的是擅長靠高明話術誘惑女性上鉤，並以傳授勾引女性的技巧做為職業的人，亦可簡稱為 PUA。其中的픽업（Pick up）是「搭訕」的意思，這裡的「아티스트」（Artist）並非藝術家，而是取其英語中的另外一個意思—「撒謊老手」。所謂的「誘惑女性上鉤」，通常就是騙上床的意思，而這樣以肉體關係為宗旨的行為模式與教學，已導致了性犯罪的發生，也讓不少女性心靈受創，造成了社會問題。雖然輿論對這種職業存在的正當性一直有很大的批判聲浪，但由픽업 아티스트開設的獵艷課程至今卻依然存在。

例句：픽업 아티스트 수업 듣고 연애를 시작한 사람이 있을까?

有人上了獵艷達人的課以後開始戀愛的嗎？

모태솔로 母胎單身

모태솔로是「모태」（漢字：母胎）與指「單身人士」的「솔로」（Solo）組合而成的表現，指打從娘胎出生之後從未談過戀愛的人，也可縮寫為모솔，一般指的是想談戀卻談不成的人。但由於모태솔로這四個字對於偶像的職業生涯來說有一定程度的幫助，所以自稱沒談過戀愛的偶像還挺不少的。

例句：이런 꽃미남이 모태솔로인 건 정말 믿음이가지 않아.

這樣的花美男是母胎單身，真讓人無法相信。

솔로부대 單身部隊

솔로부대顧名思義就是由無戀愛對象者所組成的團體，成員大多為男性。網友們仿造軍隊的結構將無戀愛對象者分成各種階級，與上一任分手 6 個月以上至 12 年以下者，依時間長度分為受訓士兵～上尉。從未談過戀愛者階級則更高，14 年～30 年未曾戀愛者，依時間長度分為少校～五星上將。

例句：난 현실에서는 루저인데 솔로부대에서는 대장이네.

我在現實生活中是個魯蛇，在單身部隊中卻是個上將呢。

補充單字／表現－情場角色相關

❶ 반품남／녀　恢復單身的男／女

반품（漢字：返品）是「退貨」的意思，반품남／녀這個說法是與품절남／녀互相呼應的，指一度死會，卻因離婚或分手而再次恢復單身狀態的人。

❷ 초식남　草食男

초식남這個說法源自日語，在日本指的是性格內向，在各方面皆無欲無求的男子，在韓國則專指對於女性與戀愛興趣缺缺的男性。比草食傾向境界更高的則是完全不接近女性的**절식남**（漢字：絕食男）。

❸ 건어물녀　魚乾女

건어물녀與초식남一樣都是源自日本的流行語，也可以理解為초식남的女性版。건어물（漢字：乾魚物）在韓語中是海鮮乾貨的意思，用來比喻戀愛細胞如海鮮乾貨一般乾枯的女性。

❹ 철벽남／녀　鐵壁男／女

철벽남／녀（漢字：鐵壁男／女）指的是受歡迎，卻不談戀愛的人，就算有人示好，他們也會如銅牆鐵壁一般，與對方劃出清楚且嚴密的界線。

❺ 선수　戀愛高手

선수（漢字：選手）原本指的是在特定運動項目或技術領域中，因才能出眾而被選為代表的人，亦可用來比喻在某方面特別熟練的人。除此之外，선수也可用來稱呼在牛郎店坐檯的男子，由於其取悅女性技巧高超的特質，一般在情場上游刃有餘的高手也都被稱為선수。

❻ 카사노바　風流浪子

카사노바為義大利作家兼冒險家－傑可莫・卡薩諾瓦（Giacomo Girolamo Casanova），由於他極度多情風流，一生戀愛不斷，所以他的名字카사노바便與情場上的風流浪子畫上等號。

❼ 올드미스（Old Miss）　敗犬

올드미스指的是 30 歲以上依然未婚的女子，雖然看似外來語，但 Old Miss 其實是英語圈不會使用的韓式英語。由於現代社會男女地位日趨平等，有許多올드미스在社會上都有一定的地位與工作成就，她們滿足於單身的狀態，並注重自我提昇與生活品質，這樣的女性便是올드미스的升級版－**골드미스**（Gold Miss）。

024 염장질：放閃、曬恩愛

基本會話

070.mp3

현우 브로, 내일이 바로 밸런타인데이야.

민준 어딜가도 염장질을 당하는 날이 왔군.

현우 우리 어디 피난이라도 좀 갈까?

민준 그런 곳은 없을걸. 집에서 자는 걸 추천.

현우 우리 형은 여친이 집에 온다면서 집을 비우라고 그랬는데…

민준 개불쌍…알았어. 같이 피시방이나 가자.

賢宇：兄弟，明天就是情人節了噢。

敏俊：走到哪都被閃的日子來囉。

賢宇：我們要去找個地方避難嗎？

敏俊：沒有這種地方。我建議在家睡覺。

賢宇：我哥說他女友要來家裡，叫我把房子留給他…

敏俊：超可憐…好啦，一起去網咖吧。

單字解說

염장（漢字：鹽醬）原本指的是烹飪時的鹹味調料，而염장질這個說法源自於염장(을) 지르다（在傷口上灑鹽）這個表現，加上表行為的後綴「-질」，便可以解釋為「在他人傷口上灑鹽的行為」。一般指在單身狗面前與戀人卿卿我我，令人眼紅且不悅的行為。

使用時機

由於此表現本身具有在傷口上灑鹽的意思，所以適合用在讓人看了不舒服、心情差的矖恩愛行為，若是幸福得讓旁人也感染到好心情的情侶則不適用唷。放閃給別人看的用法為염장질(을) 하다；被別人矖恩愛閃到則可以說염장질(을) 당하다。

詞類變化

名詞	名詞+이다	名詞+動詞
염장질	염장질이다	염장질(을) 하다
	염장질이야	
	염장질이었어	염장질(을) 당하다

句型活用

071.mp3

1. 도서관에서 왜 염장질이야?
為什麼要在圖書館矖恩愛？

2. 수업 시간에 염장질 좀 하지 마!
不要在上課時間放閃！

3. 나 주말에 카페에서 염장질을 제대로 당했어.
我週末在咖啡廳裡被閃瞎。

072.mp3

안전이별 安全分手

近年來，韓國女性被男友或丈夫殺害的案件逐年增加，有些甚至波及家人及朋友，在這樣的社會背景之下，안전이별（漢字：安全離別）這個新造語便應運而生。所謂的安全分手，就是不被跟蹤、不被監禁、不被毆打、不受威脅、無不雅照片與影片流出，在保有尊嚴與人身安全的狀態下分手。

例句：이별범죄가 많아지면서 안전이별하는 법도 여성들 사이에 핫이슈가 되고 있다.

隨著分手犯罪的增加，安全分手的方法也在女性之間成為熱門話題。

돌싱 離過婚的人、恢復單身的人

돌싱是돌아온 싱글的縮寫，指離過婚的男性或女性。亦可加上性別後綴，說돌싱남／녀（恢單男／女）。原本的이혼남/녀（離婚男／女）這個說法其實是略帶有負面意味的，但現代社會離婚率越來越高，人們也漸漸不把它看做是一個瑕疵或缺陷，於是돌싱這個不帶貶意的說法便出現了。比起「離婚」，「恢復單身」聽起來是不是多了幾分積極展開新生活的意味在裡頭呢？

例句：나 돌싱이랑 사귀는데 부모님의 반대가 아주 심해.

我和離過婚的人在交往，父母親非常反對。

초스피드 결혼 閃電結婚

초스피드為「초」（漢字：超）與「速度」的外來語「스피드」（Speed）的合成詞，指「超高速度」，加上결혼（漢字：結婚）後，便是指從認識到結婚的過程非常短的意思，也就是我們俗稱的「閃婚」。

例句：운명의 남자를 만나 초스피드 결혼을 하는 건 너무 로맨틱한 것 같아.

遇到命中註定的男人後閃電結婚真是太浪漫了。

補充單字／表現——戀愛結婚相關

❶ 눈에 콩깍지가 씌었다　被愛情沖昏頭

콩깍지原本是「豆莢」的意思，現在普遍被拿來比喻蒙蔽雙眼，影響判斷力的東西。而눈에 콩깍지가 씌었다這句話的字面意義是「眼睛被豆莢蒙住」，指被愛情沖昏頭，失去理智，以台語的「目睭糊到蜆仔肉」來理解即可。

❷ 재결합　復合／重組

재결합（漢字：再結合）可以指情侶、夫妻復合，或團體重組、離散的人們再次相聚等。動詞用法為재결합(을) 하다。

❸ 애정결핍　情感匱乏

애정결핍（漢字：愛情缺乏）指內心缺乏愛的心理狀態，這裡的「愛」指的是廣義的情感，並非單指戀愛。這樣的人獨處時會感到不安，對他人的視線敏感，戀愛時格外黏人，也很難拒絕別人的追求。

❹ 졸혼　卒婚（有名無實的婚姻）

졸혼為결혼을 졸업하다的縮寫，字面意義為「從婚姻中畢業」，指維持婚姻關係，但各過各的生活，互不干涉的狀態，也就是有名無實的婚姻。

❺ 비혼　非婚

비혼（漢字：非婚）是「非婚姻狀態」的意思，由於原本廣泛使用的미혼（漢字：未婚）有一種該結婚而未結婚的意味在裡頭，所以女性學者多使用비혼這個字來表示自己是主動選擇不進入婚姻的非婚姻狀態。

作者有話要說

「독신」、「싱글」、「솔로」這三個字都是「單身」的意思，其中到底有什麼差別呢？首先독신（漢字：獨身）為漢字詞，指的是沒有結婚的獨居者，後來純化為外來語싱글（Single），而싱글也多了一分獨立自主，不依賴婚姻的意味。最後是新造語솔로（Solo），它是典型的韓式英語，英語圈中的Solo是「單獨、單人」的意思，並不會來稱呼單身者。솔로除了能指沒有結婚的人，也可以指沒有戀愛對象的人，比起싱글，多了些許「找不到對象」的自嘲在裡頭。

남사친／여사친：異性好友

基本會話

073.mp3

지원 언니랑 민준 오빠 안 지 얼마 됐어?

서연 초딩 때부터니까… 어머! 10년 넘었네.

지원 한번도 민준 오빠를 남자로 본 적 없어?

서연 없어. 그냥 친한 남사친이야. 나한테는 너무 매력이 없어.

지원 하긴, 민준 오빠가 포스가 있는 편이 아니다.

서연 아이구. 우리 민준이 듣게 되면 울겠다…

智媛：妳跟敏俊哥認識多久了啊？

書妍：小學開始…天哪！超過10年了欸。

智媛：妳從來沒把敏俊哥當男人看過嗎？

書妍：沒有。他只是我的異性好友啦。他對我來說太沒有魅力了。

智媛：也是，敏俊哥確實不算是氣場強的。

書妍：唉唷，我們敏俊聽到的話會哭的…

單字解說

남사친／여사친各是남자 사람 친구與여자 사람 친구的縮寫。指不帶戀愛情感，並非男朋友或女朋友，僅性別為男性或女性的異性朋友。

使用時機

此說法指的是「異性朋友」，所以男生並不能稱男生朋友為남사친，女生也不能稱女性朋友為여사친。當然，不管在世界的哪個地方，남사친與여사친的定義都十分曖昧，由於昇華為戀人的案例也不少，所以在情侶之間，남사친與여사친永遠都是考驗感情的微妙存在呢。

詞類變化

名詞	名詞＋이다
남사친／여사친	남사친／여사친이다
	남사친／여사친이야
	남사친／여사친이었어

句型活用

074.mp3

1. **남자친구의 여사친이 신경 안 쓰이는 여자는 없다.**
   沒有一個女性會不介意男朋友的女性好友。

2. **늘 남사친으로만 보는데 얘 요즘 태도가 애매해.**
   我一直只把他當男性朋友，但他最近的態度變曖昧了。

3. **아무리 친한 여사친이라도 매일 톡하는 게 좀 그렇지 않아?**
   不管是感情多好的女性好友，每天都傳訊息有點太過分了吧？

베프 最好的朋友

베프為베스트 프렌드（Best Friend）的縮寫，由於韓國社會競爭激烈，交心不易，一般能夠互稱為베프的，都是從小一起長大的朋友，或是國高中時代的同學。베프之間因相知甚深，幾乎不須花心思經營，互相稱讚或彼此激勵這樣的暖心行為有時反而顯得客套且肉麻。相聚時嘻嘻哈哈地打鬧、吐槽，這才是베프相處的常態。

例句：인정하기 싫지만 얘가 내 베프다.

雖然不想承認，但他是我最好的朋友。

절친 摯友、閨蜜

절친為表「極為親近」的形容詞「절친하다」（漢字：切親），或「절친한 친구」（極親近的朋友）的縮寫。절친與베프在定義上沒有非常明確的區別，但一般來說，베프指的是熟識已久，感情深厚的好朋友；而절친則是在目前的生活中最親近、最投緣的朋友。兩者並不相同，但也不衝突。

例句：우리는 동아리 활동을 하다가 절친이 됐다.

我們在社團活動的過程中結為摯友。

친목질 搞小團體

친목질是指「關係親近和睦」的「친목」（漢字：親睦）之衍生詞，加上表負面行為的後綴「-질」後，指在公開性質的大型集團內部搞小團體，影響到整體和諧，甚至造成他人困擾的行為。這個說法源自網路，原指在網路社群中組織小團體的行為，目前被廣泛使用於校園、職場等各種現實生活的大型集團中。動詞用法為친목질(을) 하다。

例句：그 커뮤니티가 친목질이 많기 때문에 망했다.

那個論壇因為太多人搞小團體而倒了。

補充單字／表現—群體、友誼相關

❶ 끼리끼리 문화　小團體文化／派系文化

끼리끼리為副詞，有「成群」、「分組」的意思，끼리끼리 문화指的就是以小團體形態行動的文化，而這樣的文化也形成了所謂的「派系」－**파벌**（漢字：派閥）。

❷ 단짝　死黨

단짝的意思與베프、절친類似，指想法相近、關係親密、形影不離的朋友。差異在於단짝是較傳統的說法，베프、절친則是近年才流行起來的新說法；而단짝的交情深厚度也略遜베프與절친。但一般來說，交替使用亦無妨。

❸ 짝꿍　搭檔、最好的夥伴

짝這個字有「一組」、「一雙」的意思。小學到高中，教室裡也很常使用兩人用的課桌。所以짝꿍這個表現便被用來指兩人一組的好朋友、好夥伴。

❹ 호미（Homie）　好朋友、夥伴

純韓語中的「호미」是「鋤頭」的意思，但外來語的호미（Homie）在英語中則是指「好朋友」或「夥伴」，特別是從小一起長大的同鄉友人。호미原本只是黑人之間使用的表現，嘻哈文化普及後，隨著音樂等途徑的傳播，這種說法也就廣為人知了。

❺ 소꿉친구　總角之交

소꿉是「扮家家酒」的意思，加上指「朋友」的「친구」（漢字：親舊）後，便可以指從小一起玩家家酒長大的朋友。

❻ 불알친구　竹馬之交

불알是男性睪丸的俗稱，所以불알친구也只能拿來指男性之間的友情，指從小一起長大的男性好友。

❼ 어중이떠중이　狐群狗黨、牛鬼蛇神

어중이是「半調子」、「無用之人」的意思，떠중이則沒有特殊意思，純粹做為搭配어중이合成疊詞，加強語氣之用。兩者合在一起後，指的是來歷複雜且使人反感的人們，貶意較強，請謹慎使用。

간지나다：帥氣有型、有設計感

基本會話

076.mp3

현우 친구야. 나 오늘 어때?

응. 좀 간지나네.
어디 갈 데 있니?

현우 오늘 영어과 후배랑
미팅. ㅋㅋ.

어쩐지. 여자가 있는
델 가는구만.

현우 역시 패완얼. 난 뭘
입던지 간지나지.

자백은 이제 그만하고.
잘 갔다와. 빠이!

賢宇：朋友。你覺得我今天如何？

敏俊：嗯，還滿有型的。你今天有要去哪嗎？

賢宇：我今天要跟英文系學妹聯誼。顆顆。

敏俊：難怪。原來是要去有女生的地方啊。

賢宇：果然時尚的完成度在於長相。我不管穿什麼都帥啊。

敏俊：不要自我陶醉了。快去吧，再見！

單字解說

간지為日語的「感じ」（かんじ），原本有「感覺」、「氣氛」、「印象」等意思，在韓國指的則是帥氣有型的風格。以간지나다的形態使用時，可以用來形容一個人的穿搭、造型或舉止等十分時尚或富有個人特色，以及事物的風格洗鍊、有設計感。但是，一般日本人是不會用「感じ」來表現這樣的意思的，請特別注意噢。

使用時機

除간지나다以外，還可以用**간지폭풍**來形容某人的간지有如폭풍（漢字：暴風）一般，讓身邊的人為之傾倒。類似中文的「潮到爆」、「潮到出水」等。另外，韓國人也常以○간지的形式，在人名的第一個字之後加上간지來指自我風格、氣場十分強烈的人，如演員蘇志燮（소지섭）、車勝元（차승원）便常被稱為소간지與차간지。

詞類變化

形容詞原形	冠詞形（現在式）	副詞形	基本階陳述形
간지나다	간지난＋名詞	간지나게＋動詞	간지나다

句型活用

077.mp3

1. 오늘따라 간지나네. 데이트하러 가니?
你今天特別有型。要去約會嗎？

2. 나 내일 소개팅 간다. 간지나는 옷을 좀 사려고.
我明天要相親，想去買點有型的衣服。

3. 그가 연예인처럼 슈퍼카를 타고 간지나게 나타난다.
他像個藝人一樣開著超跑帥氣地出現。

힙하다 走在時代尖端、比潮更潮

힙하다為英語「Hip」與韓語「-하다」的合成詞。這裡的 Hip 當然不是臀部的意思，而是形容人、事、物「跟得上最新流行與世界潮流」。雖然在這資訊發達的時代，要跟上風向並不難，但比一般人更早實踐潮流，甚至創造自己的潮流，且擅於尋找更新穎、更與眾不同的東西，才能夠稱得上是힙하다。比起**쿨하다**（酷）與**트렌드하다**（時尚、潮），힙하다的程度是更激進活躍不少的。

例句：홍대에서 가장 힙한 곳을 추천해 주세요.

請推薦給我弘大最潮的地方。

힙스터 (假)文青

힙스터（Hipster）這個說法始於二十世紀末的美國，原指喜愛文學藝術以及非主流文化的青年，走到現代，定義逐漸曖昧了起來。힙스터主要指拒絕跟隨主流、喜獨立思考、強調自我特色，重視小眾文化價值的 20～30 歲年輕人，但由於某一派文青追求的僅是非主流文化為自己帶來的與眾不同，而不是非主流文化本身，所以힙스터也變成一種諷刺假文青的用語。힙스터雖強調自己不跟隨潮流，但追求非主流與獨特的風格、形象，本身便是一種更極致的潮流吧。

例句：우리 오빠는 자기를 힙스터라고 하면서 매일 뿔테 안경을 쓰고 다녀.

我哥自認是文青，每天戴著粗框眼鏡。

패완얼 時尚完成度在於長相

패완얼為패션의 완성은 얼굴이다的縮寫，字面意義為「時尚的完成是長相」，意思是只要臉長得好，不管穿什麼都好看。也可以活用○완얼這個形式，將○置換為其他名詞的縮寫，強調長相對○這方面的重要性。例如：髮型的完成度在於長相－**헤완얼**（헤어스

타일의 완성은 얼굴）；肌肉的完成度在於長相—**근완얼**（근육의 완성은 얼굴）等。另外，如果您覺得時尚的完成度在於其他方面，也可以活用패완○這個形式來置換成其他名詞，例如時尚的完成度在於身高—**패완키**（패션의 완성은 키）、時尚的完成度在於身材—**패완몸**（패션의 완성은 몸）等。

例句：차은우 보다가 패완얼이 뭔지 정확히 알게 된 것 같아.

看到車銀優以後，我可以充分理解何謂時尚的完成度在於長相了。

補充單字／表現—時尚潮流相關

❶ 핫하다 熱門的

핫하다為表「熱門」的「핫」（Hot）與「-하다」的合成詞，可形容最近流行的，或討論度高的人、事、物。

❷ 트렌디하다 時尚、潮

트렌디하다為表「潮流」的「트렌디」（Trendy）與「-하다」的合成詞，可形容時尚或符合當代潮流的人、事、物。

❸ 패피 時尚人士

패피為패션 피플（Fashion people）的縮寫，指熱愛時尚，擅長穿搭的人士。

❹ 까리하다 有型、好看、酷

까리하다原本是釜山地區流行的說法，後來普及全韓國，成為學生之間常說的流行語。指人、事、物很有型、好看、酷，意思和간지나다類似。

❺ 뽀대(가) 나다 好看、時尚

뽀대指的是人美好的「姿態」、「樣貌」，據說源自於同義單字「본때」或英語的「Body」，目前確切來源不可考。而뽀대(가) 나다的意思等同於간지나다，兩者可以替換使用。

리즈시절：全盛時期

基本會話

079.mp3

지원 서연 언니가 오빠 중학교 때 인기 엄청 많았다는데 진짜야?

아…그때가 그립다.
내 리즈시절이었거든.

지원 어머, 이야기해 봐.
되게 궁금하다.

난 그때 키가 큰 편인 데다가 공부도 잘해서 우유남으로 불린 적도 있어.

지원 역시 리즈시절은 다시 되돌릴 수가 없는 거야…

…(반박불가)

智媛： 聽書妍姐說你中學時代超級受歡迎。是真的嗎？

敏俊： 啊…真懷念那個時候。那可是我的全盛時期呢。

智媛： 天哪，說來聽聽。我好好奇噢。

敏俊： 那時候我個子算高，還很會讀書，一度被稱為優秀基因男呢。

智媛： 果然全盛時期是再也回不去的呢…

敏俊： …（無法反駁）

單字解說

리즈시절這個說法是由英國足球選手－艾倫·史密斯（Alan Smith）的粉絲所創造的。艾倫·史密斯效力於里茲聯（Leeds United）時，表現十分優異，但他因里茲聯破產而加盟曼聯（Man United）後，卻未能展現應有

的實力。於是艾倫·史密斯的粉絲們便常在足球論壇或新聞上惋惜地留言說「앨런 스미스 리즈시절 ㄷㄷㄷ」（艾倫·史密斯里茲時期強到爆）。後來리즈시절（里茲時期）便廣泛被用來比喻某人過去最輝煌的全盛時期。

使用時機

리즈시절本來是只在足球相關網站上流行的說法，現在不僅公眾人物在電視節目上談及過去時經常使用，一般人在生活中也會用리즈시절來形容自己過去最風光的時期。

詞類變化

名詞	名詞＋이다
리즈시절	리즈시절이다
	리즈시절이야
	리즈시절이었어

080.mp3

1. **유치원 시절은 내 리즈시절이었어.**
   幼稚園是我的全盛時期。

2. **다이어트를 열심히 해서 리즈시절로 돌아가고 싶어.**
   我想認真減肥，回到全盛時期。

3. **김태희 같은 여신은 평생이 리즈시절일 것 같아 .**
   像金泰熙這樣的女神，大概一輩子都是全盛時期吧。

넘사벽 無法超越

넘사벽是넘을 수 없는 사차원의 벽的縮寫，字面意義為「無法超越的四次元之牆」，這個說法源自於日語的「超えられない壁」（無法超越的牆），指兩者互相比較時，較強的一方具有壓倒性的條件，讓較弱的一方完全無法超越。在網路上常常與大量不等號搭配使用，例如：甲>>>>>넘사벽>>>>>乙，不等號的數量與無法超越的程度成正比。

例句：쯔위의 비주얼은 넘사벽이다.

子瑜的顏值是無法超越的啊。

역대급 史上最〇、經典

역대급中的「역대」（漢字：歷代）指的是話者所處時代前的各個時期，「급」（漢字：級）則是「等級」的意思。但兩者加起來成為「역대급」之後，在韓語文法上卻是「完全錯誤」的。「史上最〇」的正確說法是「역대 최〇」，而역대급是用來誇飾某人、事、物已達到足以加上「역대」這個修飾詞的급（等級），堪稱經典。但역대급可能是史上最好、最差，也可能是最大或最小等。所以聽到這個字時，必須依前後文脈絡來判斷話者正確的語意。雖然這個表現在網路、電視、生活中都很常見，但請切記，由於其文法上的不合理性，在正式的文件或場合中都是不宜使用的。

例句：이 영화가 역대급이야.

這部片真是經典啊。

우유남/녀 優秀基因男／女

우유是우월한 유전자的縮寫，字面意義為「優秀的基因」，加上代表男性與女性的後綴「-남」、「-녀」後，指的便是擁有優秀基因的男性與女性，也就是先天條件優異，不需後天努力與修飾便令人望塵莫及的人。

例句：걔가 잘생겼고 똑똑하고 성격까지 좋은 완벽한 우유남이야.

他是個帥氣、聰明、個性又好的完美優秀基因男。

補充單字／表現—狀態良好相關

❶ 레전드（Legend） 傳奇

指在特定領域留下了傳說般紀錄或結果的人物、作品。

❷ 근사하다 很不錯、很棒

근사하다原本指近似、相仿，後來漸漸衍生出了很不錯、很棒的意思，現在新的意思反而更常用。

❸ 자세(가) 나오다 看起來很專業、看起來很會

자세（漢字：姿勢）為態度、姿態的意思，자세가 나오다則是形容人做事有模有樣，看起來很熟練，有專業架勢。

❹ 깔쌈하다 好感度高

깔쌈하다為깔끔하고 쌈박하다的縮寫，깔끔하다有外型清新端正的意思；쌈박하다則可以指人或物品讓人看起來很舒服。加起來指的是人或物品的外型討喜，好感度高的意思。

먹방：吃放

基本會話

082.mp3

서연：밥을 먹는데 왜 휴대폰 자꾸 보니?

나 먹방을 보는 중이야.

서연：남이 먹는 모습을 보는 게 재미있어?

지원：그럼. BJ가 나대신 먹으니까 난 조금만 먹어도 배부른 것 같아.

서연：죄송한데 이거 무슨 요술이야?

이거 요술이 아니야. 대리만족이야!

書妍：妳吃飯幹嘛一直看手機啊？

智媛：我在看吃放啊。

書妍：看別人吃東西有什麼好玩的？

智媛：當然好玩。直播主代替我吃，所以我光吃一點點就覺得飽了。

書妍：不好意思，請問這是哪門子妖術？

智媛：這不是妖術，是替代性滿足啦！

單字解說

먹방是먹는 방송的縮寫，起初指的是韓國最大網路直播平台「아프리카TV」的直播主，以進食現場做為最主要內容所進行的節目，一般譯為「吃放」或「吃播」。由於먹방的流行越演越烈，其他 Youtuber 或電視節目也跟進這股潮流，開始製作許多以먹방為主的節目或單元。먹방熱潮除了在韓

國燃燒，亦開始被世界其他地方注意與仿效，英語中甚至直接以먹방的音譯「Mukbang」來稱呼這樣的節目內容，由此可見韓國먹방在全球的驚人影響力。

使用時機

除了上述以進食現場為內容的網路節目與電視節目，먹방也可以解釋為먹는 짤방，也就是吃東西的照片或一般影片。另外，遊戲節目中亦會取먹다這個單字中的「奪取」、「侵略」等意義，用먹방來形容「壓倒性的勝利」。

詞類變化

名詞	名詞＋이다	名詞＋動詞
먹방	먹방이다	먹방(을) 하다
	먹방이야	
	먹방이었어	

句型活用

083.mp3

1. 스트레스가 많을 때는 먹방을 보는 게 최고의 힐링이야.
   壓力大的時候看吃放是最棒的療癒。

2. 나 밴쯔님의 먹방을 아주 좋아해.
   我非常喜歡 BANZZ 大人的吃放。

3. 다이어트를 하는 사람 앞에서 먹방을 하지 마라.
   不要在減肥的人面前搞吃放啊。

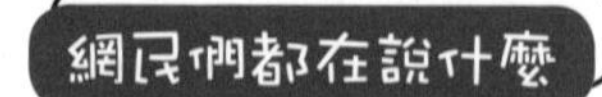

084.mp3

존맛탱 超好吃

존맛是존나 맛있다的縮寫，字面意義為「超級好吃」，加上「탱」則有加強語氣的效果，網路上常寫做 JMT。不過「존나」這個說法是源自男性生殖器官的俗稱（請參考존나篇P.230），其實不太文雅，僅適用於口語或網路。韓國就曾經有新聞主播因為在節目上使用了존맛탱這個說法而引發爭議，所以奉勸各位盡量避免在正式場合使用。

例句：요즘 존맛탱 맛집을 발견했어.

我最近發現了超好吃的餐廳。

먹보 吃貨、愛吃鬼／貪婪之人

먹보中的「먹」是「먹다」（吃），「-보」則是表人的貶義後綴，指極度著迷於某事物或某方面的人，或是某傾向太嚴重的人，例如**울보**（愛哭鬼）、**뚱보**（胖子）、**잠보**（嗜睡的人）等，而먹보則是指極度喜歡吃東西的「愛吃鬼」、「吃貨」。另外，由於먹다這個字也有「貪汙」、「侵吞」的意思，所以먹보也會被用來形容貪得無厭之人。雖然먹보在口語上相當常用，不過由於「-보」本身含有貶低意味， 較適合拿來自稱，或在同輩親近的朋友間使用。

例句：난 야식을 안 먹으면 잠을 못 자는 먹보야.

我是個不吃宵夜就睡不著的吃貨。

위꼴사 引起食慾的照片

위꼴사是위가 꼴리게 하는 사진的縮寫，亦可更簡潔地說「**위꼴**」。其中「꼴리다」這個動詞，原意為「男性勃起」，也就是性慾被挑起。人說「食色性也」，這裡的꼴리다，主角是人類色慾以外的另一個本能－「食慾」，而所謂위가 꼴리게 하는 사진指的就是挑起胃部進食慾望的美食照片。

例句：나 다이어트 중인데 이런 위꼴사들 다시 보내지 마라.

我在減肥，不要再傳這種引起食慾的照片給我啦。

補充單字／表現—進食相關

❶ 식곤증 **餐後嗜睡**

식곤증（漢字：食困症）指的是吃飽飯後身體感到疲倦，愛睏的生理現象。

❷ 푸드파이터（Food fighter） **大胃王**

指以快速進食與大量進食為職業的人，這個說法源自於日本，同時也是和製英語。事實上，英語圈人士會稱呼大胃王為 Competitive eater，而非 Food fighter。所謂的 Food fight，在英文中指的是互相丟擲食物的戰爭，與大量進食毫無關係。

❸ 오바이트（Overeat） **反胃嘔吐**

오바이트指的是因過量進食或飲酒引起的反胃、嘔吐等生理現象，動詞用法為오바이트하다。不過這其實是韓式英語，英語圈不會用 Overeat 這個字來表達反胃嘔吐噢。

❹ 주전부리 **（吃）零食／偷情**

주전부리指的是解嘴饞的零食，或吃零食的行為，另外也有偷情的意思。動詞用法為주전부리하다。

作者有話要說

綜藝節目與戲劇中超常出現，連不會韓文的人都聽得懂的「바보」這個字，其實也和「吃」有關呢。바보是由밥보這個說法演變而成的，「밥」為「飯」；「-보」則是表人的貶意後綴。밥보的字面意義為「過度沉迷於吃的人」，而滿腦子只有吃的人，不免給人一種不太聰明的印象，所以밥보也被用來指愚笨的人，類似中文「飯桶」的概念。不過現在韓國人所說的바보，多了一些可愛的語氣在裡頭，可解釋為小傻瓜、笨笨等等。最近常見的應用方式還有**딸 바보**等，指極度寵溺女兒的人。由於過度傾注感情在某人、事、物上時，自然會顯得不太理智，所以這類人士也被韓國人劃入바보的範疇之內。只不過當一個人被稱呼為딸 바보時，不僅不會感到不悅，反而還會露出充滿愛的微笑呢。

쩔다：屌

基本會話

085.mp3

현우　지원아, 요즘 박스오피스 1위 그 영화 봤어?

봤지. 개쩔어. 완전 마음에 들어.

현우　진짜? 시각 효과가 쩔었니?

시각 효과도 시각 효과지만 무엇보다 남주인공 비주얼이 핵쩔었어.

현우　괜히 물어본 것 같은데…

뭔 소리야! 영화의 영혼은 바로 배우거든!

賢宇：智媛，最近票房第一名的電影妳看過了嗎？

智媛：看啦，超屌的。我超喜歡。

賢宇：真的嗎？視覺效果很厲害嗎？

智媛：視覺效果是不錯，但最重要的是男主角的顏值非常厲害。

賢宇：我不該問的…

智媛：什麼！一部電影的靈魂就是演員好嗎！

單字解說

쩔다原本是仁川的方言，有「很厲害」、「很了不起」的意思，語感類似中文裡的「屌」、「猛」、「厲害」等。而쩔다這個字使用上要特別注意的地方就是，它雖然是形容詞，在文法上卻是動詞。例如韓國人在口語上常說的「쩐다」就是動詞的基本階陳述語尾，並不是形容詞的文法。

使用時機

쩔다除了做為感嘆詞使用，也可用來形容任何名詞「很屌」、「很厲害」，只要能讓人發出驚嘆的人、事、物都可以使用它。但必須注意的是，雖然쩔다在網路、口語以及年輕人之間是非常普遍的說法，但由於這個字目前尚未被國立國語院列為標準語，所以在正式場合或在上位者面前請盡量避免使用。

詞類變化

形容詞原形	冠詞形（現在式）	基本階陳述形
쩔다	쩌는＋名詞	쩐다

句型活用

086.mp3

1. 생일날에 완전 쩌는 선물을 받았어.
   我生日那天收到了很屌的禮物。

2. 이 영화 참 쩐다.
   這部電影超屌。

3. 여기 파스타 개쩔어.
   這裡的義大利麵超級厲害。

087.mp3

오지다 太屌

오지다字典上的意思為「心滿意足」，在年輕人常用的給食體（請參考레알篇P.178）中則可以解釋為「超級」、「厲害」、「驚人」、「猛」、「酷」、「屌」等，非常接近前述的쩔다。오지다常會與**지리다**這個字一起使用以加強語氣，**지리다**在字典上的意思為「尿失禁」或「尿騷味」，但在給食體中的意義與오지다相同，皆為表驚訝、讚嘆的感嘆詞。오지다與지리다的用途極為廣泛，除了當感嘆詞使用外，亦可用來修飾名詞、形容詞，是年輕世代極愛用的兩個字。

例句：아까 너무 오지게 먹어서 속이 좀 아파.

我剛剛吃太猛，胃有點痛。

개이득 賺翻了

개이득是表「大量」的前綴詞「개-」（請參考존나篇P.230）與表「利益」、「甜頭」的「이득」（漢字：利得）之合成詞，指有預料之外的獲利或好運氣，網路上常取其初聲寫做ㄱㅇㄷ。要將程度加強時則可以將개-置換為핵-（請參考존나篇P.230），說핵이득。

例句：오늘 스타벅스 음료수 원 플러스 원이라니! 정말 개이득이야!

今天星巴克飲料居然買一送一。真是賺到了啦！

개꿀 超棒的

在〈존나篇〉將會提到「개-」與「꿀-」這兩個前綴，其中「개-」是表「非常」、「真的」、「大量」的前綴詞；「꿀-」則是指各種美好的事物。兩者合而為一，可以解釋為人、事、物「真的很棒」的意思，是一個非常正面的詞彙。

例句：이 친구 랩 실력 개꿀이야！

這位的饒舌實力實在太棒了！

쿠차 太爽了

쿠차（Coocha）是一個韓國知名的購物網站，曾經有人在쿠차便宜買到好東西後，以「쿠차차」來表達他雀躍的心情，從此쿠차就成了表達心情超開心的一種感嘆詞，類似中文裡的「太爽了」，動詞用法為쿠차하다。

例句：원 플러스 원이다! 쿠차!

買一送一啊！太爽了！

補充單字／表現—驚訝、讚嘆相關

❶ 장땡 最好的、最棒的

장땡是韓國傳統紙牌遊戲中拿到兩張十點的意思，是非常大的牌，所以也被拿來比喻「最好的○○」。任何主觀認為是最好、最棒、首選、第一名的東西，都可以說是장땡。

❷ 따봉（Tá bom） 超讚

따봉是一個來自西班牙文的外來語，意指「很好」、「很不錯」。這個字因為出現在某果汁廣告中而成為全民用語，當時廣告主角是豎起大拇指，說出「따봉」這個字，所以在韓國常拿來表示豎起大拇指說讚的動作。

❸ 엄지척 很讚

엄지척是「豎起拇指」的意思，用來表達對人、事、物的稱許，類似中文裡的「很讚」。動詞用法為엄지척하다；讓人豎起大拇指則可以說엄지척을 부르다。

❹ 대박 超級、超棒、太驚人了

대박應該是大家最熟悉的感嘆詞了。雖然許多地方會將這個字直接譯為「大發」，但其實「박」並不是漢字，而是純韓語。대박除了可以表達驚訝的心情以外，也可以與其他名詞結合，例如：**대박 사건**（大事、嚴重的事）；與動詞結合，例如：**대박(이) 나다**（大成功）；甚至可以當成副詞使用，例如：**대박 맛있다**（超好吃）。

수부지：外油內乾肌

基本會話

088.mp3

서연：요즘 얼굴에 각질도 일어나고 여드름도 나. 아, 짜증나.

어! 이거 수부지다!

서연：야, 너 그런 걸 어떻게 알아? 설마 그루밍족?

아니야. 어제 지원이도 뭐 트러블이 일어났다고 해서 검색 좀 해 봤어。

서연：근데 지원이 피부 깐 달걀같잖아. 무슨 트러블이야?

요즘 잠 못 자서 피부 요요를 겪고 있대.

書妍：我最近臉脫皮還長痘痘。啊，煩死了。

敏俊：噢！這叫外油內乾肌！

書妍：喂，你怎麼知道這些？你該不會是精緻型男吧？

敏俊：不是啦，昨天智媛說她皮膚也在長東西。我就查了一下。

書妍：不過智媛的皮膚不是跟水煮蛋一樣嘛。怎麼會長東西啊？

敏俊：她說最近睡不好，膚況很不穩定。

單字解說

수부지為수분이 부족한 지성 피부的縮寫。字面意義為「缺水的油性皮膚」，指油脂分泌雖旺盛，其實內部缺水，保溼度不足的膚質。

使用時機

人的膚質分為油脂分泌較少，易增生多餘角質，缺乏光澤的**건성**（乾性）；油脂分泌量大，毛孔易阻塞，引發痘痘的**지성**（油性）；以及 T 字部位油，U 字部位乾燥的**복합성**（混合性）等。而前述的수부지則比較特別，它看似油性，卻是因角質受損，保溼不足所形成的不健康油脂分泌噢。

詞類變化

名詞	名詞＋이다
수부지	수부지다
	수부지야
	수부지였어

句型活用

089.mp3

1. **여름만 되면 수부지 피부로 변해.**
   我一到夏天就會變成外油內乾肌。

2. **민감한 수부지를 위한 쿠션을 추천해 줘.**
   推薦一下為敏感的外油內乾肌設計的氣墊粉餅吧。

3. **이 크림이 수부지에 딱 맞는 제품입니다.**
   這個乳霜是最適合外油內乾肌的產品。

090.mp3

깐 달걀 水煮蛋肌

깐 달걀指的是剝好殼的雞蛋，可用來比喻像水煮蛋一樣無毛孔、零瑕疵、有光澤又淨白的肌膚，和中文裡的用法相同。깐 달걀通常指的是底妝服貼，顯得水潤透亮的肌膚，但霧面的底妝由於和水煮蛋的質感不同，所以不會用깐 달걀來形容。

例句：깐 달걀 피부를 만들기 위해 모공 관리 제대로 해야 돼.

為了擁有水煮蛋肌，要好好調理毛孔才行。

돌하르방 피부 毛孔粗大肌

돌하르방其實是「濟州島石爺」的意思，它的字面意義為「石頭爺爺」，是韓國濟州島獨有的石像；由於其石製的特性，表面上充滿了大大小小的孔洞，故被拿來比喻皮膚毛孔粗大的現象。相反詞為소공녀（漢字：小孔女），指毛孔非常小的女性。

例句：환절기가 되면 내가 돌하르방 피부가 돼.

每到換季時，我的皮膚毛孔就會變得粗大。

밸붕 油水失衡

밸붕是유수분 밸런스가 붕괴되다的縮寫，字面意義為「油水平衡崩壞」，也就是因缺水而導致大量出油的수부지肌膚狀態。

例句：밸붕 때문에 멘붕이야.

我因為油水失衡而崩潰了啊。

피부 요요 膚況不穩定

要了解什麼是피부 요요，得要先知道什麼是요요 현상。요요 현상的中文意思為「溜溜球效應」，指減肥的人因過度節食，體重急速下降後，又在短時間內大幅回升的現象，就像溜溜球反覆上上下

下的特性一般。而피부 요요指的便是皮膚的溜溜球效應，比喻皮膚沒有持續進行保養，導致膚況時好時壞的現象。

例句：피부요요를 관리하는 제품이 필요해.

我需要改善膚況不穩定的產品。

補充單字／表現－個人色彩相關

❶ 퍼스널컬러（Personal color） 個人色彩

指一個人與生俱來的膚色、髮色、眼球色等身體色調，以及能讓自己更出色的顏色。以冷、暖加上四季分類成以下四種「**톤**」（Tone＝色調）。

❷ 봄 웜톤 春暖色調

色調偏黃感，看起來明亮溫暖，適合清新的暖色系，以及透亮乾淨的輕盈底妝，強調天生的好氣色。簡稱**봄웜**。

❸ 여름 쿨톤 夏冷色調

色調偏乳白，略帶桃色或粉色，適合明亮的冷色系，以及帶粉色調的底妝，黃感底妝會有違合感。簡稱**여쿨**。

❹ 가을 웜톤 秋暖色調

色調深且偏霧感，較不見血色，適合較深的暖色系，以及貼近膚色的自然底妝，黃感重的底妝會讓臉色變差。簡稱**가웜**。

❺ 겨울 쿨톤 冬冷色調

色調偏藍感，看起來透明蒼白，適合較深的冷色系，以及明豔的妝容，切忌過度自然的裸妝與過暗的底妝。簡稱**겨쿨**。

힛팬(Hit Pan)：用到見底

基本會話

091.mp3

서연 어제 섀도우 팔레트 힛팬 봤어. 참 뿌듯하다.

지원 근데 언니 섀도우 하나밖에 없잖아.

서연 섀도우는 갈색조 하나면 충분한 거 아니야?

지원 아니지! 섀도우들한테 사과해. 하같색이란 말도 몰라?

서연 하같색이 뭐야?

지원 하늘 아래 같은 색조 화장품 없단 말이야.

書妍：昨天我的眼影盤用到見底了。真是欣慰啊。

智媛：但是，妳的眼影不是只有一個嘛。

書妍：眼影不是有一個咖啡色系的就夠了嗎？

智媛：當然不是！快跟眼影們道歉。妳沒聽過天同色這句話嗎？

書妍：天同色是什麼鬼？

智媛：天下沒有相同顏色的化妝品啊。

單字解說

힛팬就是英文的 Hit Pan，「팬」（Pan）的原意為平底鍋或烤盤，可引申為腮紅、眼影等化妝品底部的鐵片。而힛팬（Hit Pan）指的就是化妝品用到見底，露出鐵片的狀態。

使用時機

將愛用的化妝品用到露出鐵片稱為힛팬，而讓人愛用到見底的好物為**힛팬템**，同中文裡的「鐵片君」、「凹凹賞」等。另外，把保養品用光光則可以說**공병**，字面意義為「空瓶」，好用到讓人整瓶用光的產品則稱為**공병템**。

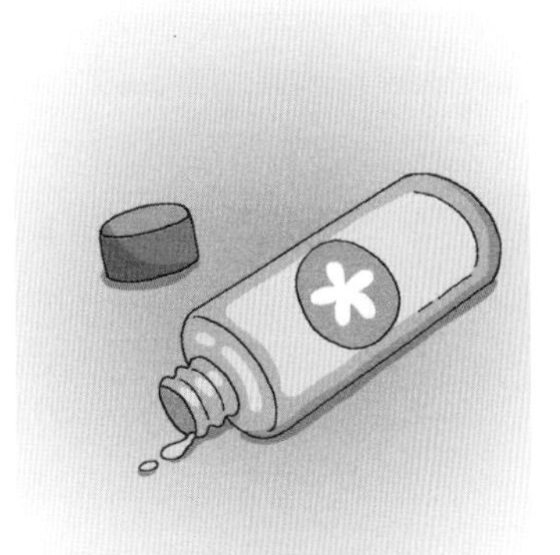

詞類變化

名詞	名詞＋이다	名詞＋動詞
힛팬	힛팬이다	힛팬(을) 하다
	힛팬이야	
	힛팬이었어	

句型活用

092.mp3

1. **이 블러셔 매일 쓰다 보니 2달 만에 힛팬이야.**
   我每天都用這個腮紅，才兩個月就見底了。

2. **화장품 힛팬을 본 거 처음이야.**
   我是第一次把化妝品用到見底。

3. **내 섀도우 팔레트 드디어 힛팬했다.**
   我的眼影盤終於見底了。

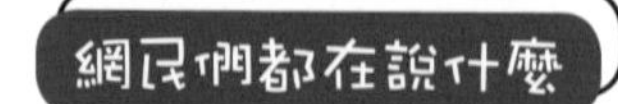

093.mp3

스와치 試色

스와치（Swatch）本來是「樣本」的意思，在美妝界指的是將彩妝品的發色拍攝下來，上傳到社群網站等網路平台上，提供其他網友做為購買的參考。例如試色影片便可以說스와치 영상。

例句：뷰티 블로거의 립스틱 스와치를 보고 바로 쇼핑을 하고 싶어졌어.

看了美妝部落客的唇膏試色後，好想馬上出去購物。

각질 서치 上妝脫皮

각질 서치是「각질」（漢字：角質）與「搜尋」之外來語「서치」（Search）的合成詞，字面意義為「搜尋角質」。指上了妝之後，因產品的質地問題，讓素顏時看不見的角質變得明顯，彷彿拿著放大鏡把細微的角質一一找了出來。一般在底妝和唇部彩妝品的使用上較會出現這樣的問題。這個表現常會以각질서치 기능（脫皮功能）、각질서치 능력（脫皮能力）等型態，幽默地表達對於彩妝產品突顯角質的小抱怨。

例句：이 립스틱 각질서치 기능이 있어서 미리 립밤 꼭 써야 돼.

這支唇膏有讓嘴唇脫皮的功能，所以一定要先擦護唇膏。

쿨톤병 死白病

쿨톤（Cool Tone）是上一篇提到過的「冷色調膚色」，而쿨톤병指的就是不管自己的皮膚是不是屬於冷色調，都無條件使用冷色系底妝讓自己膚色更加亮白的行為。쿨톤병的患者對於自身的膚色與適合的底妝類型都不是很瞭解，一味地認為自然的色調與暖色系底妝會讓自己顯得暗沉，殊不知不適合自己的冷色調底妝反而會讓一張臉顯得死白且突兀，並沒有加分效果，而쿨톤병就是為了揶揄這樣的族群所產生的新造語。

例句：그 친구 쿨톤병에 걸렸나? 목과 얼굴이 색이 다르잖아.

那個人有死白病嗎？脖子跟臉的顏色不一樣啊。

워크메틱　辦公室美妝品

워크메틱為「工作」的外來語「워크」（Work）與「化妝品」的外來語「코스메틱」（Cosmetic）之合成詞，指在上班時間常會用到的美妝產品。例如：護手霜、保溼噴霧、護唇膏等辦公桌上常出現的小物。

例句：입술은 건조하니까 나의 워크메틱은 무조건 립밤이야.

我的嘴唇很乾，所以我的辦公室美妝品非護唇膏莫屬。

補充單字／表現——美妝相關

❶ MOTD　今日妝容

MOTD是Makeup Of The Day的縮寫，這個說法源自於歐美的美妝部落客，目前為世界通用的熱門主題標籤，許多人在社群網站介紹自己今天所化的妝時，都會加上這個標籤噢。

❷ 하같색　天下沒有相同顏色的化妝品

하같색是하늘 아래 같은 색조 화장품 없다的縮寫，堪稱是美妝狂熱者的至理名言。在一般人眼中「通通一樣」的紅色，其實都有著微妙的差異呢，所以通通都要買下來，不是嗎？

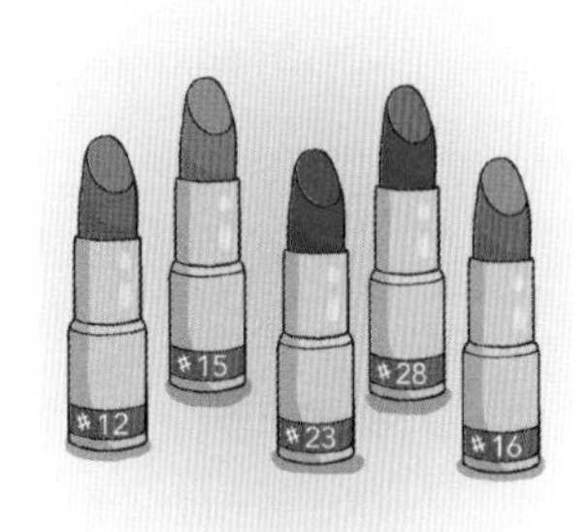

❸ 요플레 현상　唇膏掉色結塊

요플레是「優格」的意思，而這裡的요플레 현상指的是擦上唇部彩妝品過了一段時間後，只剩嘴唇外圍有顏色，中央處則像吃過優格一樣產生白色結塊的現象。

❹ 톤팡질팡　不了解自身膚色的人

톤팡질팡是「피부톤」（膚色）與「갈팡질팡」（不知所措）的合成詞，指對自己的膚色不了解，不懂該怎麼選擇彩妝品的人。

❺ 톤망진창　彩妝色調一塌糊塗

톤망진창是「色調」的外來語「톤」（Tone）與「엉망진창」（一塌糊塗）的合成詞，意指妝容色調與服裝完全不搭，或是臉上的妝完全不適合自己的膚色。

❻ 착붙템　命定款

착붙的意思是妝容或穿搭非常適合自己，彷彿量身打造的一般；而착붙템則是加上了表「物品」的後綴「-템」，指使用後像自己的皮膚一樣自然服貼的化妝品，一般拿來形容底妝產品，也可以指彷彿寫了自己的名字一般，非常適合自己的服飾或配件。

❼ 톤그로　妝容突兀

톤그로爲「色調」的外來語「톤」（Tone）與어그로（請參考어그로篇P.70）的合成詞，同時也是착붙的相反詞，指使用了不適合自己膚色的化妝品，讓妝容非常突兀。

내숭덩어리：綠茶婊

基本會話

094.mp3

지원: 내 급식 동생이 진짜 바보보스야.

민준: 이번에 또 무슨 짓을 했냐?

지원: 그 자식 요즘 여친 생겼는데 분명히 내숭덩어리야.

민준: 근데 그걸 어떻게 알아?

지원: 여자끼리는 눈빛만 보면 알아. 멍청한 너희 남자들만 몰라.

민준: 지원아. 아무리 그래도 내가 멍청한 편은 아니잖아…(울컥)

智媛：我那個屁孩老弟真的蠢到極致了。

敏俊：他這回又幹了什麼好事？

智媛：那小子最近交女友了。但分明是個綠茶婊。

敏俊：不過妳怎麼知道她是綠茶婊啊？

智媛：女生之間一個眼神就知道了。就你們這些愚蠢的男生不懂而已啊。

敏俊：智媛啊。再怎麼說我也不算愚蠢的啊…（哽咽）

單字解說

내숭덩어리這個字可以拆成「내숭」與「덩어리」兩個部分。내숭源自於「내흉」（漢字：內凶），顧名思義就是外表裝得善良柔順，內心卻別有算計。而덩어리這個字是「一團」、「一塊」的意思，做為表人物的後綴時，連接在名詞後方，與덩어리原始意義中「成團」、「結塊」的意象相連結，便能呈現出集某種特質於一身的感覺。

使用時機

當一個人外表清純乖巧，心機卻無比深沉時，我們便可說他是集表裡不一、外柔內凶這些人格特質於一身的내숭덩어리。這個表現和綠茶婊一樣，一般指女性，男性的表裡不一則會用허세（請參考급식충篇P.34）來形容。

詞類變化

名詞	名詞＋이다
내숭덩어리	내숭덩어리다
	내숭덩어리야
	내숭덩어리였어

句型活用

1. 우리 오빠 전여친이 완전 내숭덩어리였어.
   我哥前女友完全是個綠茶婊。

2. 그 내숭덩어리와 연락이 끊겼어.
   我跟那個綠茶婊已經沒聯絡了。

3. 겉과 속이 다른 내숭덩어리를 좋아하는 사람이 어디 있냐?
   誰會喜歡表裡不一的綠茶婊啊？

096.mp3

츤데레 傲嬌

츤데레為日文的「ツンデレ」，是츤츤（ツンツン）與데레데레（デレデレ）的合成詞。츤츤（ツンツン）是故作強硬，態度尖銳的意思；데레데레（デレデレ）則是嬌羞的意思。這個說法源自於日本動漫界，指平時態度冷傲，話中帶刺，給人充滿敵意的感覺，但在特定狀態下卻會變得嬌羞且溫柔的人物性格。這樣的人其實是用敵意來掩飾自己的慌張，常將真心喜歡的人、事、物拒於千里之外。츤데레類型的人在大眾眼中是好感度很高，極有魅力的，它與내숭덩어리雖然都具有表裡不一的特質，但츤데레的外凶內柔與내숭덩어리的外柔內凶形成了極大對比，給人的印象也是天差地別啊。

例句：겉으로는 까칠하지만 좋아하는 사람 앞에만 서면 수줍은 소년으로 변신하는 츤데레야.

他外表感覺很機車，卻是個一站在喜歡的人面前就變身為害羞少年的傲嬌人啊。

얀데레 病嬌

얀데레為為日文的「ヤンデレ」，是야무（病む）與데레데레（デレデレ）的合成詞。야무（病む）是病態的意思；데레데레（デレデレ）則是嬌羞的意思。這個說法和츤데레一樣，源自於日本動漫界，指平常看似正常，但一遇到愛情就變得極度執著，佔有欲非常強，會不擇手段去得到對方的性格，嚴重者甚至會去傷害喜歡的對象或妨礙自己愛情的人。這樣的人物多半在付出愛情的過程中承受了痛苦，卻無法排解，因而出現了精神疾病的症狀。若是出現在真實生活中，成為危險情人的機率可是非常高的噢。

例句：얀데레가 현실에서 나타나면 거리를 두고 지내야 해.

病嬌人要是出現在現實生活中的話，一定要保持距離啊。

쿨데레 酷嬌

쿨데레為為日文的「クーデレ」，是쿨（Cool）與데레데레（デレデレ）的合成詞。쿨（Cool）是冷酷的意思；데레데레（デレデレ）則是嬌羞的意思。這個說法和以上兩者一樣，源自於日本的動漫界，指平常看起來像座沒有感情的冰山，不僅面無表情，話也很少，但內心隱藏著許多沒有說出口的情感與心事，遇到特定人物就會嬌羞起來。比起言語，更傾向用行動表達感情。如果說츤데레是外凶內柔型的表裡不一，쿨데레就是外冷內熱型，由於形象偏向沉著穩重，在大眾心目中也是頗有人氣的人物類型。

例句：난 행동으로 사랑을 표현하는 쿨데레를 좋아해.

我喜歡用行動表現愛的酷嬌人。

補充單字／表現—表裡不一相關

❶ 귀척 裝可愛

귀척是귀여운 척的縮寫，這裡說的裝可愛是將自己包裝成可愛的形象在外走跳，指讓人不舒服的常態性做作。平日玩鬧時的裝可愛或賣萌不在귀척的範圍內。動詞用法為귀척(을) 떨다或귀척(을) 하다。

❷ 엉큼하다 腹黑、居心叵測

指瞞著他人偷偷進行對自己有利的計畫，對不屬於自己的東西有非份之想，或心懷鬼胎的態度。

❸ 얍삽하다 奸詐、滑頭

指為了自己的利益去欺騙他人或利用他人的態度。同義字還有**약다**。

❹ 꿍꿍이속 鬼主意、如意算盤

指自己在心裡偷偷盤算的事情。用法為꿍꿍이속(이) 있다。

❺ 내숭(을) 떨다 假仙、裝模作樣

내숭在本篇一開始曾提過，是外表善良柔順，內心別有算計的意思，而내숭(을) 떨다便是它的動詞表現，指表裡不一、裝模作樣，內心暗藏鬼胎的行為。

어리버리하다：笨手笨腳的

基本會話

097.mp3

현우 나 어제 또 점장님한테 혼났어.

민준 어리버리하다고?

현우 어떻게 알았어?

민준 나 어리버리들이랑 이상하게 맞아서 그래. 서연이도 어리버리해.

현우 서연이 똑똑하잖아. 어리버리하다니?

민준 이건 오래된 친구만 아는 건데 얘 허당이야.

賢宇：我昨天又被店長罵了。

敏俊：他說你笨手笨腳嗎？

賢宇：你怎麼知道？

敏俊：因為我和笨手笨腳的人異常合拍。書妍也是傻呼呼的。

賢宇：書妍不是很聰明嘛。她怎麼會傻？

敏俊：這個要認識很久的朋友才知道，她可是個反差萌女孩啊。

單字解說

어리버리하다這個說法源自於어리바리這個副詞，形容人神智不清，手腳不聽使喚的樣子。隨著時間流逝，人們漸漸把第三音節的「바」說成「버」，變成現在常說的어리버리。雖然어리바리하다才是字典裡收錄的標準語，但어리버리하다這個型態的使用頻率卻高上許多，意義上也與어리바리하다有些不一樣，指一個人傻呼呼、笨笨的、做事說話都不太明快的樣子。另外，어리버리한 사람也可以直接縮寫為어리버리來使用。

使用時機

或許是因為呆呆傻傻的女孩子感覺比較單純可愛，亦或是現代人對於語言的了解不夠深入，現在年輕男生常會說女孩子어리버리하다，語感類似中文裡的「小迷糊」、「小傻瓜」等，略帶一些「妳好可愛啊」的語氣。但어리버리하다與**어리석다**（愚蠢）這個字有所關連，帶有明顯的輕視意味，絕對不是一個有正面意義的形容詞。總而言之，由於어리버리하다並非標準語，詞意上的褒貶也有些曖昧，所以在正式場合或與上位者、年長者交談時應避免使用；不過與熟識的朋友或年輕人閒聊時，在無惡意的前提下拿來開開玩笑是無傷大雅的。

詞類變化

形容詞原形	冠詞型 (現在式)	副詞形	名詞形
어리버리하다	어리버리한＋ 名詞	어리버리＋ 動詞	어리버리

句型活用

098.mp3

1. **어리버리한 것도 내 매력이다.**
   笨手笨腳也是我的魅力啊。

2. **어리버리 지하철을 탔는데 잘 도착하는 게 꽤 신기하더라.**
   迷迷糊糊地搭上地鐵還能順利抵達，真是神奇啊。

3. **우리 어리버리 아들이 진짜 걱정이 되네.**
   我那蠢蛋兒子真的很令人擔心啊。

099.mp3

천연 天然呆

천연的漢字就是「天然」，詞義也和中文的天然相同，不過這裡要說的是천연的另一個意義－「與生俱來的獨特傻氣」。這個說法源自日文的「天然ボケ」（天然呆），천연的人天生行為模式與思考邏輯與一般人有所不同，像小孩子一般純真，常讓人啼笑皆非；但천연之人，幾乎不會察覺自己是個천연。

例句：그 친구가 천연이긴 한데 바보는 아닌 것 같아.

那位雖然天然呆，但應該不是笨蛋。

허당 反差萌

허당原本是江原道方言，有無意義之行動與言語的意思，現在常被用來形容看似相貌端正，形象良好，實際上卻是個不折不扣的傻瓜，言行舉止與平常形象大相逕庭的人。

例句：남신 같은 비주얼을 갖고 있지만 알고 보니 허당이야.

他雖有男神般的外型，其實是個反差萌男子啊。

똥손 手殘人／臭手

똥손的字面意義為「屎手」，綜藝節目也常翻譯為「臭手」。똥손的意思有兩種，一個是指做某件事的技術很差，如化妝技術差、拍照技術差、做菜手藝差等，都可以用똥손來形容，類似中文常說的「手殘」。另外一個意思則是運氣很差的手，比如猜拳老是輸、籤運差、碰過的東西很容易故障或遺失等。똥손的相反詞為「금손」，字面意義為「金手」，頗有中文裡點石成金的意味在，不妨一起記憶。

例句：내 남친이 똥손이라서 항상 나를 뚱뚱하게 찍어 줘.

我男友很手殘，老是把我拍得很胖。

補充單字／表現—蠢傻呆笨相關

❶ 덜렁대다 迷糊、冒失
指常常忘東忘西，做事不小心。

❷ 얼간이 傻瓜
指資質駑鈍，行為舉止較笨拙的人。

❸ 호구 冤大頭、軟柿子
호구的漢字為「虎口」，它原本是圍棋的術語，指棋盤上被同色棋子包圍了三面，僅剩一個出口的位置。在這個狀況下，只要對手把棋子放在虎口內，就會馬上被吃掉。所以호구這個說法也被用來比喻因為性格太傻而容易被利用或拐騙的人。以**호구새끼**的形態使用更有加強語氣的效果，但同時也會變成比較不雅的話，請斟酌使用。同義表現還有「**봉**」。

❹ 쪼다 白痴
指資質駑鈍，無法妥善自理的人。貶意強，請斟酌使用。

❺ 머저리 智障
指天生智能發展較不足的人。貶意強，請斟酌使用。

빡세다：拼命／很操、很緊繃

基本會話

100.mp3

현우 벌써 4학년이야. 취직하는 게 걱정돼.

민준 그렇지. 난 큰 회사에서 일하고 싶은데 빡세겠다.

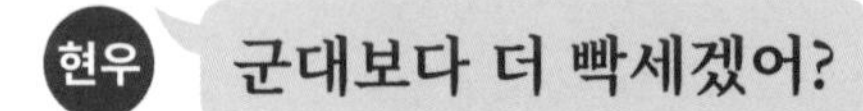

현우 군대보다 더 빡세겠어?

민준 군대는 노가다뿐이지. 큰 회사에 가면 마음고생도 많을 거야.

현우 인생이 너무 빡세다.

민준 그래서 우리 더 빡세게 살아가야 돼.

賢宇：已經大四了。好擔心找工作的事啊。

敏俊：對啊。想去大公司上班，但一定很操。

賢宇：會比軍隊更操嗎？

敏俊：軍隊只是體力活。進了大公司還很勞心啊。

賢宇：人生真是艱辛啊。

敏俊：所以我們得更拼命地活下去啊。

單字解說

빡세다這個字有兩個意思，當主詞為「人」時，指此人花了很多力氣去做某件事，用途類似힘들다，但程度會比힘들다更強一些。當主詞為「事物」時，則是指這件事情難度很高，執行起來非常辛苦，類似**빡빡하다**或**거세다**。

使用時機

當我們要形容「拼了老命」去做某件事時，便可以使用빡세다這個表現。要更誇張一點還可以加上表強調的前綴「개-」（請參考존나篇P.230），說개빡세다。例如拼命減肥，便可以說다이어트 개빡세게 한다。另外，要形容某事物很操、很緊繃、讓人很難搞定的時候，也可以使用빡세다。例如行程排得很滿時，可以說스케줄이 빡세다；功課很難或很多的時候則可以說숙제가 빡세다。

詞類變化

形容詞原形	冠詞形（現在式）	副詞型
빡세다	빡센＋名詞	빡세게＋動詞

句型活用

1. **살을 빼려면 좀 빡센 운동을 해야 한다.**
   要減肥的話就要做強度更高的運動。

2. **방송국에서 일하는 게 빡세다고 들었어.**
   聽說在電視台上班很操。

3. **빡세게 공부했는데 성적이 안 올라.**
   我拼了命讀書，成績卻沒進步。

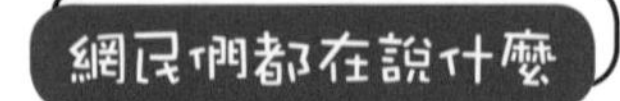

102.mp3

드롬비 疲勞駕駛人

드롬비（Drombie）是「駕駛人」的外來語「드라이버」（Driver）與「殭屍」的外來語「좀비」（Zombi）之合成詞。它雖然有外來語的樣貌，卻是不折不扣的韓式英語，英語中是沒有 Drombie 這個字的。用殭屍來比喻疲勞駕駛的原因和〈읽씹篇〉中提過的스몸비（低頭族）一樣，是由於駕駛人邊開車邊打盹，搖搖晃晃的模樣十分神似殭屍。在此順便提醒各位，드롬비和스몸비都是韓國連假時引發交通事故的危險因素之一，呼籲大家開車小心，走路專心啊。

例句：휴가철은 드롬비가 가장 많이 출몰하는 시기이다.

休假期間是疲勞駕駛人最常出沒的時期。

떡실신 累攤

떡실신是「떡이 되다」與「실신」的合成詞，떡이 되다是指被整得七葷八素、被揍得很慘或是喝個爛醉；실신則是昏迷的意思。合起來的意思是做了某些耗體力的活動，或喝了大量的酒之後，累到動彈不得，彷彿身體被摧殘過一樣。動詞用法為떡실신(을) 하다。

例句：우리 강아지가 밤에는 쌩쌩하다가 아침만 되면 떡실신을 한다.

我家狗狗晚上精神抖擻，一到早上就累攤。

번아웃 증후군 身心俱疲症候群

「번아웃」（Burn out）是「過勞」、「倦怠」的意思，「증후군」（漢字：症候群）則是某種疾病之各種症狀的統稱。번아웃 증후군指的是原本做事很有衝勁的人，身心皆變得極度疲勞，無力的現象。事事必須做到盡善盡美的完美主義者、長期把時間貢獻給工作的社會人士，以及個性急躁、總是精神緊繃的人等，都是번아웃 증후군的高危險族群。韓國社會由於競爭激烈，工時長，有高達八成的社會人士都曾受번아웃 증후군所苦。

例句：요즘 번아웃 증후군이 온 것 같아.

我最近好像得了身心俱疲症候群。

補充單字／表現—疲憊、窘迫相關

❶ 빠듯하다 緊繃、勉強

指勉強達到某個水準或已達到上限，沒有增加的空間，通常指錢、時間、能源、力量等。

❷ 거덜(이) 나다 傾家蕩產、錢包見底

거덜是朝鮮時代管理馬的下人，他們的工作之一是在宮中指揮交通。當居高位者要經過時，거덜就必須騎著馬將行人趕到一旁去。而他們騎著馬搖搖晃晃的樣子，便被引申為生活或其他事情的基礎動盪不安的狀況。

❸ 진(이) 빠지다 精疲力竭

진（漢字：津）指的是樹木的黏液，而진이 빠지다的字面意義則是「樹木的黏液用盡」。比喻人的氣力用盡，就像沒了黏液的樹木，和死了沒兩樣。

❹ 노가다 體力活

這個字源自於日語的どかた，原發音為도카타，意思是苦力、粗工，帶有貶低意味。傳到韓國後由於發音規則而改成노가다，被拿來比喻很費體力的工作。

❺ 헛물켜다 白費力氣

指花了一堆心力，卻沒有任何收獲。

❻ 개고생 超受罪

고생是「勞苦」、「受罪」的意思，加上強調語氣的前綴「개-」後，便有程度更加嚴重的感覺，動詞用法為개고생(을) 하다。

035 실사화：真人化

基本會話

103.mp3

현우 일본에서는 왜 자꾸 멀쩡한 애니메이션을 실사화하니?

지원 그렇니까. 실사화 드라마나 영화는 망하는 게 대부분인데…

현우 그래도 팬들은 욕하면서 꼬박꼬박 보겠지?

지원 그런 건 잘 모르겠는데. 난 인간 남자만 좋아하거든.

현우 오케이…그럼 실사판 남주인공을 너네 오빠가 하면…?

지원 바로 지갑을 열게.

賢宇：日本為什麼老是要把好好的動畫真人化啊？

智媛：就是說啊。真人化的電視劇或電影大部分都會搞砸啊…

賢宇：但粉絲還是會邊罵邊乖乖地看吧？

智媛：這我就不清楚了。我只喜歡人類男性。

賢宇：OK…那假如真人版男主角是你追的歐巴呢？

智媛：馬上掏錢。

單字解說

실사화的漢字為「實寫化」，意思是將動漫或遊戲改編成由真人演出的作品，如電影、電視劇、音樂劇、舞台劇等。而真人化後的真人版作品則稱為실사판（漢字：實寫版）。

使用時機

欲表示把某部動漫改編成真人版的行為時，可以用動詞型態○○를 실사화하다來表示；表示某部動漫作品被真人化的事實時，則可以用被動型態○○가 실사화되다。

詞類變化

<table>
<tr><th>名詞</th><th>名詞＋이다</th><th>名詞＋動詞</th></tr>
<tr><td rowspan="3">실사화</td><td>실사화다</td><td rowspan="2">실사화하다</td></tr>
<tr><td>실사화야</td></tr>
<tr><td>실사화였어</td><td>실사화되다</td></tr>
</table>

句型活用

104.mp3

1. 영화 <데스노트>가 성공적인 실사화 작품이다.
   電影《死亡筆記本》是成功的真人化作品。

2. 인기 애니메이션을 실사화한 작품은 대부분 실패한다.
   人氣動畫的真人化作品大部分都是失敗的。

3. 내가 좋아하는 만화가 영화로 실사화됐는데 망했나 봐.
   我喜歡的漫畫被拍成了電影，但看來是毀了。

정주행 刷劇、煲劇

정주행（漢字：正走行）指的是一口氣把電視劇或系列電影從頭到尾看完，從最後一集開始一口氣往前看則稱為역주행（漢字：逆走行）。不管是정주행還是역주행，這樣的行為通常都需要一段相當長的時間，所以也可以翻譯為「熬夜追劇」。另外，追漫畫、小說等出版物也可以使用정주행這個說法，動詞用法為정주행(을) 하다。

例句：이번 주말에 해리포터 시리즈 정주행하겠어.

這週末我要追完哈利波特全系列。

미드 美劇

韓國人和台灣人一樣，都會簡單地用美劇、日劇、泰劇來簡稱美國電視劇、日本電視劇、泰國電視劇等。這裡的미드就是미국 드라마的縮寫，同理可證，日劇＝일본 드라마＝**일드**、泰劇＝태국 드라마＝**태드**、台劇＝대만 드라마＝**대드**…。下次在網路上看到它們時可別太驚慌噢。

例句：요즘 우리나라 드라마 좀 질려서 미드 보기 시작했어.

我最近對本土電視劇有點膩，所以就開始看美劇了。

케미 相配程度、默契指數、CP感

케미（Chemi）源自外來語「케미스트리」（Chemistry），케미스트리除了有「化學」的意思，也可以用來比喻運動時的團隊向心力，或戀人、曖昧的倆人之間強烈的吸引力。但케미（Chemi）這個說法其實是典型的韓式英語，英語圈並不會使用這樣的縮寫。而케미的意義也和原本的케미스트리不太一樣，指的是影像作品中的情侶或搭檔之間的相配程度或默契指數。現在的케미甚至被用來強調世界上任何兩樣東西放在一起的畫面很好看，或調性很合等。最後要注意的是，若是把케미這個表現使用在現實生活中的兩個人身

上，就有暗示「性事契合」的語氣在裡頭，使用時稍作留意。

例句：이 영화에서 두 주인공의 케미가 폭발하더라 .

這部電影裡兩位主角的 CP 感太強大了。

補充單字／表現——戲劇相關

❶ 리메이크（Remake） 改編、翻拍、翻唱

指重新製作過去的電影、戲劇、音樂等作品，且不更動原有名稱或劇情大綱等。

❷ 콩트（Conte） 極短篇／短劇

콩트為法文的 Conte，指比短篇小說篇幅更短的小故事。由於這樣的極短篇必須以更簡潔有力的文字來給讀者強烈的印象，這一點與喜劇節目中的單幕短劇特性相通，所以這樣的小短劇也被稱為콩트。

❸ 패러디（Parody） 惡搞

指用搞笑的方式模仿特定作品內容或風格的手法，或以這樣的手法創作出來的惡搞作品。

❹ 시트콤（Sitcom） 情境喜劇

시트콤（Sitcom）是시츄에이션 코미디（Situation Comedy）的縮寫，情境喜劇一般有固定的場景與人物角色，但每一集都有一個不同的獨立故事，不做嚴謹的劇情鋪陳，集中於呈現搞笑元素。

❺ 휴먼 드라마（Human Drama） 溫情劇

휴먼 드라마便是英文的 Human Drama，其中 Human 除了是我們所熟知的「人類」以外，還有「有人情味的」、「富含人性之美的」等意義。所以휴먼 드라마指的就是傳達人性之美與情，能感動人心的戲劇。

❻ 막장 드라마 狗血劇

막장指的是礦坑的盡頭，也是最危險的地方，可用來比喻「最糟的狀況」。而막장 드라마指的就是必然要把劇情發展到「最糟的狀況」的電視劇。例如：出身秘密、婆媳糾葛、三角關係等刺激情節，以及性暴力、教唆殺人、暴力、陰謀等黑暗元素等。

성상납：潛規則、陪睡

基本會話

106.mp3

민준 요즘 여배우 A씨 성상납 폭로글을 봤어?

서연 봤지. 근데 연예인에 대해 아는 게 별로 없어서 누군지 짐작이 안 가.

민준 댓글을 보면 답이 거의 나온 것 같아. A씨 앞으로 연기도 못 할걸.

서연 그러니까. 그런 짓을 대체 왜 하냐?

민준 계약에 문제가 있었나 보지. 그 여배우를 꼼짝도 못하게 하는…

서연 이게 사실이면 소속사가 쓰레기네.

敏俊：妳有看最近女演員 A 小姐的陪睡爆料文嗎？

書妍：有啊。但我對藝人不太熟，猜不出是誰。

敏俊：回文裡答案已經呼之欲出了。A 小姐以後應該也沒辦法再演戲了。

書妍：就是啊。到底為什麼要做這種事啊？

敏俊：合約可能有問題吧。讓那位女演員無力反抗。

書妍：如果這是事實，那經紀公司真是太渣了。

單字解說

상납的漢字為「上納」，顧名思義就是進貢物品或錢財給高層人士。而

성則是「性」的意思，以性來進貢，指的便是提供性服務給社會地位較高的人士以換取相應的利益。

使用時機

성상납在充滿俊男美女的演藝圈最常發生，通常由經紀公司高層或影視圈的有力人士提出要求，並承諾給予一定程度的回報，例如演出機會或加戲等。這樣的事情一般會發生在小公司的藝人身上，許多莫名其妙突然爆紅的藝人，也都會被民眾懷疑是否因潛規則而受惠。接受陪睡服務可以說성상납(을) 받다，提供陪睡服務則可以說성상납(을) 하다。

詞類變化

名詞	名詞＋이다	名詞＋動詞
성상납	성상납이다	성상납(을) 하다
	성상납이야	성상납(을) 받다
	성상납이었어	

句型活用

107.mp3

1. 국가 공무원이 성상납을 받는 걸 들키면 완전 망한 거지.
   國家公務員要是被發現接受性招待的話就徹底完蛋了吧。

2. 데뷔하기 위해 성상납을 하면 조만간 후회할걸.
   為了出道而陪睡遲早會後悔的。

3. 요즘 성상납을 요구하는 여자도 꽤 있다고 들었어.
   聽說最近找人陪睡的女性也不少。

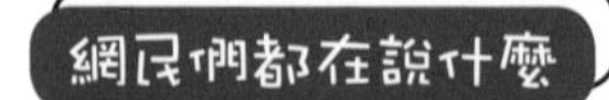

108.mp3

매장각 快黑掉了

매장각這個表現可以拆為「매장」與「-각」兩個部分。首先매장的漢字為「埋葬」，亦可以解釋為被排擠，不見容於社會的意思。-각則是表某事即將發生，或應該做某事的後綴，意思與-ㄹ/을 것이다相差不遠，類似中文口語中的「要○○的節奏」、「幾乎要○○了」、「該○○了」等。而매장각說的就是在某個團體中形象掃地，被人討厭，幾乎要混不下去的狀態。另外，被黑掉則可以說매장(을) 당하다。

例句：스캔들 때문에 지금 연예계에서 매장각이야.

因為醜聞的緣故，他在演藝圈幾乎黑掉了。

사재기 買榜

사재기為囤貨或搶購的意思，在這裡指的則是娛樂公司自己花錢購買大量專輯或音源，讓旗下歌手在排行榜上得到好成績，以獲取媒體與民眾的關注。動詞用法為사재기(를) 하다。

例句：요즘 사재기 논란에 휩싸인 가수가 몇 명 있다.

最近有幾位歌手被捲入了買榜爭議中。

스폰서 包養

스폰서即英文的 Sponsor，原意為贊助商或廣告主，贊助的對象一般為活動、慈善事業、球隊、運動選手等，但對藝人的贊助指的則是以金援其演藝活動為檯面上的名目，背地裡行性交易之實的「包養」。當然除了藝人之外，也有不少外貌出眾的一般人選擇以身體換取스폰서的經濟援助。接受包養的動詞用法為스폰서(를)받다。

例句：뉴스에 나온 그 스폰서 받은 여배우 A씨가 누군지 궁금하다.

好想知道新聞講的那個被包養的女演員 A 某是誰。

補充單字／表現—演藝圈黑暗面相關

❶ 폭로 爆料、揭發

폭로的漢字為「暴露」，意思是揭發不為人知的祕密，通常指的是不好的事情或陰謀等。動詞用法為폭로하다，某事被爆出則可以說폭로되다。

❷ 자작극 炒新聞、自導自演

자작극的漢字為「自作劇」，顧名思義就是自導自演的戲，也可以指為了引人注意而製造的假新聞。動詞表現為자작극(을) 꾸미다或자작극(을) 벌이다，指自導自演、炒新聞的意思。

❸ 사바사바 黑箱作業、走後門

這個說法源自於日語，但確切的由來眾說紛紜，尚未定論，在這裡就不多做解釋了。사바사바指的是以不透明的方式進行不正當的秘密交易。動詞用法為사바사바하다。

❹ 거드름(을) 피우다 擺架子、耍大牌

거드름指的是高傲的態度，而거드름(을) 피우다則是仗著自己身分地位高人一等就擺架子或耍大牌的行為。另外也可以說거드름(을) 부리다。

❺ 텃세 欺負新人

指前輩欺負後進，耍特權的惡行。動詞用法為텃세(를) 부리다。

037 야하다：風騷、很A

基本會話

109.mp3

지원 와!!! 우리 오빠 이번 신곡 안무가 너무 야하다!

서연 진짜?! 보여줘!

지원 이건 순수한 우리 언니한테 너무 파격적이지.

서연 어머! 이건 미자들 보게 되면 큰일 나.

지원 다음에 나도 야하게 입고 방송국에 가서 컨셉을 맞춰 줘야지.

서연 너 진짜 그렇게 하면 앞으로 나 아는 척 하지 마.

智媛：哇！！！我們歐巴這次新歌的舞蹈好色啊！

書妍：真假？！給我看看。

智媛：這對純情的妳來說應該太大膽了吧。

書妍：天哪！這要是被未成年的看到就完蛋了。

智媛：我下次也要穿風騷一點去電視台配合這次的概念啊。

書妍：妳真的這樣做的話，以後就不要說妳認識我。

單字解說

야하다本有俗艷、低級、粗鄙、不大方等各種意思，但現代韓國人則是習慣用這個字用來形容人的服裝造型過於性感，易引人遐想；或事物帶有色情元素或性意味等。

使用時機

除了人的外型風騷，讓人想入非非以外，舉凡電影、小說、漫畫、歌詞、舞蹈、動作、言語等，只要有明顯的性、色情元素，皆可說是야하다，也就是一般俗稱的「很A」，「很色」囉。

詞類變化

形容詞原形	冠詞形（現在式）	副詞形
야하다	야한＋名詞	야하게＋動詞

句型活用

110.mp3

1. 이 영화가 너무 야해서 19금으로 판정됐다.
   這部電影因為太A，被判定為19歲以下禁止觀賞。

2. 미성년자는 야한 걸 보면 안 돼.
   未成年者不能看色色的東西。

3. 자주 야하게 입는 여자는 내 스타일이 아니야.
   時常打扮風騷的女生不是我的菜。

엄빠주의/후방주의 小心父母/小心後面

엄빠주의為엄마 아빠 주의的縮寫，通常寫在網路文章標題，用來提醒正打算閱讀的網友「此文含有敏感內容，點開前請注意爸媽是否在附近」，可謂立意良善又貼心的一句話。而후방주의的用法與엄빠주의相同，是提醒正打算閱讀的網友「此文含有敏感內容，看的時候別忘了注意後面有沒有人」的意思。另外，엄빠주의和후방주의也可以加在名詞前方，表示這是必須在四下無人時觀賞的東西，例如**엄빠주의 게시물**（不能被爸媽看到的貼文）、**후방주의 영상**（看的時候後面不能有人的影片）。

例句：이런 엄빠주의 영상 올리지 마.

不要貼這種不能被爸媽看到的影片啦。

야사/야설 A圖/A文

야사為야한 사진（色情圖片）的縮寫，也可以說**야짤**。야설則是야한 소설（色情小說）的縮寫。

例句：야사를 보다가 여친한테 들켰다.

我看A圖的時候被女友發現了。

아다 處男/處女

아다是아다라시的縮寫，而아다라시為「新的」的日文「新しい」（あたらしい）的韓式發音，指不曾有過性經驗的人。日本本地已經不再使用아다這個說法，但韓國使用頻率還是頗高的。奪走處女的初夜可以說아다(를) 깨다或아다(를) 따다；本身脫離了處男或處女之身時則可以說是아다(를) 뗐다，而아다(를) 뗐다也可以用來表示進行了某件事的初體驗。另外，從아다衍生出的反義詞為**후다**，是日語中沒有的說法，指有性經驗的人。但후다的負面意味頗強，有被用過了、舊了的語氣在，所以使用時請慎重噢。

例句：이 친구가 아직 순수한 아다야.

這位還是個純情在室男呢。

섹파／섹프　床伴

섹파是섹스 파트너（Sex Partner）的縮寫，섹프則是섹스 프렌드（Sex Friend）的縮寫，亦可取這兩個說法的羅馬拼音縮寫，稱為 SP。一般指並非夫妻或情人，彼此之間只維持性關係的伴侶。不過這兩者都是韓式英語，英語圈並不會以 Sex Partner 或 Sex Friend 來稱呼床伴。

例句：전애인이랑 섹파로 지내는 사람이 적지 않나 봐.

與前任維持床伴關係的人好像還不少。

補充單字／表現—性、色情相關

❶ 떡(을) 치다　進行性行為

떡(을) 치다的字面意義是將蒸過的糯米置於石臼中，用杵打成年糕的過程。這個表現除了可以用來表示綽綽有餘的意思外，還可以指進行性行為的過程。有人說這種說法是源自於打糕的聲音近似性行為進行時身體的撞擊聲，也有人認為是由於打糕的動作與活塞運動類似。

❷ 딸딸이(를) 치다　自慰

딸딸이的其中一個意思是全羅道方言中的「拖鞋」，至今釜山一帶仍會使用딸딸이來表示拖鞋。而這個字同時也是自慰的俗稱，為青少年間常用的說法，딸딸이(를) 치다為其動詞用法。

❸ 현자타임　聖人模式

현자타임（賢者 Time）一般指男性射精後性慾急遽下降的狀態，處於현자타임中的男性在心情上通常也會感到空虛、感傷。

❹ 에로물　色情作品

에로물為에로與물的合成詞，首先「에로」是英語的 Erotic，有「性愛的」、「色情的」等意思，而「-물」則是表物體的後綴，兩者合在一起指的是色情電影、小說、漫畫等各種以色情內容為主軸的作品。

❺ 은꼴사　低調誘惑圖

은꼴사是은근히 꼴리는 사진的縮寫，字面意義爲隱約地刺激性慾的照片。指沒有露骨的裸露，也沒有刻意的誘惑，卻能勾起性衝動的照片。通常是電視節目的截圖或新聞照片等，並未刻意營造，卻意外呈現出性暗示的圖片。

❻ 따먹다　玷污（女子）

따먹다有摘果子來吃，或是下棋時吃了對方的子等含義。把這個概念延伸到男女關係上，就變成佔有女性身體的意思。由於，這不是一個好聽的字眼，也有濃厚物化女性的意味，類似中文裡的「上了」、「睡到」、「吃到」等，建議稍加理解即可。

아날로그 감성：復古情懷

基本會話

112.mp3

민준 응답하라 시리즈[1] 참 아날로그 감성을 자극하네.

서연 그래. 옛날 느낌 나는 거리가 나름 매력이 있더라.

민준 나도 드라마에서 나왔던 맛집에 가 보고 싶다.

서연 인터넷으로 찾아봐. 정보 꽤 있을걸.

민준 친구야. 나랑 아날로그 감성 맛집 탐방 같이 할까?

서연 콜!

敏俊：《請回答》系列真是激發人的復古情懷啊。

書妍：真的。有年代感的街道別有魅力呢。

敏俊：我也想去電視劇裡出現過的美食餐廳看看。

書妍：上網查查看啊。應該有滿多資訊的。

敏俊：朋友。要不要跟我一起來個懷舊美食探訪啊？

書妍：一言為定！

[1] 指韓國電視頻道 tvN 自 2012 年起推出的一系列以八零、九零年代為背景的連續劇，每一部都喚醒人們對過去年代的懷念，引起廣大的共鳴。

單字解說

아날로그（Analogue）指的是用連續的物理量來傳達訊號與資料的類比系統，如錄音帶、錄影帶、水銀溫度計等。由於現代的電腦、手機等儲存、傳輸資料的媒介都已數位化，類比系統的物品幾乎成為舊時代的產物，所以아날로그這個字也漸漸成為復古的代名詞。加上了表「情感」、「感受」的감성（漢字：感性）後，便可以用來指人們對舊時代的懷念之情。

使用時機

數位化固然為人類的生活帶來許多便利，但由數字與速度建構起的科技世界不免也少了一些溫度與人性，此時아날로그 감성反倒成為一種新的風潮。例如黑膠唱片、仿古造型的電器、仿底片相機的濾鏡，或是給人時光旅行錯覺的復古裝潢餐廳、咖啡廳、老街等，都是아날로그 감성的產物。

詞類變化

名詞	名詞＋이다
아날로그 감성	아날로그 감성이다
	아날로그 감성이야
	아날로그 감성이었어

句型活用

113.mp3

1. 절친이랑 아날로그 감성 여행을 떠나고 싶어.
   我想跟死黨一起進行復古情懷之旅。

2. 아날로그 감성이 가득한 카페가 좋다.
   我喜歡充滿復古情懷的咖啡廳。

3. 아날로그 감성 묻어나는 패션에 푹 빠졌다.
   我迷上了帶有復古情懷的穿搭。

문찐 跟不上時代的人

문찐為문화 찐따的縮寫，찐따的原意為「一隻腳不良於行的人」，但輕視的意味非常濃，類似中文裡的「瘸子」，現在則多做為「魯蛇」的意思。而문화 찐따指的就是聽不懂流行語，也不懂新的流行趨勢，與現代文化脫節的人，是年輕學生很愛用的表現之一。

例句：문찐 탈출하고 핵인싸가 되자!

跟上時代，當個超級潮人吧！

꼰대 老頑固、老古版

꼰대的原意為老頭子或老師。現在的꼰대也可以用來指仗著自己年紀較長，就拿自己的價值觀來要求他人的人。꼰대相當自我中心，認為自己的想法是百分之百正確的，堅持既有的觀念，拒絕接受新思維，不願意與下位者或年紀較小者溝通，喜歡教育他人。而꼰대的這些行為則稱為꼰대질，類似中文中的「倚老賣老」。不過꼰대可不只有年紀大的人，在注重階級的韓國社會裡，只要是居上位者，都有可能成為討人厭的꼰대呢。

例句：나이가 들어도 꼰대는 되기 싫어.

我就算變老也不想變成老頑固。

노땅체 老頭體

노땅是老頭的意思，노땅체則是指四五十歲的大叔愛用的特殊文體，又稱아재체（大叔體）。在中年男性們常出沒的 Naver 等入口網站新聞留言欄、大叔款線上遊戲、成人網站等處到都可以見到노땅체的蹤跡。使用노땅체的大叔們喜歡強調自己的過去，言語充滿批判性，也由於用字遣詞粗俗，常會給人一種教育程度不高的感覺，而這樣的特質也完整反映在노땅체這個文體上。노땅체中充斥著過時流行語與冷笑話，他們的文句及標點符號錯誤繁多，難以閱

讀，常使用半語、方言、髒話以及咳痰的狀聲詞「캬악.....퉤!!!」等。在閱讀노땅체時，就彷彿有一位活生生的醉酒大叔正在自己身旁碎碎念，某種程度上還挺親切的。

例句：（以下노땅체）맞춤법은 쒸,벌,,,,왜덜 이리 많이 틀려!!!!（正確版：맞춤법은 시발 왜들 이리 많이 틀려!）.

拼寫法他 X 的為什麼錯這麼多！

補充單字／表現—老派、復古相關

❶ 올드하다 老派、舊式

올드하다中的「올드」就是英文的 Old，指風格很過時，與現代的潮流有所差距，屬於貶意的形容詞。

❷ 올드스쿨（Old School） 老式、傳統

올드스쿨指的是老式或傳統的風格，雖然與올드하다一樣都有「올드」（Old）這個元素，但올드스쿨並沒有貶低的意味，屬於中性的名詞。

❸ 한물가다 過季／不新鮮／過氣、過時

可以指食物已過了產季或不再新鮮；也可以形容藝人風光不再或流行風潮退去。

❹ 빈티지（Vintage） 復古風／古著／古董

빈티지可以指復古風的設計或古董，以及年代久遠但仍非常有型、有價值的衣物或飾品。

❺ 레트로（Retro） 復古風潮

레트로便是漢字詞的**복고**（漢字：復古），指過去曾流行過的元素再次流行起來的現象。

❻ 복각 復刻

복각原本指的是古代要重新出版雕版書籍時，模仿原本的版型重新製版印刷的手續。現代則引用其意義，指曾問市過的書籍、唱片、遊戲等，維持原貌重新生產。動詞用法為복각하다。

사진발：照片效果、照騙

基本會話

115.mp3

민준 지원아. 뭘 보고 있니?

지원 어제 찍은 건데 우리 오빠 잘 생겼지.

민준 사진발을 잘 받으시네.

지원 뭔 소리야? 우리 오빠 실물 더 잘생겼거든.

민준 아 부럽네. 난 사진발도 안 받고 실물도 잘생긴 편 아니라서.

지원 자신을 잘 아는 것도 오빠 장점 중의 하나야.

敏俊：智媛，妳在看什麼？

智媛：我在看昨天拍的東西，我們歐巴很帥吧。

敏俊：他真上相啊。

智媛：什麼話？我們歐巴本人更帥好嘛。

敏俊：啊，真羨慕。我既不上相，本人也稱不上帥。

智媛：了解自己也是你的優點之一啊。

單字解說

사진발可以分為「사진」和「-발」兩個部分，사진（漢字：寫真）就是照片的意思，-발則是表效果的後綴。兩者合起來，指的就是照片呈現出的效果。很上相可以說사진발(을) 잘 받다或사진발(이) 좋다。最近網路上也有很多網友會將사진발寫做**사진빨**，這個寫法雖然是錯誤的，但使用頻率也相當

高，不妨當做網路用語來記憶。另外，사진발也有暗指某人照片比本人好看很多的意味在，類似中文中的「照騙」。

使用時機

除了人物在鏡頭上顯得好看時可以說사진발之外，當我們想表達某個場景拍起來非常美麗時，也可以使用사진발這個字。例如很好拍的咖啡廳，就可以說사진발 좋은 카페。另外，化了妝之後比本人好看很多可以說화장발，在燈光之下顯得好看很多則可以說조명발。

詞類變化

名詞	名詞＋이다	名詞＋動詞	名詞＋形容詞
사진발	사진발이다	사진발(을) 잘 받다	사진발(이) 좋다
	사진발이야		
	사진발이었어		

句型活用

116.mp3

1. 이건 사진발이다.
   這是照騙啊。

2. 난 사진발을 너무 안 받아.
   我太不上相了。

3. 사진발이 좋은 여행지를 추천해 줘.
   推薦我適合拍照的觀光景點吧。

셀기꾼 自拍騙子、照騙人

셀기꾼是「自拍」的外來語「셀카」（Self Camera）與「사기꾼」（騙子）的合成詞，指自拍的照片比實際長相好看非常多，堪稱詐欺等級的人。

例句：나는 사진발을 잘 받는 셀기꾼이야.

我是超上相的照騙人啊。

뽀샵질 修圖

「뽀샵」是포토샵（Photoshop）的非正式稱呼，「-질」則是表行為的後綴。由於 Photoshop 是目前最知名的圖片編修軟體，所以뽀샵질也成了修圖的代稱，不管用什麼軟體或 App 修圖，都一概稱為뽀샵질，亦可縮寫為뽀샵。動詞用法為뽀샵질(을) 하다，修圖之後判若兩人的狀況則可以說**뽀샵발**。

例句：성형보다 뽀샵질.

整形不如修圖。

짤 圖片、照片

짤是짤방的縮寫，而짤방又是짤림 방지（防刪）的縮寫。在專門分享圖片或影片的討論區發文時，只要內容不符該討論區的主題，或是文章裡只有文字時，都會被刪除。某些作者為了避免文章遭到刪除的命運，就會安插一些圖文不符的照片進去，這種照片就叫做**짤방용 사진**（防刪照片）。後來**짤방**這個字便被網友們拿來泛指文章裡附的圖檔，現在則更精簡地縮寫為**짤**，在網路上成為所有圖片與照片的代稱。大家目前常看到的**남친짤**（男友照）這個說法便是這樣來的。

例句：이건 내 인생짤이라고 할 수도 있어!

這張堪稱是我此生最好看的照片啊！

補充單字／表現－拍照相關

❶ 움짤 動圖

움짤是움직이는 짤방（會動的圖片）的縮寫，通常是 GIF 檔。

❷ 혐짤 令人感到不適的圖片

혐짤是혐오스러운 짤방（令人嫌惡的圖片）的縮寫，顧名思義就是看了會產生嫌惡感與不適感的圖片。

❸ 정화짤 令人看了很舒服的圖片

정화짤是혐짤的反義詞。정화짤中的「정화」（漢字：淨化）指的是對人類眼球的淨化，也就是讓人看了很舒服的圖片，可能是美人、美景，也可能是可愛的小動物、小孩等。

❹ 보정 修圖

보정（漢字：補正）與前面提到的뽀샵질意思一樣，但보정是正規的說法，動詞用法為보정(을) 하다。而보정亦可用來表示對一切事物的修改或補強動作，如雕塑身材便可以說몸매(를) 보정하다。

❺ 근접샷 超近拍

근접샷為「근접」（漢字：近接）與「照片」的外來語「샷」（Shot）的合成詞，指鏡頭非常靠近拍攝對象的照片。

❻ 항공샷 俯拍照

항공샷為「항공」（漢字：航空）與「照片」的外來語「샷」（Shot）的合成詞，指的是像空拍一樣，由將鏡頭置於拍攝對象的正上方俯拍的照片。

❼ 덕페이스（Duck face） 嘟嘴表情

덕페이스就是英文的 Duck face，字面意義為「鴨子臉」，指拍照時把嘴巴噘成鴨子狀的表情。

040 레알 (Real)：真的

基本會話

118.mp3

현우 야. 나 여친 생겼다.

지원 이거 실화냐?!

현우 이건 레알이야. 이 오빠가 매력 좀 있는 거 인정?

지원 노인정!! 그 언니가 미쳤나 봐!!

현우 나 같은 남자는 어디 가도 못 찾거든.

지원 오빠가 이상한 건 레알팩트 반박불가 빼박캔트.

賢宇：喂，我交女友了。

智媛：真的假的？！

賢宇：是事實啊。大哥我還頗有魅力的，認同？

智媛：不認同！！那位大姐應該是瘋了吧！！

賢宇：我這種男人可是打著燈籠都找不到的。

智媛：你的古怪是事實無誤，無法反駁，無可否認。

單字解說

레알就是英文的 Real，Real 的正確韓文標記法其實是「리얼」，指「真實的」。網友們將它變形成「레알」後，便漸漸成為網路上的流行語之一。後來因為主流媒體的愛用而成為比리얼普遍的說法。

使用時機

레알在網路上與通訊軟體中通常只取其初聲，寫做ㄹㅇ，常會連接其他強調「事實」的表現來加強語氣。它可以直接當名詞、形容詞、副詞使用，是一個相當隨興且隨和的表現。

詞類變化

名詞／形容詞／副詞	名詞＋이다
레알	레알이다
	레알이야
	레알이었어

句型活用

119.mp3

1. **이거 레알이니?**
   這是真的嗎？

2. **성형 레알 후기를 봤더니 지금 성형할 생각 하나도 없어졌어.**
   我看了整形的真實後記，現在一點都不想整形了。

3. **이 집 한우 레알 맛있어.**
   這家店的韓牛真的很好吃。

網民們都在說什麼

실화냐? 真的假的？／這是現實嗎？

실화的漢字為「實話」，但它的意思和中文裡的「實話」略有不同，指的是真實發生過的事件或故事，真實事件改編的電影便叫做실화 영화。至於실화냐這個說法則等同於中文裡的「真的假的？」、「這是現實嗎？」。通常用於目睹了神奇的人、事、物，或聽聞了驚人的事件，不敢相信眼前現實的時候。

例句：이 몸매 실화냐?

這身材是現實嗎？

ㅇㅈ 認同

ㅇㅈ是인정的初聲，인정這個字有「承認」、「認同」、「肯定」的意思，由於韓國直播主們在直播時常會在發表完自己的想法後用「ㅇㅈ?」來尋求觀眾們的認同，而觀眾也會用「ㅇㅈ」或「ㄴㅇㅈ」（노인정＝不認同）來表達自己的意見。久而久之，「ㅇㅈ？」就成為欲確認對方是否同意自己的話時常用的流行語。由ㅇㅈ衍生出的還有「인정? 어, 인정」，這是話者強調自己見解正確時自問自答的說法，表面上是問句，真正的目的其實是要對方認同自己的話，在網路上與通訊軟體中也可以寫做ㅇㅈ? ㅇㅇㅈ。

例句：탕수육은 부먹인 거 ㅇㅈ? ㅇ ㅇㅈ.

糖醋肉就是要淋醬吃，認同？嗯，認同。

빼박캔트 進退兩難／無可否認

빼박캔트為「빼도 박도 can’t」的縮寫，也就是「빼도 박도 못하다」的意思。빼도 박도 못하다源自於釘子釘到一半發現打錯洞，敲也不是，拔也不是的尷尬狀況，類似中文中的「進退兩難」。後來韓國年輕人把빼도 박도 못하다這個慣用語變形為빼박캔트，除了形容進退兩難的狀況以外，還可以用來強調某個事實是你無論如何都無法否認的，通常與레알，以及下一個單元會提到的레알팩트、반박불가等一起使用，強調事情的真實性。

例句：이거 레알 빼박캔트 반박불가.

這真的無可否認，無法反駁。

補充單字／表現—強調事實相關

❶ 반박불가 無法反駁

반박불가是由「반박」（漢字：反駁）與「불가」（漢字：不可）組合而成的，這裡的불가有「不可以」、「無法」的意思，所以반박불가指的便是無法反駁。

❷ 레알팩트（Real Fact） 真正的事實

레알팩트就是英語的 Real Fact，可強調某事實的真實性，網路上常可以看到的**레알팩트 후기**指的便是毫無造假誇大的真實後記。

❸ 팩트폭력 事實暴力

팩트폭력為「事實」的外來語「팩트」（Fact）與「폭력」（漢字：暴力）之合成詞，指陳述出對方無法反駁的事實，藉以傷害對方，常縮寫為**팩폭**。以事實攻擊他人的人則稱為**팩력배**。

❹ 렬루 真的

렬루是「리얼로」（真的）的縮寫，意同「정말로」，而렬루與레알的差異在於前者較可愛，後者較陽剛。

作者有話要說

本篇介紹的레알、실화냐?、빼박캔트、반박불가、레알팩트等，都是出自於韓國青少年愛用的**급식체**（漢字：給食體）。급식체原本是在學校吃「급식[1]（漢字：給食）」的**급식충**（請參考급식충篇P.34）之間溝通時所使用的特殊文體，源自網路論壇中常用的表現，或網路直播主的獨特說話方式等。

급식체的其中一個特色是「對事實的強調」，這也反應了韓國年輕世代在資訊爆炸的世界裡，對真相的渴望。而這些年輕人在接受了高等教育之後，便成為了所謂的**팩트광**（Fact 狂＝事實狂）。他們用自己的知識與行動力，在成千上萬的資訊中，企圖找出唯一的真實。

最近一則針對「給食體新造語」的問卷調查結果指出，有高達三成的成年男女會使用급식체，其中大學生佔 37%；社會人士則佔 24%。這種青少年專屬的文體，目前已在各種主流媒體、電視節目中頻繁出現，儼然形成一種大眾化風潮，甚至是風格、概念。現在的급식체，早已不再是급식충的專利了。

---

[1] 급식即學校的營養午餐。

041 지랄：發神經

基本會話

121.mp3

민준 난 지원이한테 고백하고 싶어.

너 무슨 지랄이야?! 

민준 지랄 떠는 게 아니야. 내 진심을 전하고 싶어서 그래.

네 마음은 알겠는데 너 진짜 할 수 있겠어? 

민준 친구야. 이따가 타로 카페에 같이 가 줄래?

야! 타로카드로 네 인생을 결정하지 마. 지랄이 맞네! 

敏俊：我想跟智媛告白。

書妍：你在發什麼神經啊？！

敏俊：我不是發神經，我是想傳達我的真心。

書妍：我懂你的心情，但你真的說得出口嗎？

敏俊：朋友。待會願意陪我去塔羅咖啡廳嗎？

書妍：喂！不要用塔羅牌決定你的人生啊。你是在發神經沒錯欸！

單字解說

지랄這個說法源自韓國自古以來對癲癇的貶稱「지랄병」，類似中文裡的「羊癲瘋」。由於癲癇的症狀是會突然痙攣、抽搐，呈現出比較不好看的樣貌，所以又被人拿來比喻恣意胡鬧的不得體行為。雖然지랄這個說法堪稱是韓國口頭罵人用語的前三名，但若是追究其本意，就會發現其實這個字對癲癇患者是相當不尊重的，使用時還是謹慎為上。

使用時機

지랄是一句罵人的話，所以只要在話者主觀認為對方胡作妄為、無理取鬧時，就可以使用지랄這個說法。另外，지랄也會被用來比喻事物狀況頻頻，難以控制。動詞用法為지랄하다、지랄맞다，也可以說지랄(을) 치다、지랄(을) 떨다、지랄(을) 부리다。

詞類變化

名詞	名詞＋이다	名詞＋動詞
지랄	지랄이다	지랄하다
		지랄맞다
	지랄이야	지랄(을) 치다
		지랄(을) 떨다
	지랄이었어	지랄(을) 부리다

句型活用

122.mp3

1. 너 무슨 지랄이야?
   你在發什麼神經？

2. 이 시스템 정말 지랄맞아.
   這個系統問題超多。

3. 나한테 지랄을 떨지 마!
   不要對我發神經啦！

123.mp3

무개념 沒水準、沒品

무개념可以拆為무（漢字：無）和개념（漢字：概念）兩個部分，무是「沒有」的意思，개념則是「概念」、「觀念」、「認知」的意思。무개념可以形容一個人因無知、無禮、搞不清楚狀況，進而造成他人的困擾或破壞他人心情。

例句：이 세상에서 무개념 관광객이 없어졌으면 좋겠어.

這世界上要是沒有沒水準的觀光客該有多好。

오버하다 過分、踰矩／誇張

오버就是英語的 Over，加上「-하다」後便可當作一般形容詞使用，指行為太過分、踰矩或是情緒反應太過誇張等。類似中文口語裡的「有點超過」、「有點多了」。現在也有許多人會將오버說「오바」，雖然是錯誤的拼寫法，但使用頻率頗高，請一併記憶噢。

例句：너무 오버하지 마.

你不要太超過。

에바 超過分／超誇張

에바是由「錯誤」的外來語「에러」（Error）與「過分」的外來語「오버」（Over）之變形字「오바」組合而成的，為青少年之間常使用的流行語。에바的意思基本上與오버하다相同，搭配에러後有加強語氣的效果，過分與誇張的程度會比오버하다更上一層樓。不過由於這個表現的使用年齡層偏低，也比較不正式，建議在親近的朋友之間使用就好。另外，網路上還可以常常看到**에바참치**這個說法，字面意義為「誇張鮪魚」，它的意思和에바是一樣的，邏輯和台灣流行語「無言薯條」、「傻眼貓咪」相同，後面的名詞是沒有意義的。但에바참치已經算是過時的流行語，大概了解即可。

例句：이건 좀 에바야.

這有點太誇張了。

補充單字／表現—踰矩相關

❶ 까불다 調皮、不安份

形容人調皮搗蛋或舉止狂妄、不穩重。

❷ 나대다 調皮、放肆

形容人調皮搗蛋，行為輕浮莽撞。

❸ 대들다 頂撞

指下位者向上位者，或年輕者向年長者，以針鋒相對的強硬態度表達自己的意見。

❹ 개기다 頂嘴

개기다基本上意思與대들다差不多，指下位者不服上位者的命令或指示加以反抗或頂撞，但개기다比대들다更口語、更不正式一點。

❺ 생떼(를) 쓰다 耍賴

생떼指的是刻意耍賴、強辭奪理的行為，생떼(를) 쓰다則是其動詞表現。

❻ 앙탈(을) 부리다 賴皮

앙탈指的是人耍賴、推托，造成他人困擾的行為，앙탈(을) 부리다則是其動詞表現。앙탈與생떼比起來，比較接近「撒嬌」，也就是**「애교」**（漢字：愛嬌），但又比애교強硬一點，強度為생떼＞앙탈＞애교。

❼ 싸가지(가) 없다 沒禮貌、沒家教

싸가지便是「싹수」，最原始的意思是小樹苗，亦可用來比喻好的兆頭、未來的希望。而싸가지(가) 없다本來也有「沒有希望」、「大概沒救了」的意思。但現在則是指下位者對上位者的言行有失禮節，原始的意義幾乎沒有人在使用了。由於韓國並不存在싸가지 있다這個說法，所以也可以直接用싸가지來陳述年輕人沒禮貌的狀況。最後要注意的是，這個表現不可以用在任何比自己年長的人身上。在重視長幼有序的韓國社會中，對年長者使用싸가지(가) 없다本身就是最싸가지 없다的啊。

042 빡치다：不爽

基本會話

124.mp3

현우：아 진짜 빡친다.

민준：우리 착한 현우가 뭐 때문에 이렇게 빡쳤어?

현우：아주 빡치는 일 있었지.

민준：응, 그래서 뭔데?

현우：아까 서연이가 내가 박보검보다 훨씬 못생겼다고 그랬거든.

민준：맞는 말인데 왜 삐졌어?

賢宇：啊，真的好不爽。

敏俊：我們善良的賢宇為了什麼事那麼不爽呢？

賢宇：當然是有非常讓人不爽的事啊。

敏俊：嗯，所以是什麼事？

賢宇：剛剛書妍說我比朴寶劍醜超多欸。

敏俊：她又沒說錯，幹嘛生氣？

單字解說

빡치다可用來表現內心憤怒、不悅的情緒。而它的來源眾說紛紜，其中一說是「빡」為頭的俗稱，類似中文中的「腦袋瓜」，加上了表「敲打」的「치다」後，指的就是煩躁到如同有人在敲打自己的頭一般。另外也有一說是源自日文外來語「빠구리」（ぱくり），這個字是性交的俗稱，取其빡的部份，加上強調動作的치다，詞意和語感都與英語的「Fuck」十分相似。雖然正確答案目前尚無定論，但這兩個解釋相信都對單字記憶相當有幫助。

使用時機

빡치다的詞性為動詞，但由於它的重點在於表達內心不爽的心情，並非發脾氣的行為，所以意義上是更接近形容詞的。另外要注意的是，빡치다與其中文釋義「不爽」一樣，都屬於不登大雅之堂的說法，雖然年輕人或熟稔的親友之間在口語上經常使用，但在正式場合或上位者面前說出來都是很失禮的。

詞類變化

動詞原形	冠詞形（現在式）	基本階陳述型
빡치다	빡치는＋名詞	빡친다

句型活用

125.mp3

1. 너 항상 나를 빡치게 하네.
   你總是讓我很不爽欸。

2. 요즘 빡치는 게 되게 많더라.
   最近讓人不爽的事情很多。

3. 아! 진짜 빡친다!
   啊！真不爽！

網民們都在說什麼

126.mp3

시무룩하다 悶悶不樂、擺臭臉

시무룩하다其實也可以解釋為「不爽」的意思，它與빡치다不同的地方在於，시무룩하다強調的是因心情不好而板著臉的狀態，也可以單獨使用其詞根「시무룩」。網路上很流行將시무룩的「시」置換成人名或名詞的其中一個字，以○무룩的形態來形容某人或某動物很不開心的樣子。例如**개무룩**（狗不樂）、**냥무룩**（喵不樂）等。

例句：시험 성적이 좋지 않아서 계속 시무룩한 표정을 짓고 있어.

因為考試成績不好，他一直掛著悶悶不樂的表情。

짱나다 很心煩

짱나다就是「짜증나다」念很快的版本，指因為事情不順心而感到懊惱、煩躁的狀態，而짱나다的心煩指數會比짜증나다更高一些。另外也可以用**짱내다**取代**짜증내다**來表達因心煩而發牢騷或鬧脾氣的行為。

例句：너 때문에 엄청 짱나.

你搞的我超煩。

열폭 見不得人好

열폭是「열등감 폭발」（漢字：劣等感爆發）的縮寫，열등감是「自卑感」的意思，所謂的열등감 폭발，指的就是對某人產生強烈的自卑感與嫉妒之心，因而對對方的一舉一動都相當敏感且反應過度。열폭最典型的反應就是批判與毀謗，由於貶低對方，創造出對方的缺點，便能迅速提高自己的優越感，是合理化自身不足最簡單的方式，網路上大部分的酸民都有這樣的心態。動詞用法為열폭(을) 하다。

例句：네가 열폭해서 한 말이 맞지?

是你見不得人好才這麼說吧？

補充單字／表現 — 生氣相關

❶ 삐치다　鬧彆扭、耍脾氣
삐치다也可以說**삐지다**，目前兩者都是國立國語院認可的標準語，指生氣或因事情不順心而鬧彆扭。

❷ 버럭하다　暴怒
指突然大發脾氣並怒罵他人。

❸ 배알(이) 꼴리다　一肚子火
「배알」是腸子的俗稱，「꼴리다」則有「不開心」的意思。這裡배알(이) 꼴리다是形容因遇到令人不悅的事情，心裡非常不舒服或心理不平衡的情緒。連腸子都不開心，可見有多不痛快啊。

❹ 뿔나다　發脾氣
「뿔」是「怒氣」的意思，加上有「出來」意味的「나다」這個動詞，就成為了發脾氣的意思。另外，動物頭上的角也稱為「뿔」，뿔나다亦可以解釋為「長角」，所以韓國人常會用頭上長角的手勢來表示生氣的意思。

❺ 씩씩거리다　氣呼呼
씩씩거리다原本是上氣不接下氣，不停發出喘息聲的意思。也可以用來指因為生氣而呼吸急促的樣子。

❻ 뒤끝(이) 있다　很會記仇
「뒤끝」指的是「心結」、「記仇」，뒤끝(이) 있다指的則是某人「很會記仇」的意思。

❼ 욱하다　暴躁
指一個人的性格或狀態較為易怒、火爆。

❽ ○또삐　○又怒了
○또삐爲○이／가 또 삐쳤다的縮寫，前方加上人名或綽號的其中一字，便可以表達○又生氣了的意思。

갑분싸：氣氛急凍

基本會話

127.mp3

민준　나 이대로는 안 될 것 같아…

서연　지원이 또 뭘 했어?

민준　재미있는 얘기를 했는데 아무 말도 안 해 준 게 문제다.

서연　그렇군. 너 또 무슨 갑분싸 개그를 했지?

민준　난 넌센스 퀴즈만….

서연　아우…넌센스 퀴즈 자체가 갑분싸야!

敏俊：我再這樣下去不行…

書妍：智媛又說什麼了？

敏俊：問題就在於我跟她講好笑的事，但她什麼也沒說。

書妍：是喔。你又講什麼讓氣氛急凍的笑話了吼？

敏俊：我只是講了腦筋急轉彎…。

書妍：噢…腦筋急轉彎本身就讓氣氛急凍啊！

單字解說

갑분싸是갑자기 분위기가 싸해지다的縮寫，字面意義為「氣氛突然變冷」。這個說法原本只是網路上流傳的一個梗，後來慢慢滲透到了韓國人的日常生活中，成為電視節目與口語中相當常用的流行語之一。

使用時機

갑분싸可以用來表達各種突然冷場或氣氛突然僵掉的狀況。例如聽到了非常難笑的笑話，一時不知該不該笑的時候；同學們在教室玩鬧得正開心，卻突然有人大喊「不要吵」的時候，都是說出「아, 갑분싸…」這句話的好時機。讓氣氛變冷可以說갑분싸하게 만들다或갑분싸 시키다；狀況變冷的動詞用法則是갑분싸(가) 되다。

詞類變化

名詞	名詞＋이다	名詞＋動詞
갑분싸	갑분싸다	갑분싸하게 만들다
	갑분싸야	갑분싸시키다
	갑분싸였어	갑분싸(가) 되다

句型活用

128.mp3

1. 이런 갑분싸 개그 하지 좀 마라.
   不要講這種讓氣氛急凍的笑話。

2. 항상 갑분싸하게 만들어서 같이 놀아줄 친구가 없어졌어.
   我老是讓場子突然冷掉，都沒人要陪我玩了。

3. 우리 아빠가 입만 열면 갑분싸 된다.
   我爸一開口就會極速冷場。

우디르급 태세전환 烏迪爾級態度轉換（態度突變）

우디르是線上遊戲《英雄聯盟》中的角色「烏迪爾」。由於由於牠可以快速地在猛虎、黑熊、烏龜、鳳凰等四種不同型態之間轉換，所以也被拿來比喻人的態度突然改變，讓人措手不及的狀況。

例句：이 애가 남친 전화만 받으면 우디르급 태세전환이야.

她一接到男友的電話態度就會突變。

갑툭튀 突然殺出程咬金／狀況丕變

갑툭튀是갑자기 툭 튀어나오다的意思，字面意義為「突然蹦出來」。指事情進展到一半，無預警地出現了預料之外的人物或狀況，讓局勢突然改變。恐怖電影中鬼突然出現、平時成績平平的人卻考上第一志願等，都可以說是갑툭튀的狀況。要表示某個人突然出現，或某個狀況突然發生時，可以使用動詞用法갑툭튀하다。

例句：남친이랑 같이 있을 때 전 남친이 갑툭튀해서 깜짝 놀랐어.

我跟男友在一起的時候，前男友突然出現，嚇了我一跳。

방탈 脫離版旨／跳出遊戲

방탈是방 탈출的縮寫，一般指在討論區中發表了與該討論區主題完全不相符的文章，而這樣的文章稱為**방탈 글**。有些網友會在文章標題前註明「방탈」，提醒點閱的人，本文與版旨不符，沒興趣的人可以不用點進來看。另外，遊戲中的방탈指的則是從遊戲裡的某個特定空間跳出來。

例句：게임갤에서 시사를 얘기하는 게 심한 방탈이 아니야?

在遊戲版聊時事，也太脫離版旨了吧？

補充單字／表現—狀況突變相關

❶ 갑분뜨 氣氛突然讓人嚇傻

갑분뜨是갑자기 분위기가 띠용하다的縮寫，字面意義為「氣氛突然令人傻眼」。「띠용」是東西彈出來的聲音（請參考신박하다篇P.202），常被拿來比喻嚇到眼睛都要掉出來的狀態，所以갑분뜨也有現場氣氛突然讓人大驚失色的意思。

❷ 갑분교 氣氛突然變得嚴肅

갑분교是갑자기 분위기가 교장선생님 훈화할 때 같다，字面意義為「氣氛突然像校長訓話一般」，指氣氛突然變得嚴肅拘謹了起來。

❸ 캐붕 人設崩壞

캐붕是캐릭터 붕괴的縮寫，字面意義為「角色崩壞」，指電影、電視劇、動畫、小說、漫畫中的角色做出不符合原本性格或違背既有設定的行為。

❹ 작붕 作畫崩壞

작붕是작화 붕괴（漢字：作畫崩壞）的縮寫，指漫畫、電玩裡畫面的畫風或劇情突然偏離了既有的風格。

❺ 반전 逆轉

반전的漢字便是「反轉」，指事件的走向有了大幅度的轉變，和預想的狀況有極大的不同。반전也常被拿來表示電影、電視劇、動畫、小說、漫畫的故事發展到一半，突然發生意想不到的新事件，足以推翻之前所有劇情。韓國 SBS 電視台的綜藝節目《일요일이 좋다》（星期天真好）便曾在 2004～2006 年間製播〈대결! 반전 드라마〉（對決！反轉劇）單元，每一集皆為獨立故事，特色是集集都有令人意想不到的大逆轉結局，許多當時正紅的藝人都有參與演出。

044 박빙：勢均力敵

基本會話

130.mp3

지원　이번주 <복면가왕>을 봤어?

현우　물론이지. 아우, 가왕님 아슬아슬하시더라.

지원　그러니까. 이번에 대결한 상대도 너무 쎄. 완전 박빙이었어.

현우　진짜 누가 이길지 누가 질지 모르는 빅매치였어.

지원　이제 가왕의 정체가 더 궁금해지네.

현우　가왕한테는 좀 미안하지만 져서 가면을 벗는 순간이 너무 기대돼.

智媛：這禮拜的《蒙面歌王》你看了嗎？

賢宇：當然。噢，歌王大人太驚險了。

智媛：就是啊。這場對決的對手也很強。完全勢均力敵啊。

賢宇：真的是場不知誰贏誰輸的世紀對決呢。

智媛：現在更想知道歌王的真面目了呢。

賢宇：對歌王有點不好意思，但好期待他落敗後脫下面具的那一刻啊。

單字解說

박빙（漢字：薄氷）是「薄冰」的意思，可用來比喻兩者之間的差距如薄冰的厚度一般微乎其微。常以박빙의 승부（勢均力敵的決戰）的形式出現。

使用時機

박빙這個字只要是常收看競賽型綜藝節目的朋友想必都非常耳熟。PK 時若是兩者的實力不相上下，讓旁觀者難以預測誰輸誰贏時，便可以說「이게 박빙이다」，表示這是一場勢均力敵的比賽，競爭相當激烈。

詞類變化

名詞	名詞＋이다
박빙	박빙이다
	박빙이야
	박빙이었어

句型活用

131.mp3

1. **이번 배틀은 박빙이야.**
   這場對決勢均力敵啊。

2. **영국팀과 프랑스팀은 박빙의 승부를 펼쳤다.**
   英國隊與法國隊展開了勢均力敵的決戰。

3. **박빙의 승부인 줄 알았는데 결국 큰 차이로 패배했어.**
   我以為會是勢均力敵之戰，結果卻以很大的差距落敗。

132.mp3

역관광 逆襲

「관광」（漢字：觀光）除了有「觀光」的意思之外，還可用來比喻在對戰中的「壓倒性勝利」，而「역관광」指的就是本來打算猛烈攻擊，卻反倒陷入慘敗的境地。在國外會用 Raped（被強姦了）這個說法形容在比賽中慘敗的狀況，傳到了韓國時便直譯為강간당했다。但這樣粗俗的說法相當引人反感，在網路上當然也難逃被刪文的命運，於是發音相似又親切的常用單字「관광」便雀屏中選，成為了「강간」的替身。有趣的是，관광這個流行語早已過時，역관광這個衍生表現卻依然活躍在網路世界。逆襲他人可以說역관광(를) 하다或역관광시키다；被逆襲則可以說역관광(를) 당하다。

例句：한순간의 방심으로 상대방에게 역관광 당했어.

我因一時大意被對方逆襲了。

GG 投降

GG 是 Good Game（很棒的比賽）的縮寫，原本是在戰略遊戲中戰敗時的招呼語，後來漸漸變成一種戰敗宣言。現在只要遇到令人束手無策的事情，宣告放棄時，也都可以使用 GG 這個說法。動詞用法為 GG치다。GG 的韓文標記지지與初聲ㅈㅈ雖然都能表達同樣的意思，但지지和ㅈㅈ同時也能代表男性的性器官，所以使用時請注意噢。

例句：그냥 GG쳐라! 이 놈들아!

直接投降吧！小子們！

원샷원킬 一舉獲勝／一次搞定

원샷원킬（One Shot One Kill）是「원샷」（One Shot）與「원킬」（One Kill）的合成詞，指在競爭或賽事中一舉擊敗對手，或做某件事的時候一次就成功。只要是過程中未經歷失敗，以

最快速度完成目標，都可以說원샷원킬。動詞用法為원샷원킬하다。

例句：이번 게임에서 원샷원킬하고 말겠어!

這一局我要一舉獲勝！

補充單字／表現－競爭相關

❶ 빅매치（Big Match）　重大賽事、世紀對決

빅매치除了指重要的比賽，還可以指參與對戰的選手實力都相當堅強，是眾所期待的精采比賽。

❷ 의문의 1승　一語成讖／不戰而勝／坐享其成

의문의 1승的字面意義為「疑問的一勝」，當某人說過的話在日後意外地應驗時，便可以說他是의문의 1승；在沒有刻意爭取的狀況下打敗他人或得到意外的好處時，也可以說是의문의 1승。

❸ 의문의 1패　躺著也中槍

의문의 1패的字面意義為「疑問的一敗」，在非自願的狀況下被拿去與他人比較而且還比輸時，便可以說是의문의 1패；在沒機會辯解的狀況下被人貶低，莫名受害時，也可以說是의문의 1패。

❹ 종결자　終結者

종결자（漢字：終結者）的「종결」為「結束」的意思，「-자」則是表人的後綴。所謂的종결자指的就是某人在某方面的等級達到至高境界，難以與之匹敵。在競爭中遇到了종결자，就代表比賽可以直接終結，沒什麼好比的了。亦可以用○○ 종결자的形式，表示在○○方面等級最高的人。例如**패션 종결자**（時尚終結者）、**몸매 종결자**（身材終結者）等。

❺ 뺨치다　不亞於～、可與～媲美

뺨치다字面上看起來像是「打巴掌」的意思，但其實這個說法也可以用來表達某人、事、物具有與競爭對象旗鼓相當的程度，兩相比較也毫不遜色的意思。例如與金泰熙不相上下的美貌，便可以說김태희 뺨치는 미모。

워라밸：工作與生活的平衡

基本會話

133.mp3

현우 헬조선에서 워라밸을 지키는 게 참 어려운 것 같아.

서연 자기가 좋아하는 걸 하면 일을 즐길 수 있을걸.

현우 그럼 난 뭘 해야 될까? 프로게이머?

서연 너에게는 헬스트레이너가 착붙인 것 같아.

현우 그럼 무료로 헬스장 다닐 수 있겠네.

서연 자격증부터 따고 일자리를 찾아야 워라밸이 가능하지!

賢宇：在地獄朝鮮要維持工作與生活的平衡應該很難。

書妍：做自己喜歡的事情也許就能樂在工作了。

賢宇：那我該做什麼呢？電競選手嗎？

書妍：我覺得你命定的工作是健身教練。

賢宇：那我就可以免費上健身房了耶。

書妍：你要先拿到證照，找到工作，才能有工作與生活的平衡好嗎！

單字解說

워라밸是 Work and Life Balance 的韓化縮寫，意指工作與生活的平衡。不需要超時工作、頻繁加班，足以保有自己的私生活品質，是現代韓國求職年輕人找工作的條件之一。

使用時機

워라밸除了單獨表示工作與生活平衡的狀態，也會與其他名詞組合使用。例如追求準時下班與個人休閒生活的年輕族群稱為**워라밸 세대**；重視工作與生活平衡的時代則稱為**워라밸 시대**。

詞類變化

名詞	名詞＋이다
워라밸	워라밸이다
	워라밸이야

句型活用

134.mp3

1. **지금 워라밸의 삶을 살고 있어.**
   我現在過著工作與生活平衡的日子。

2. **워라밸도 결국 돈이 있어야 누릴 수 있어**
   工作與平衡的生活終究還是要有錢才能享受。

3. **워라밸은 모든 직장인의 꿈이다.**
   工作與生活的平衡是所有上班族的夢想。

135.mp3

호모인턴스 萬年實習生

호모인턴스（Homo Interns）是「호모」與「인턴스」的合成詞，也是個貌似外來語的韓式英語。호모（Homo）是生物學分類中的「人屬」，而人類便是人屬中現存唯一的物種；인턴（Intern）則是「實習生」的意思。호모인턴스的字面意義為「人屬，實習生種」，是一直沒有被公司正式雇用，反覆著實習生生活的求職者自嘲為「實習生」這種全新物種的新造語。

例句：난 인턴 생활 3년째 호모인턴스야.

我是邁入第三年實習生活的萬年實習生。

쉼포족 棄休族（放棄休息的人）

쉼포족的「쉼포」是쉼을 포기하다的縮寫，字面意思為「放棄休息」，加上表族群的後綴「-족」，指的就是忙到放棄休息，過著身心俱疲生活的上班族。

例句：워라밸같은 말은 쉼포족한테는 상상도 못 하는 꿈이야.

工作與生活的平衡這種話，對棄休族來說是不敢奢望的夢啊。

사축 社畜

사축是日語的「社畜」（しゃちく），亦是회사（漢字：會社）與가축（漢字：家畜）的合成詞縮寫。字面意義為「公司的家畜」，指地位與公司養的家畜沒兩樣，必須面對工資微薄、工時長、業務量大、團體生活壓力等各種現實問題的可憐上班族。這個新造語源自於日本，原是拿來嘲笑為了工作放棄生活的老一輩上班族，現在漸漸變成社會人士在對現實不滿時自嘲的話。

例句：워라밸은 말뿐이야. 나 아직도 사축처럼 살잖아 .

工作與生活平衡都只是說說。我還活得像個社畜一樣啊。

퇴준생 退準生（準備離職的上班族）

퇴준생是퇴사 준비생（漢字：退社準備生）的縮寫，指雖然還沒辭職，但已經在考慮換工作或自行創業的人。퇴준생尚未離職的理由通常只是因為還沒找好下一份工作，所以這樣的人幾乎只有軀殼留在公司而已。據說韓國的上班族有近五成是퇴준생，由此可見韓國人對於職場不滿的比例是相當高的。

例句：직장인 40%는 퇴사하고 싶은 퇴준생이래.

聽說有 40%的上班族都是想離職的退準生呢。

補充單字／表現——職場相關

❶ 취준생 待業者

취준생是취업 준비생（漢字：就業準備生）的縮寫，指正在找工作，準備就業的人。

❷ 부장인턴 部長實習生

指因為實習生做太久，工作經驗已經可媲美大公司部長的老練實習生。

❸ 칼퇴 準時下班

칼퇴是칼같이 퇴근的縮寫，칼같이有準時、準確、果斷、一針見血等意思，常被縮寫為「칼-」來修飾其他行為，加上「퇴근」後，指的就是「準時下班」的意思。

❹ 인구론 文科畢業生有 90%都在玩

인구론是인문계 졸업생 90%가 논다的縮寫，這個新造語反映了文科生在韓國就業市場飽受歧視的殘酷現實。文科畢業生有 90%都在玩的原因並不是文科生懶散不長進，而是由於企業多偏愛雇用理科畢業生，文科生則因大多找不到工作而不得不閒在家裡。

❺ 지여인 地方大學女性文科生

지여인是由지방대학교（地方大學）、여학생（女學生）、인문대（人文科系）這三個在韓國就業市場上最不受青睞的元素所組成的單字，指具備不利求職三大條件的地方大學女性文科生。這個新造語可以說是反映出韓國就業市場對應聘者的全方位歧視。

❻ 낙하산 空降部隊

낙하산（漢字：落下傘）原本的意思是「降落傘」，在職場上被比喻為靠關係獲得工作或升遷機會的人

❼ 일부자 工作富翁

韓語中常會用○○부자（○○富翁）來比喻擁有很多○○的人。例如**볼살 부자**（臉頰很多肉的人）、**흥부자**（總是興致勃勃的人）等。這裡的일부자指的則是工作量非常大的人。

신박하다：神奇、新穎

基本會話

136.mp3

서연 곰곰이 생각해보니 스마트폰이 참 신박한 거야.

갑자기? 뭐가 신박한데?

서연 어제 시리랑 대화했는데 얘가 센스 좀 있더라.

시리랑 이야기했다고? 뭘 얘기했어?

서연 남친을 소개해 달라고 그랬는데 제일 가까운 클럽 주소를 알려줬음.

시리한테 그런 말을 한다는 게 더 신박한 것 같아….

書妍：仔細想想，智慧型手機真是神奇的東西。

敏俊：那麼突然？哪裡神奇呢？

書妍：我昨天跟 SIRI 對話啊，它還滿會的。

敏俊：妳跟 SIRI 聊天？聊了些什麼？

書妍：我叫它幫我介紹男友，它就給了我最近的夜店地址。

敏俊：我覺得會跟 SIRI 說這些更神奇…。

單字解說

신박하다其實和原本大家熟知的「**신기하다**」是同一個字。在電玩《魔獸世界》討論區中，「성기사」（聖騎士）這個職業因可選擇各種裝備且非常難被打死，被玩家戲稱為「바퀴벌레」（蟑螂）。後來這個字逐漸演變為

與바퀴發音雷同的「박휘」，而성기사在網路上的名字也就成了「성박휘」。此後기사＝박휘的公式便在網路上流行起來，特定幾個單字中的「기」、「사」也分別被網友置換為「박」、「휘」來使用。例如：버스기사→버스박휘（巴士司機）；신기하다→신박하다（神奇）等。

使用時機

신박하다這個說法雖然源起於少數網友們瘋狂的惡搞，但它使用的普及度可謂是網路流行語界的帝王等級，只要想形容東西奇特、新穎，都可以使用신박하다這個字。由於它與韓國人生活的融合度太高，許多人都以為字典上原本就有這個신기하다的同義字，根本沒辦法聯想到它來自於網路著名的狂人集散地—《魔獸世界》討論區。

詞類變化

形容詞原形	冠詞形（現在式）	副詞形	基本階陳述形
신박하다	신박한＋名詞	신박하게+動詞	신박하다

句型活用

137.mp3

1. 요즘 신박한 뷰티 아이템 많이 나왔어.
   最近出了很多新奇的美妝產品。

2. 이 치킨은 신박하게 맛있어!
   這炸雞好吃到神奇的程度。

3. 이 무대 너무 신박하다!
   這個表演太神奇了！

138.mp3

입틀막 目瞪口呆、語塞

입틀막是입을 틀어막다的縮寫，字面意義為「摀住嘴巴」，其實就是指人驚訝到目瞪口呆，說不出話來時，下意識用手摀住嘴巴的動作。這個表現的使用範圍很廣，不管是感動、驚嚇還是傷心，只要當時的情緒與狀況令人瞠目結舌，忍不住想用雙手摀住嘴巴，便可以說입틀막。此外，由於입틀막本身形容的就是一個動作，所以通常會出現在主題標籤或括號內，搭配圖片或文字內容一起表達發文者的心情。

例句：꺄~ 프로포즈 받았어! (입틀막)

啊～我被求婚啦！（目瞪口呆）

말잇못 無法言語

말잇못是말을 잇지 못하다的縮寫，字面意義為「說不出話來」，指因為驚訝、讚嘆或困惑的情緒而說不出話來。말잇못的用法與입틀막相當類似，也是一個常常在括號中出現，表達發文者心情的表現。

例句：이게 너무 맛있어서 말잇못.

這個好吃到讓我說不出話來。

ㄷㄷ 顫抖／內心大抖

ㄷㄷ是擬態語「덜덜」的初聲，덜덜原本是表寒冷或害怕時身體顫抖的樣子，類似網路上常用的「大抖」。現在除了以上兩個意思，還可以用來表達「太厲害了」或「難以置信」等讓人驚訝到大抖一下的情緒。另外，후덜덜或ㅎㄷㄷ也可以表達相同的意思噢。

例句：아우… 이번 달 술값이 진짜…（ㄷㄷ）.

噢…這個月的酒錢真的是…（大抖）

띠용 傻眼

띠용原本是指東西彈出來的聲音，類似中文裡的「歪邀」。自從某知名直播主常拿這個字來比喻嚇到眼睛都要掉出來的狀態後，띠용這個用法就在韓國流行起來，被許多網友和年輕人用來表達「傻眼」的情緒。

例句：띠용！이거 실화냐?

傻眼！這是真的假的？

補充單字／表現──驚訝、傻眼相關

❶ 어안이 벙벙하다 目瞪口呆

「어안」是名詞，指「語塞狀態」；「벙벙하다」則是形容嚇呆的模樣，合在一起可以加強表達人既說不出話來又傻眼的狀況。

❷ 어리둥절하다 傻眼、不知所措

指搞不清楚狀況，目瞪口呆的樣子。

❸ 식겁하다 嚇到了

식겁하다的詞根「식겁」之漢字為「食怯」，食怯的字面意義為「吃掉害怕」，與表恐懼的慣用語「겁을 먹다」完全相同，所以식겁하다亦可表達因害怕而嚇傻的意思。

❹ 십년감수 減壽十年

십년감수（漢字：十年減壽）是在嚇了一大跳的時候說的話，表示自己受了相當大的驚嚇，連命都差點嚇沒了。動詞用法為십년감수하다。

047 쪽팔리다：糗、丟臉

基本會話

139.mp3

민준：아! 너무 쪽팔려!

서연：무슨 일이야?

민준：나 아까 지원이 앞에서 발목을 삐끗했어.

서연：발목을 삐끗한 게 뭐가 쪽팔려?

민준：아니, 이건 너무 없어보이잖아.

서연：너 원래 멋있는 편이 아니잖아.

敏俊：啊！太糗了！

書妍：怎麼了？

敏俊：我剛剛在智媛面前拐到腳。

書妍：拐到腳有什麼好糗的？

敏俊：不是啊，這樣也太不帥了吧？

書妍：你本來就不屬於帥的啊。

單字解說

쪽팔리다中的「쪽」是「臉」的俗稱，而「팔리다」除了指一般常用的「被賣掉」外，亦有「出名」的意思。由於「臉」代表了一個人的形象，所以쪽팔리다便可以解釋為人因某些事而必須將自己的面目曝光在他人面前，或因不好的樣貌被呈現出去而覺得「有損顏面」、「丟臉」的意思。

使用時機

其實쪽팔리다裡的情緒是非常主觀的，只要是任何對於「曝光」、「露面」感到糗或丟臉的狀況都可以說쪽팔리다，不見得是真的做了羞於見人的事情。例如：被發現自己每天晚上都必須抱著三歲時就開始蓋的小毯子才能睡覺，別人覺得可愛，自己感到糗時－쪽팔리다；每次都考前三名的學生，這次只考了第八名，別人覺得還是很厲害，自己卻覺得很丟臉時－쪽팔리다。

詞類變化

動詞原形	冠詞形（現在式）	副詞形	基本階陳述形
쪽팔리다	쪽팔리는＋名詞	쪽팔리게＋動詞	쪽팔린다

句型活用

140.mp3

1. **누구나 쪽팔리는 순간이 있다.**
   誰都會有丟臉的時候。

2. **쪽팔리게 살지 말자!**
   不要做丟人現眼的事！

3. **생얼로 중학교 친구를 만나서 너무 쪽팔린다!**
   我素顏時遇到了國中同學，太糗啦！

141.mp3

이불킥 糗斃了

이불킥是「이불」與「킥」的合成詞，이불是「棉被」的意思；킥（Kick）則是指「踢」。所謂이불킥，就是糗到躲在棉被裡狂踢腿的動作，類似中文裡「糗到想找個地洞鑽進去」的概念，只要在腦海中想像這個畫面應該就不難理解這種情緒了。動詞用法為이불킥(을) 하다。

例句：졸업앨범에 이불킥 사진들만 들어 있어.

畢業紀念冊裡只有一些糗翻天的照片。

뻘쭘하다 尷尬、窘迫

뻘쭘하다的感受一般出現在令人「格格不入」或「手足無措」的情境中。例如：路上遇到畢業後就沒聯絡的同學，完全不知道要說什麼－뻘쭘하다；迎面走來一個人和自己撞衫－뻘쭘하다；走錯教室，一進去被全班用疑惑的眼神注視－뻘쭘하다。在令人不知所措的環境中，有點尷尬、有點害羞的「微丟臉」心情，便是뻘쭘하다了。

例句：혼자서 밥을 먹는 게 좀 뻘쭘하다.

一個人吃飯有點尷尬。

흑역사 黑歷史、不堪回首的過去

흑역사（漢字：黑歷史）是由表負面意義的「흑」與表「歷史」的역사合成的詞彙。這個說法源自於日本，指非常丟臉，令人想銷毀的過去，反義詞為리즈시절（請參考리즈시절篇P.126）。它原本只是網路流行語之一，但近年來因電視綜藝節目的關係廣為一般民眾認識並使用，現在除了各大電視和網路媒體之外，就連新聞都會用到흑역사這個字呢。

例句：고등하교 때 흑역사가 너무 많아서 생각만 해도 쪽팔린다.

我高中時有太多不堪回首的過去，光想都糗。

補充單字／表現—丟臉、羞愧相關

❶ **꼴값(을) 떨다** 裝腔作勢、丟人現眼

꼴값指的是不得體、不符合自己身分且令人看不慣的行為，而꼴값(을) 떨다便是其動詞用法，亦可以說꼴값(을) 하다。

❷ **웃음거리(가) 되다** 淪為笑柄

웃음거리是「笑料」、「笑柄」的意思，웃음거리(가) 되다指的就是做了糗事或鬧了笑話，成為別人取笑的對象。

❸ **얼굴을 못 들다** 抬不起頭

얼굴을 못 들다的字面意義是「抬不起頭」，與中文的「抬不起頭」一樣，指因為害羞或丟臉而無法堂堂正正面對他人。

❹ **면목(이) 없다** 沒臉見人

면목的漢字為「面目」，而면목(이) 없다的字面意義則是「沒有面目」，也就是沒臉見人的意思。常以〇〇을 볼 면목(이) 없다的形態使用，表示沒有臉見〇〇。

作者有話要說

對韓國文化稍有了解的人應該都知道，一個人吃飯這件事情，對韓國人來說可是很尷尬的。雖然大東亞圈的國家都相當重視團體文化，不敢獨自去餐聽吃飯的人也不在少數，但這些地方對於「一起吃飯」的堅持和韓國比起來，可都是小巫見大巫呢。

在台灣，處處可見獨自用餐的人，除了燒烤店、酒吧等適合群聚的場所之外，一般來說不會有人特別去注意獨自用餐的人。但在韓國可就不一樣了，沒有吃飯的伴，是一件極其違和的事，足以引起周邊路人各式各樣的揣測。因為對他們來說，吃飯是「必須」大家一起執行的事情，許多餐廳都不提供一人份的餐點。獨自吃飯意味著你可能是個孤僻不合群的怪人，抑或是因遭到排擠而落單。大部分韓國人認為，沒有吃飯的伴是相當難為情的，所以在沒有飯友的狀況下，通常會在家叫外送、煮泡麵，或是找個地方躲起來用餐。

近年來，韓國根深蒂固的團體文化漸漸開始動搖，獨善其身的年輕世代越來越多，他們開始厭倦團體生活的壓力，選擇率性地當個自在的獨行俠。於是**혼밥**（獨自用餐）、**혼술**（獨自喝酒）、**혼바비언**（獨自吃飯的人）等流行語一個個出現，**일코노미**（一人經濟）也成為近幾年來的熱門關鍵字。

땜빵：替補、代打

基本會話

142.mp3

현우 어제 잠 못 자서 피곤해 죽겠어.

서연 왜 못 잤니? 밤새 게임을 하느라?

현우 그게 아니고 나 치킨집에서 야간 알바를 하느라 못 잔 거야.

서연 너 편의점 알바를 그만뒀어?

현우 치킨집은 땜빵이야. 임시 야간 알바라 시급이 높은 편이거든.

서연 수고했네. 오늘 밤에 푹 쉬어라.

賢宇：我昨天沒睡，累死了。

書妍：為什麼沒睡？你熬夜打電動喔？。

賢宇：不是啦，我是因為在炸雞店上大夜班才沒睡。

書妍：你便利商店的打工不做了喔？

賢宇：炸雞店是代班啦。因為是臨時的大夜班，時薪還算滿高的。

書妍：辛苦你了欸。今天晚上好好休息吧。

單字解說

땜빵除了指「頭部的傷疤」、「圓形禿」以外，亦有「修補」、「頂替」等含義。其中最普遍的用法是指職場或各種活動中，因原本預定的人員缺席而臨時被找來頂替的人；動詞用法為땜빵(을) 하다，有「修補」、「頂替」的意思。

使用時機

「只有人不夠的時候才會想到我」，這是땜빵們共同的辛酸。例如：因表演歌手開天窗而上台救火的**땜빵 가수**、因製作方屬意的演員不接演才頂替角色的**땜빵 배우**、代替不能出賽的選手上場的**땜빵 선수**、幫臨時缺勤的員工暫時代班的**땜빵 알바**，以及填補正職與一般約聘員工空缺的超短期約聘**땜빵직**等。

詞類變化

名詞	名詞＋이다	副詞形
땜빵	땜빵이다 땜빵이야 땜빵이었어	땜빵으로＋動詞

句型活用

143.mp3

1. **나 그냥 보잘것없는 땜빵이야.**
   我只是個渺小的替補人員。

2. **땜빵 선수인데 되게 잘하네.**
   他是個替補選手，卻表現得很好。

3. **그 남자배우가 땜빵으로 출연했는데 큰 인기를 끌었어.**
   那個男演員雖然是頂替他人演出，卻非常受歡迎。

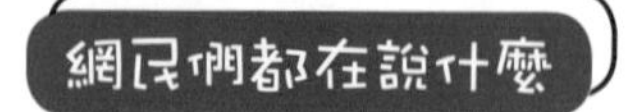

잉여 커플 配剩的情侶

잉여 커플的字面意義為「剩餘 CP」（請參考잉여篇P.46）。它是戲劇領域的用語。在戲劇中，男女主角與男女配角在一陣感情糾葛之後，主角通常會終成眷屬，而挑剩的男配角和女配角常會被編劇安排成一對，這種被硬湊成一對的男女配角情侶便是잉여 커플。另外，在韓國的狗血電視劇裡頭，男女主角周邊的人也會很自然地被編劇配成對，讓劇情除了男女主角坎坷的感情路以外，還能有一些輕鬆活潑的橋段來轉換氣氛，這樣的情侶也可以稱為잉여 커플。

例句：이 잉여 커플은 주인공보다 더 사랑을 받더라.

這對配剩的情侶比主角更受歡迎。

콩라인 萬年老二

콩라인這個流行語源自於韓國知名的《星海爭霸》電競選手洪榛浩（홍진호）。他的實力雖然堅強，但在星海爭霸職業聯賽中卻始終與冠軍無緣，老是屈居亞軍。此後，只要是和洪榛浩一樣一直拿亞軍的選手，都會被稱為是他的傳人。由於洪榛浩的綽號為콩（豆子），所以這些萬年老二們也被稱為콩라인。

例句：나는 아무리 열심히 공부해도 2등만 차지하는 콩라인이다.

我是個再怎麼用心讀書都只能拿第二名的萬年老二。

듣보잡 沒沒無聞的小咖

듣보잡是듣도 보도 못한 잡놈的縮寫，亦可簡化為듣보，字面意義為「沒聽過也沒看過的小咖」，指默默無名的人。由於잡놈這個字貶意相當強烈，等同中文裡的「雜碎」、「渣男」等，所以使用的時候請務必小心。

例句：듣보잡이라고 욕먹었던 사람이 미래에 엄청난 인기를 끌 수도 있다.

曾經被罵小咖的人，未來也有可能非常受歡迎。

補充單字／表現—小咖、B咖相關

❶ 허접 遜咖

허접指的是在線上遊戲或運動賽事中，技術生疏，對比賽沒有幫助的成員，形容詞用法為허접하다。허접源自於허섭스레기這個字，人們常將허섭스레기說成허접쓰레기，後來大家反而更習慣錯誤的허접쓰레기，而허접這個說法也普遍了起來。

❷ 빵셔틀 跑腿的

빵셔틀是「빵」（麵包）與「셔틀」（Shuttle）的合成詞。셔틀原意為戰略遊戲中的往返運輸系統，而「麵包的往返運輸系統」指的就是在學校裡被惡勢力強迫跑腿買麵包等物品的同學。

❸ 꼬붕 手下、小跟班

꼬붕是日語「子分」（こぶん）的韓式發音，原本指黑社會或犯罪集團裡的小嘍囉，現在只要是在團體中較弱勢，沒有地位的人都可以稱為꼬붕。

❹ 똘마니 小嘍囉

똘마니指的是黑社會或犯罪集團裡最基層的小弟。

❺ 시다바리 跟班、助手

시다바리的來源據說與發音為「시다」的日語單字－「下」（した）有關，指地位較低，在他人身旁擔任輔助工作的人。

눈꼴사납다：讓人不爽、討厭

基本會話

145.mp3

서연 지하철에서 떠드는 급식충들 정말 눈꼴사납다.

지원 언니 항마력 너무 부족하다. 방송국에는 이런 애들 훨씬 더 많거든.

서연 난 평생 덕질을 못 할 것 같아.

지원 언니 도서관에서도 눈꼴사나운 애들 때문에 골치가 아프잖아.

서연 그래. 공부하는 곳에서 염장질하는 게 너무 아니꼽다.

지원 항마력 부족한 사람은 이 세상 살기 참 힘들구만.

書妍：在地鐵裡吵鬧的屁孩真的很討厭。

智媛：妳太欠缺抗魔力了。電視台這種人更多呢。

書妍：我應該一輩子都無法去追星吧。

智媛：妳在圖書館也被討厭鬼搞得頭很痛不是嘛。

書妍：對啊。在讀書的地方曬恩愛實在太讓人不爽了。

智媛：欠缺抗魔力的人活在這世上還真辛苦啊。

單字解說

這裡的「눈꼴」是「眼睛」、「眼神」的貶稱；「사납다」則是「兇狠」的意思。兩者合併為눈꼴사납다後，可以依字面意義解釋為為「眼神兇狠」，但通常都是用來形容某些人的行為讓人看了很不爽、看了就討厭，令人忍不住露出「兇狠的眼神」。

使用時機

눈꼴사납다主要用來修飾人的行為，例如：有人在大街上放閃曬恩愛讓人看了不舒服，便可以說這種行為很눈꼴사납다；有人仗勢欺人，囂張的嘴臉讓人看了超不爽，也可以說這種態度非常눈꼴사납다。任何使人看不慣，使人忍不住要「面露兇光」的惡形惡狀，都可以用눈꼴사납다來形容。

詞類變化

形容詞原形	冠詞形 (現在式)	副詞形	基本階陳述形
눈꼴사납다	눈꼴사나운＋ 名詞	눈꼴사납게＋ 動詞	눈꼴사납다

句型活用

146.mp3

1. **상사에게 아부하는 사람이 제일 눈꼴사납다.**
   拍上司馬屁的人最讓看不慣了。

2. **지하철에서 이런 눈꼴사나운 애정행각을 하지 좀 마라!**
   不要在地鐵上做這種令人討厭的卿卿我我行為！

3. **그 양반은 눈꼴사납게 돈자랑하네.**
   那位大爺炫富炫得好讓人不爽啊。

網民們都在說什麼

147.mp3

극혐 超討厭、超噁

극혐（漢字：極嫌）是극도로 혐오하다的縮寫，字面意義為「極度嫌惡」，顧名思義就是討厭某人、事、物到了極點，類似中文裡的「很噁」、「超討厭」。另外，「혐-」也可以當做前綴來修飾名詞，通常是取名詞的第一個字，以혐○的形式，表示該名詞很令人嫌惡。例如：**혐짤**（令人不適的圖片）、**혐짓**（令人討厭的行為）等。극혐的動詞用法為극혐오하다，目前已是國家認證的標準語了。

例句：번데기탕이 극혐이다.

蠶蛹湯超噁的。

갈비 越來越反感

갈비是갈수록 비호감的縮寫，也就是「越來越反感」的意思，形容隨著時間的流逝，給人的觀感越來越差的狀況，也可以直接拿來稱呼這種讓人認識越久越討厭的人。相反地，一開始給人的印象並不特別好，但越看越有魅力的人則可以稱為**볼매**，也就是볼수록 매력 있는 사람的縮寫。

例句：이 애가 잘 생겼는데 갈비야.

這人長得帥，卻讓人越看越討厭。

안구 테러 眼球恐怖攻擊（傷眼睛）

「안구」是「眼球」的意思；「테러」（Terror）則是「恐怖攻擊」的意思。안구 테러指的是當眼睛看到醜陋、噁心或不該看的東西時，眼球受到的衝擊就彷彿遭到恐怖攻擊一般強烈。這種情緒接近台灣著名的梗「我到底看了三小！」，以及英語圈的「Oh My Eyes!」。許多人上網發文時也會在標題上註明「안구 테러 주의」，提醒網友點進去可能會看到傷眼睛的東西。攻擊他人眼球可以說안구 테러(를) 하다；眼球被攻擊則可以說안구 테러(를) 당하

다。類似的表現還有눈갱（請參考겜알못篇P.106）。

例句：오는 길에 바바리맨을 만났는데 참 안구 테러야!

我過來的路上遇到暴露狂，真是傷眼睛啊！

補充單字／表現—不爽相關

❶ 좆같다　雞掰

沒錯，它就是一個髒話，赤裸地寫出來就是要提醒大家小心使用。這裡的「좆」指的是男性的生殖器，좆같다則可以直譯為「像男性生殖器一樣」，可以修飾任何不順心、看不爽的人、事、物。

❷ 오글거리다　肉麻、扭捏

指他人的言行舉止很油膩或尷尬，到了讓人手腳捲曲的地步。

❸ 아니꼽다　令人反感、討厭

指他人的言行舉止令人反感，不討人喜歡。

❹ 띠껍다　討厭、讓人不快

形容他人的言行舉止讓人厭惡或心裡不舒服。

❺ 닭살(이) 돋다　起雞皮疙瘩

닭살(이) 돋다這個慣用語和台灣相同，在覺得極度肉麻、恐怖、噁心、震驚時，都可以使用這個表現。

❻ 항마력　抗魔力

항마력的漢字為「抗魔力」，這裡的「魔」指的是令人起雞皮疙瘩、手腳捲曲、握緊拳頭、眉頭深鎖、面露兇光等各種易引起不適感的人、事、物。而항마력便是在面對這些人、事、物時，不產生以上身體反應的能力值。

050 대프리카：大邱非洲

基本會話

148.mp3

지원　여름 방학 어떻게 보내려고?

현우　나 무더운 대프리카에 돌아가야 돼.

지원　아 맞다. 오빠가 대구 사람이지.

현우　지원이는?

지원　난 빵국에 가서 바게트 좀 먹고 오려고.

현우　역시 우리 남다른 지원양!

智媛：你暑假想怎麼過？

賢宇：我得回悶熱的大邱非洲去。

智媛：啊，對吼。你是大邱人。

賢宇：那妳呢？

智媛：我打算去麵包國吃個法國麵包。

賢宇：不愧是我們與眾不同的智媛小姐啊！

單字解說

대프리카為「대구」（大邱）與「非洲」的外來語「아프리카」（Africa）之合成詞。大邱是位於慶尚北道南部地區的廣域市，因為大邱的地形與台北一樣，是四面被山環繞的盆地，加上平均日照量大，每逢夏天，天氣便悶熱得和非洲沒兩樣，於是韓國人就戲稱大邱廣域市為대프리카。

使用時機

一般來說，嘲笑別人的故鄉永遠都是引戰的捷徑，雖然대프리카這個說法起初也是對大邱的調侃，但由於大邱的酷熱是個不爭的事實，居民本身也不認為它帶有負面含意，甚至還會拿대프리카來自嘲。所以若想表達「炎熱的大邱」，是可以安心使用這個說法的噢。

詞類變化

名詞	名詞＋이다
대프리카	대프리카다
	대프리카야

句型活用

149.mp3

1. **와, 진짜 덥더라! 역시 대프리카야.**
   哇，真的好熱！不愧是大邱非洲。

2. **지금 한국에서 제일 더운 곳은 대프리카가 아니라고 들었어.**
   聽說大邱非洲現在已經不是韓國最熱的地方了。

3. **이번 휴가는 대프리카에서 보내려고!**
   我這次休假要去大邱非洲！

150.mp3

스까국 拌拌國（釜山）

스까是섞어（拌在一起）的釜山方言，加上表國家的국，指的就是什麼都愛拌在一起吃的釜山。這個說法源自網路上流傳的各種釜山亂拌故事，比如把所有祭祀的食物煮成一鍋；所有的剩菜拌成一碗；用棉花糖拌炸醬麵吃等。最知名的都市傳說是外食的時候整家店的客人會圍在一起，把吃過的東西倒在老闆準備的大銅盆裡攪拌後，與素昧平生的人分食。雖然都市傳說的真實性有待商榷，但스까국這個名號倒是在網路上傳開了。不過大部分的人是不喜歡自己的故鄉被拿來揶揄的，所以使用的時候務必斟酌噢。

例句：스까국 또 갔다 왔어.

我又去了一趟拌拌國。

성진국 性進國（日本）

성진국這個說法是將指「已開發國家」的「선진국」（漢字：先進國）中的「선」，置換成發音相似的「성」（漢字：性），指的是性文化產業異常發達的「性之已開發國家」。在韓國提到성진국時，通常指的是日本，偶而也會指美國或歐洲國家。성진국這個字本身就帶著一些諷刺，有暗指該國道貌岸然，表面矜持，事實上卻瘋地發展性產業的意思。

例句：성진국의 예능 수위가 장난 아니야.

性進國的綜藝尺度不是開玩笑的。

천조국 千兆國（美國）

在韓國提到천조국（漢字：千兆國）時，指的就是「美國」。美國的國防預算曾高達韓幣 1000 兆元，對韓國人來講是無法想像的天文數字，這個事實帶給了韓國人頗大的震撼，自此之後美國就被稱為천조국了。

例句：천조국에는 드라이브 스루 은행까지 있어.

千兆國連得來速銀行都有呢。

補充單字／表現一韓國人對世界各國的暱稱

❶ 불곰국　棕熊國（俄國）

「불곰」是棕熊的意思，而불곰국指的就是有棕熊的國家－俄國。

❷ 빵국　麵包國（法國）

「빵」是麵包的意思，而빵국指的則是以法國麵包著名的國家－法國。

❸ 홍차국　紅茶國（英國）

「홍차」（漢字：紅茶）是紅茶的意思，而홍차국指的就是以熱愛紅茶聞名的國家－英國。

❹ 파스타국／피자국　義大利麵國／比薩國（義大利）

「파스타」（Pasta）是義大利麵，「피자」（Pizza）是比薩的意思，而파스타국與피자국指的就是以這兩種食物著名的國家－義大利。

❺ 캥거루국　袋鼠國（澳洲）

「캥거루」（Kangaroo）是袋鼠的意思，而캥거루국指的就是袋鼠最多的國家－澳洲。

❻ 맥주국／소시지국　啤酒國／香腸國（德國）

「맥주」（漢字：麥酒）是啤酒的意思，「소시지」（Sausage）則是香腸的意思，而맥주국和소시지국指的就是以製造高品質啤酒與香腸聞名的國家－德國。

❼ 쌀국수국　米線國（越南）

「쌀국수」是米線的意思，而쌀국수국指的就是以米線著名的國家－越南。

❽ 카레국　咖哩國（印度）

카레是咖哩的意思，而카레국指的就是咖哩的故鄉－印度。

❾ 레고국　樂高國（丹麥）

레고（LEGO）就是樂高積木的意思，而樂高國指的就是樂高的發源地，亦是總公司所在地－丹麥。

❿ 대륙　大陸（中國）

대륙（漢字：大陸），指的是地球上大面積的陸地，亦可指中國大陸。

⓫ 반도　半島（韓國）

반도（漢字：半島）指的是三面環水，一面連陸地的地形，亦可指韓半島。

⓬ 열도　群島（日本）

열도（漢字：列島）指的是由一個較大的島與其他小島所組成的地形，亦可指日本群島。

낄끼빠빠：知所進退

基本會話

151.mp3

민준：어제 지원이 집까지 바래다 주려고 했는데 거절당했어.

서연：그러게, 낄끼빠빠를 알아야지.

민준：아니, 지원이 너무한 거 아냐? 우리가 무슨 어색한 사이도 아니고.

서연：나름의 이유가 있겠지. 낄끼빠빠 못하면 죽을 때까지 여친 못 사귀어.

민준：근데 밤에 혼자 집에 가는 건 위험한 거 아니야?

서연：야, 너 답정너지.

敏俊：我昨天要送智媛回家，但她拒絕了。

書妍：這種時候就是要知所進退啊。

敏俊：不是啊，智媛也太過分了吧？我們又不是什麼尷尬的關係。

書妍：她有自己的理由吧。你不懂進退之道的話，是死都交不到女友的。

敏俊：但是晚上一個人回家不是很危險嗎？

書妍：喂，你心裡已經預設好答案了吧。

單字解說

낄끼빠빠是낄 때 끼고 빠질 때 빠져라的縮寫，字面意義爲「該插手的時候就插手，該退出的時候就退出」，就是叫人要懂得看狀況，知道見機行事，了解出場和退場的適當時機。

使用時機

要說一個人很白目，不懂進退之道時，可以說這個人낄끼빠빠(를) 모르다或是낄끼빠빠(를) 못하다。相反地，一個人很懂進退則可以說낄끼빠빠(를) 알다或낄끼빠빠(를) 잘하다。

詞類變化

名詞	冠詞形（現在式）	名詞＋動詞
낄끼빠빠	낄끼빠빠(를) 아는	낄끼빠빠(를) 알다
	낄끼빠빠(를) 잘하는	낄끼빠빠(를) 잘하다
	낄끼빠빠(를) 모르는	낄끼빠빠(를) 모르다
	낄끼빠빠(를) 못하는	낄끼빠빠(를) 못하다

句型活用

152.mp3

1. 너 낄끼빠빠를 모르니?
   你懂不懂進退之道啊？

2. 낄끼빠빠를 알아야 연애고수다.
   懂得進退之道才算是戀愛高手。

3. 낄끼빠빠 좀 해라!
   人要知進退！

별다줄 什麼都要縮寫

별다줄是별걸 다 줄이다的縮寫，當身邊有人使用令人啼笑皆非的極致縮寫時，就可以說這句話來回應他。這句話雖然是用來揶揄年輕人和網民之間各種縮寫太過氾濫的現象，但它本身卻也是另外一個頗為極致的縮寫表現啊…。

例句：아이스 아메리카노가 「아아」라고? 진짜 별다줄이네.

冰美式咖啡叫做「冰美」嗎？真是什麼都要縮寫欸。

답정너 內心預設答案的人

답정너是답은 정해져 있고 너는 대답만 하면 돼的縮寫，整句話的意思是「答案都決定好了，你只要回答即可」，指在問問題的同時，心中早已經預設好自己想聽的答案，在沒聽到想聽的話之前不會善罷甘休，甚至還會惱羞成怒的人。這類人並不是真的想問任何人的意見，只是想透過問題，誘導他人說出自己想聽的話，最常見且簡明的例子就是：「我是不是胖了？」，「哪有！妳超瘦超美的！」這樣的對話，發問的人其實只是想聽到很瘦很美的誇獎而已，如果你說她真的胖了，她可能會生氣噢。

例句：답정너들이 진짜 비호감이야.

內心預設答案的人真的很不討喜。

이생망 這輩子完了

이생망是이번 생은 망했다的縮寫，是韓國年輕人發生不順遂的事情時常拿來自嘲的話。這句話的產生背景其實很悲傷，韓國社會相當重視階級，在〈금수저篇〉曾經提到過「수저계급론」（湯匙階級論），許多韓國年輕人認為只要沒有出生在富裕家庭，沒有足夠的資源去進修，從小培養競爭力，人生就再也沒有翻身的餘地。而이생망這個說法也和〈백수篇〉中提到過的「N포세대」（N 拋世代）一脈相承，呈現出了韓國年輕人對於人生的絕望。

例句：난 이생망인가 싶어…

我這輩子大概完蛋了吧…

補充單字／表現──意味不明的縮寫

❶ 애빠시　撒嬌是一切

애빠시是애교 빼면 시체的縮寫，字面意義爲「除去撒嬌便是屍體」，用來形容人很愛撒嬌，永遠都在可愛狀態，所以除去撒嬌就什麼都沒了。

❷ 말넘심　你講話太過分了

말넘심是말이 너무 심하다的縮寫，可在對方說了過分的話傷到自己的心時使用。

❸ 먹금　別理這些

먹금是먹기 금지的縮寫，字面意義爲「禁止餵食」。由於餵食動物時，動物便會一窩蜂湧上來，所以這句話就是要人不要去理會無意義的事情，以免雪球越滾越大。

❹ 팬아저　有收藏價值的藝人照片或影片

팬아저是팬이 아니어도 저장的縮寫，字面意義爲「不是粉絲也會儲存」，指非常有收藏價值的藝人照片或影片。

❺ 복세편살 나씨나길　在亂世自在生活，我他 X 的要走自己的路

복세편살爲복잡한 세상 편하게 살자的縮寫，字面意義爲「在亂世自在生活」。通常會加上나는 씨발 나대로 나만의 길을 간다的縮寫나씨나길，也就是這句話的精神－「我他 X 的要走自己的路」。

❻ 내로남불　雙重標準

내로남불是내가 하면 로맨스 남이 하면 불륜，字面意義爲「我的是羅曼史，別人的都是不倫」。指一樣的行為別人做的時候就加以譴責，自己做的時候便合理化。

❼ TMT（Too Much Talker）　廢話連篇的人

TMT 為 Too Much Talker 的縮寫，字面意義為「話太多的人」，再解釋得精確一點就是「廢話太多的人」。

띵작：名作

基本會話

154.mp3

민준 어제 드디어 띵작 <올드보이>를 봤어.

서연 띵작 맞는데 끔찍한 장면이 있다고 들어서 난 못 볼 것 같아.

민준 그러면 띵작 하나 더 추천해 줄게. 댕댕이를 좋아하지?

서연 좋아 죽지!

민준 그럼 <마음이…> 를 안 보면 안 돼. 댕댕이를 주제로 한 감동적인 작품이야.

서연 머박! 바로 보고 싶어!

敏俊：我昨天終於看了名作《原罪犯》。

書妍：它是名作沒錯，但聽說有殘忍的畫面，我應該沒辦法看。

敏俊：那我再推薦你其他名作。你喜歡狗狗嗎？

書妍：愛死了！

敏俊：那妳一定要看《伴我走天涯》。那是以狗狗為主題的一部感人之作呢。

書妍：太棒了！我馬上就想看！

單字解說

띵작正確的寫法其實是**명작**（漢字：名作），意思與中文的「名作」相同，僅因며與띠的部份形狀相似而被網友拿來置換使用。類似的表現還有**띵곡**（명곡＝名曲）、**띵언**（명언＝名言）等。這種將명작改寫成띵작的流行語是源自網路上非常流行的一種錯視文字遊戲「야민정음」（漢字：野民正

音），야민정음的玩法是將形狀相似的文字相互置換使用，雖然在韓國有「語言破壞」的爭議，但不得不說，真別有一種解謎的樂趣在裡頭呢。

使用時機

首先，띵작完全是個錯字，所以正式場合當然是不能使用的。不過它在各大網路平台上都已經非常頻繁地出現，堪稱是야민정음系統中最普及的一個字，如果不知道，可能會有點脫節噢。

詞類變化

名詞	名詞＋이다
띵작	띵작이다
	띵작이야
	띵작이었어

句型活用

155.mp3

1. 이런 띵작 처음 봐.
我從沒看過這等名作。

2. <반지의 제왕> 역시 띵작이야.
《魔戒》不愧是名作啊。

3. 영화 띵작 추천 좀 해줘.
推薦我一些電影名作吧。

網民們都在說什麼

156.mp3

롬곡옾눞　暴風眼淚

롬곡옾눞為什麼是「暴風眼淚」？把手上的書倒過來就秒懂啦！因為롬곡옾눞反著看就是폭풍눈물（漢字：暴風眼淚），字的翻轉也是야민정음的其中一個玩法噢。롬곡옾눞通常會與倒著流的眼淚「ㅠㅠ」一同出現在括號內，輔助內文表達想落淚的心情。不過是感動的眼淚，還是悲傷的眼淚，就必須依前後文來判斷了。

例句：이게 너무 맛있어! (롬곡옾눞 ㅠㅠ)

這太好吃了！（暴風眼淚ㅠㅠ）。

H워얼V　我愛你

H워얼V和롬곡옾눞一樣，都是以翻轉的方式來破解。H워얼V倒著看是否有點神似사랑해呢？這份「愛」真是迂迴又含蓄啊。

例句：오빠r H워얼V~

歐巴，我愛你～

댕댕이　狗狗

댕댕이的正確寫法是**멍멍이**，멍멍是韓文狗叫聲的狀聲詞，所以멍멍이也等同中文裡的「汪汪」，因머與대的部份形狀相似而置換使用。

例句：우리집 댕댕이 커엽지!

我們家狗狗很可愛吧！

커엽다　可愛

如果前一則的例句有讓各位費解的地方，這邊馬上來解答。커엽다的正確寫法是**귀엽다**，因귀與커的部份形狀相似而置換使用。

例句：어머! 이 흰색 냥냥이 너무 커엽네.

天哪！這隻白色貓咪太可愛了。

補充單字／表現－野民正音

❶ **머박** 超級、超棒、太驚人了

머박的正確寫法是**대박**，因대與머的部份形狀相似而置換使用，在任何狀況下感到驚訝都可以說。

❷ **판팡핑소** 觀光勝地

판팡핑소的正確寫法是**관광명소**，因과與파、며與피的部份形狀相似而置換使用。

❸ **머머리** 禿頭

머머리的正確寫法是**대머리**，因대與머的部份形狀相似而置換使用。

❹ **머한민국** 大韓民國

머한민국的正確寫法是**대한민국**，因대與머的部份形狀相似而置換使用。

❺ **세종머왕** 世宗大王

세종머왕的正確寫法是**세종대왕**，因대與머、왕與왕的部份形狀相似而置換使用。

❻ **팡주팡역시** 光州廣域市

팡주팡역시的正確寫法是**광주광역시**，因과與파的部份形狀相似而置換使用。

作者有話要說

야민정음（漢字：野民正音）的發源地是韓國第一大論壇디시인사이드（dcinside）的야구 갤러리（棒球板）。而야민정음這個名字也是由「야구 갤러리」與「훈민정음」（漢字：訓民正音）組合而成的。

야민정음的基本玩法是將相似的文字替換使用，除了前面介紹過的常用表現外，年輕人還常把己寫成ㄹ、ㅏ寫成 r、%寫成응。進階玩法則有將數個字合為一字，如부부（夫婦）→ 뿌；各種角度的翻轉，如똥（屎）→ 버0（請把書順時針旋轉 90 度）；以及用訓民正音拼成漢字，如合 → 合。

야민정음玩文字的方式非常繁多，這裡只列出小部分輔助大家了解。若是以後看到一些字典上查不到的外星文字，不妨試著遠看，近看，轉著看吧。

존나：超級○○／超他X的○○

基本會話

157.mp3

현우 와우…김태희 존나 예쁘다. 비는 전생에 나라라도 구했냐?

지원 김태희도 나라를 구했지. 비가 세상 멋있거든.

현우 뭔소리야. 김태희가 진짜 갓비주얼이야.

지원 비도 존잘이고 무대실력까지 핵쩌는데 모자란 것 하나도 없어.

현우 알았음. 비님께서 존나 완벽한 걸 알았으니까 그만 싸우자.

지원 내 초심을 다시 건드리지마!

賢宇：哇…金泰熙超他 X 美的啦。Rain 是上輩子救了國家嗎？

智媛：金泰熙也是上輩子救了國家吧。Rain 超級無敵帥的好嗎。

賢宇：什麼啊？金泰熙是真正的神顏欸。

智媛：Rain 長得也超好看，連舞台實力都屌到爆，他完全沒有缺陷。

賢宇：好啦。我知道 Rain 大人超級無敵完美，我們別吵啦。

智媛：不許你再冒犯我的初心！

單字解說

존나其實是指男性性器官的「좆나」之變音，用來表示「非常」、「真的」、「極度」等意思。它在網路上不但有쥰내、쥰나、조낸、좃나、ㅈㄴ、X나、존X 等各式各樣迂迴的變形，另外還有졸라、존낸、절라、열라等

一樣從「좆나」變音而來的同義單字。這各式各樣的變形、變音其實是因為존나這個字的源頭「좆나」根本就是個髒話；就好像台灣人常掛在嘴邊的「機車」，其實也是源自女性生殖器俗稱。雖然존나這個字你可能會常常看見或聽見，但請切記，它依然是個相當不雅的說法，最多只能在關係親近或年齡相仿的親友、同儕之間使用。

使用時機

존나可以自由搭配其他動詞或形容詞，表達某動作或狀態的強烈度。由於其「髒話」的特性，解釋為「超他 X 的○○」也是十分貼切的，例如：존나 못하다可以翻譯成「超他 X 的不會」；존나 맛있다則可以翻譯成「超他 X 的好吃」等。也可以用존○的形式，結合其他形容詞的縮寫以加強語氣，例如：존나 잘 생겼다＝존잘（超帥）、존나 예쁘다＝존예（超美）、존나 맛있다＝존맛（超好吃）等。

詞類變化

副詞形	精簡形
존나＋形容詞／動詞	존○

句型活用

158.mp3

1. 나 존나 힘들어.
我超他 X 累。

2. 나 존나 연습했어.
我瘋狂練習。

3. 그 선배 진짜 존예.
那個學姐真的超美。

세상 ○○ 世界第一○○／超級無敵○○

這裡的세상指的是「세상에서 제일○○」，字面意思為「世界上最○○」，通常後面會加上形容詞，表示「世界第一○○」、「超級無敵○○」。這個表現在韓國的使用頻率雖然非常高，但文法是完全錯誤的，這點請務必注意噢。

例句：우리 아빠가 세상 멋있어!

我家老爸世界無敵帥！

인생○○ 人生中最棒的○○

인생○○與세상○○的概念類似，指「인생에서 가장 좋은○○」，字面意義為「人生中最棒的○○」，可搭配各種名詞使用。例如人生中拍過最好看的照片－**인생샷**、人生中最具代表性的作品－**인생작**、人生中買過最美的口紅－**인생립스틱**等。

例句：이게 내 인생 신발이야!

這是我買過最美的鞋子啊！

○○보스 ○○之王

보스（Boss）這個字可以指公司的最高負責人或集團中的首領，出現在遊戲中時則是指最後關卡裡的大魔王。所以當我們稱呼某人為○○보스時，便是說此人在○○方面堪稱頂尖，足以被尊稱為보스。보스前方可以連接名詞或形容詞詞根，最常用的有**돼지보스**、**애잔보스**兩種，돼지보스的字面意義為「豬大王」，指超會吃或胖很多的人；애잔보스的字面意義則是「哀怨之王」，顧名思義就是狀況極度悲情，令人同情的人。

例句：난 너무 많이 먹어서 돼지보스로 불린다.

我因為吃太多而被稱為豬大王。

갓○○ 神○○

갓其實就是英語的 GOD，以갓○○的形式與名詞連接使用，指近乎完美，達到神之等級的人事物。如갓비주얼（神顏）、갓템（神器）等，亦可直接加上人名，如長相帥氣、形象良好的韓國演員박보검（朴寶劍）便常被稱為갓보검，這種加上人名的用法就類似中文裡稱呼劉德華為「華神」的概念。

例句：이 쿠션은 많은 뷰티 블로거들이 추천하는 갓템이야.

這個氣墊粉餅是許多美妝部落客推薦的神器啊。

補充單字／表現──強調語氣的綴詞

❶ 개-

表非常、真的、大量的前綴詞，可置於名詞或形容詞前，做強調語氣之用。如**개쩔다**就是「非常屌」的意思。

❷ 핵-

핵的漢字為「核」，顧名思義就是與核彈一般強大的意思，用法同개-、씹-，但程度更甚於前述兩者。若是將前述的**개쩔다**改成**핵쩔다**，便是屌到極點，屌到翻過去的意思。

❸ 꿀-

꿀原本的詞意為「蜜」，韓國人會用꿀修飾名詞，以꿀○○的形態來表示一切美好的事物，如꿀＋Item 的縮寫＝**꿀템**（好物）、꿀＋재미的縮寫＝**꿀잼**（很有趣）、꿀＋Tip＝**꿀팁**（實用訣竅）、꿀＋성대＝**꿀성대**（好聽的嗓音）等。

❹ 씹-

女性生殖器的俗稱，可引申為厲害、超級的意思。用法同개-，亦常與개連用，加倍增強語氣，例如**씹개꿀잼**指的就是不只有趣，還有趣到極點的意思。由於씹的原始意義為女性生殖器，與「屌」、「牛逼」等表現一樣較為粗俗，請務必自行斟酌使用的場合與時機唷。

❺ ○○갑 最強○○

갑的漢字為「甲」，甲為十干之首，故也有地位高或具優勢的意味。○○갑可以形容人在○○方面達到頂尖的程度，如**댄스갑**（最強舞技）、**비주얼갑**（最強視覺）等。

慣用語篇
단어

작업(을) 걸다

：把妹、把男

基本會話

160.mp3

현우 나 오늘 클럽에서 여자한테 작업 걸 거야!

지원 여친한테 차였어?

현우 그래. 나 오늘 밤에 다시 작업 시작할 거야.

지원 됐거든. 오빠는 눈치가 없는데 여자를 어떻게 꼬셔?

현우 난 몸이 좋잖아. 말을 적게 하면 작업 성공률이 높아질걸.

지원 좋은 생각이네!

賢宇：我今天要去夜店把妹！

智媛：被女友甩了喔？

賢宇：對啊。我今晚要再次開把啦。

智媛：算了吧。你那麼白目，怎麼撩妹啊？

賢宇：我身材好嘛。少講點話的話，把妹成功率應該會提高的。

智媛：這想法不錯欸！

單字解說

작업（漢字：作業）最原始的意義為「工作」、「作業」，在愛情市場的「作業」指的則是刻意接近有興趣的對象，去取得對方好感，要聯絡方式，進而約對方單獨見面，意思接近中文裡的「把」。動詞用法為작업(을) 걸다。

使用時機

작업(을) 걸다一開始指的是男性向不認識的女性攀談，但現在只要是對任何有好感的人主動展開攻勢都可以說是작업(을) 걸다，把某人則可以說是○○에게 작업(을) 걸다或○○한테 작업(을) 걸다。目前작업的這個新意義也已經被國立國語院收錄在資料庫當中，成為官方承認的新詞了。

詞類變化

動詞原形	冠詞形（現在式）	基本階陳述形
작업(을) 걸다	작업(을) 거는＋名詞	작업(을) 건다

句型活用

161.mp3

1. 어제 작업 걸다가 차였다.
   我昨天把妹被拒絕了。

2. 요즘 쪽지로 작업 거는 남자가 별로 없는 것 같아.
   最近已經沒什麼男生傳紙條把妹了。

3. 그 애는 남친이 있는데도 다른 남자에게 작업을 건다.
   她有男友還在把男生。

162.mp3

헌팅 搭訕

헌팅（Hunting）指的是以戀愛為目的向素昧平生的人搭話，一般定義為「在公共場合偶然遇到有興趣的對象，並展開攻勢」；相親、聯誼、朋友聚會上認識的人則不適用헌팅，說작업(을) 걸다會更為貼切。動詞用法為헌팅하다。헌팅雖然是外來語，但英語圈人士不會用 Hunting 來表達「搭訕」，英語的 Hunting 單純只是「打獵」的意思，這點請特別注意噢。

例句：나는 길거리에서 헌팅하는 사람이 싫어.

我不喜歡在路上跟我搭訕的人。

꼬시다 慫恿／撩妹、撩漢

꼬시다除了可指以言語慫恿他人做某件事以外，也可指用甜言蜜語等花招去誘惑、勾引有興趣對象之行爲。꼬시다原本是꾀다的非正式說法，但現在已經是國立國語院認可的標準語了。

例句：그 애가 여자를 잘 꼬셔.

他很會撩妹。

그린 라이트 綠燈信號

그린 라이트是英語的 Green Light，它除了是號誌燈中代表行人可通行的綠燈之外，也可被引用為任何事情的許可訊號。舉凡申請到預算、提案通過等，都可以說是그린 라이트。在感情關係中的그린 라이트則是指在追求某人的過程中，對象所釋放出的「關係進展許可」，就是對方也有好感，可以更積極一點，甚至直接告白的意思。

例句：나한테 선톡을 줬는데 이거 그린 라이트인가?

他主動傳訊息給我算是綠燈信號嗎？

補充單字／表現－追求相關

❶ 대시하다 積極追求

대시是英文的 Dash，原本是「急奔」、「短跑」的意思，在感情中可以引申為對喜歡的人展開猛烈的攻勢。

❷ 꼬리(를) 치다 勾引、獻媚

꼬리(를) 치다的字面意義為「搖尾巴」，原本是指女性為了吸引男性而賣弄風騷，如同狐狸搖著尾巴一般。但現在也可以用來表示男性刻意吸引女性的行為。

❸ 퇴짜(를) 맞다 告白被拒

퇴짜（漢字：退字）是「退貨」的意思，而퇴짜(를) 맞다指的就是被拒絕，碰釘子。

❹ 빤찌(를) 맞다 被拒絕

빤찌是老虎鉗的俗稱，源自日語的「ペンチ」，在韓文中，更常被拿來表達「拒絕」的意思，也可以說빤찌(를) 먹다。另外，拒絕他人則可以說빤찌(를) 놓다。

❺ 차이다 被甩

指交往對象單方面提出分手的要求，主動提出分手則是**차다**。

❻ 심쿵 怦然心動、被電到

심쿵的「심」是「심장」（漢字：心臟）的縮寫，「쿵」則是表心跳聲的擬態語「쿵쾅쿵쾅」的縮寫，兩者合在一起指的是因看到喜歡的人或東西而心跳加速的狀態。動詞用法爲심쿵하다。

❼ 뿅가다 魂不守舍、暈船

指因突然受到衝擊而魂不守舍；或因動了感情而失去理智。

055 썸(을) 타다
：搞曖昧

基本會話

163.mp3

민준 나랑 지원이 지금 썸 타는 사이라고 할 수 있지?

서연 너랑 지원이?! 아직 멀었어. 그냥 친한 선후배 사이지.

민준 우리 매일 카톡으로 채팅하거든. 그게 썸이 아니야?

서연 하나만 물어볼게. 지원이 너한테 선톡을 한 적 있니?

민준 …늘 내가 선톡하는 것 같아….

서연 너무 일방적이네. 이건 썸 타는 게 아니야.

敏俊： 我跟智媛現在應該算是曖昧的關係吧？

智媛： 你跟智媛？！還差得遠呢。你們只是熟識的學長學妹關係吧。

敏俊： 我們每天晚上都會聊Kakao Talk欸。這不是曖昧嗎？

智媛： 我就問你一件事。智媛有主動傳訊給你過嗎？

敏俊： …好像都是我主動傳訊給她…。

智媛： 太一廂情願了啦。這不算搞曖昧。

單字解說

썸(을) 타다的「썸」是「썸씽」（Something）的縮寫，Something 在英文中指的是不確定的「某事」，而愛情裡不確定的某事，便是友達以上，戀人未滿的「曖昧」了。其實韓國在很久以前就有썸씽이 있었다這樣的說

法，但過去的「썸씽」著眼在猜測他人之間不足為外人道的「某事」，例如：地下戀情、見不得光的肉體關係、不能說的秘密等，語感類似中文裡的「他們之間一定有什麼」。現在的「썸」則純粹指有好感的兩人之間關係尚未確定的狀態，意思變得較過去和緩許多。

使用時機

只要是互有好感的兩人處在比朋友好一點但尚未正式交往，仍有發展空間的關係中，便可說是썸(을) 타다。另外，曖昧中的女性對象稱為썸녀，男性對象則稱為썬남。

詞類變化

動詞原形	冠詞形（現在式）	基本階陳述形
썸(을) 타다	썸(을) 타는＋名詞	썸(을) 탄다

句型活用

164.mp3

1. 썸 타고 있는 그녀한테 고백하고 싶어.
   我想跟曖昧中的她告白。
2. 우리 아직 썸 타는 사이야.
   我們還只是曖昧中的關係。
3. 썸만 타지 말고 남친 좀 사귀어라.
   不要光搞曖昧，交個男友吧。

165.mp3

삼귀다 處於戀人未滿的關係

「交往」的韓語是「사귀다」，而사귀다中的「사」又與韓語的「四」同音，所以將사귀다中的사（四）置換為삼（三）之後，便可以用來表示與某人處在離正式交往還差一點點的關係中。

例句：나랑 썸남이랑 삼귄지 벌써 6개월 됐어.

我跟曖昧男已經處在戀人未滿的關係中6個月了。

튕기다 愛吃假小心、欲擒故縱

튕기다有「彈開」、「彈出」或「程式閃退」的意思，用在愛情的拉鋸戰中則是指心裡明明很喜歡，表面上卻佯裝漠不關心的態度，一般被視為試探對方心意的戰術之一。

例句：좋으면서 튕기는 게 별로 마음에 들지 않아.

我不太喜歡明明有感覺卻欲擒故縱的行為。

끼（를）부리다 勾引、放電

這裡的「끼」指的是在感情上奔放的態度，而끼(를) 부리다就是向目標施展魅力，耍手段來吸引對方的行為。這個表現略帶貶意，拿來敘述他人的行為時，通常有批評對方感情態度較隨便的意味，或是帶有揶揄的感覺。不過當끼(를) 부리다被拿來表示藝人在表演時對粉絲放電的行為時，是不帶有負面的意味的。

例句：남친이 있는데 왜 자꾸 나한테 끼 부려?

都有男友了，為什麼還一直勾引我？

補充單字／表現—愛情遊戲相關

❶ 어장관리 漁場管理

어장관리（漢字：漁場管理）指的是為了維持自己的人氣，同時與好幾個對象保持友達以上，戀人未滿的關係，並活用手段進行管理，讓這些人繼續留在自己身邊的行為。由於被管理的這些人總是傻傻等著管理者的聯繫，就像被養在池子裡的魚一樣定時等人餵食，故稱之為어장관리。動詞用法為어장질(을) 하다。

❷ 양다리 腳踏兩條船

양다리的原意為「雙腿」，也可以解釋為中文裡的「劈腿」、「腳踏兩條船」，指同時與兩個人交往的行為。動詞用法為양다리(를) 걸치다或양다리(를) 걸다。

❸ 문어발 腳踏多條船

문어발的原意為「章魚腳」，由於章魚有多達八隻腳的緣故，所以문어발也被拿來比喻同時與超過兩個對象交往的行為。

❹ 밀당 欲擒故縱

밀당是밀고 당기기的縮寫，字面意義為「推拉」，動詞用法為밀당(을) 하다。밀為「밀다」，也就是「推」的意思，指表現出冷漠、抗拒的態度；당則是「당기다」，是「拉」的意思，指表現出熱情、友善的態度。而밀당便是刻意反覆著冷熱兩種態度，刺激對方的好奇心，吊人胃口的行為，堪稱是一種奧妙的心理戰術。밀당要是做得成功，便能成為關係裡佔上風的一方，進而控制對方。除了在曖昧時、交往中，人際關係與利害關係上都可以運用밀당這個戰術噢。

❺ 바람(을) 피우다 偷吃

指結了婚或有固定交往對象，卻仍偷偷與第三者維持戀人關係。

056 싼티(가) 나다
：很 Low

基本會話

166.mp3

현우 야. 이거 새로 산 셔츠인데 괜찮지?

지원 글쎄…왠지 싼티 난다.

현우 진짜?! 이거 백화점에서 산 건데 싼 게 아니거든.

지원 어? 그럼 문제가 뭐지?

현우 에이…네가 눈썰미가 없는 거야.

지원 아니, 네 자체가 싼티 나서 그런 거지.

賢宇：喂，這件是我新買的襯衫，不錯看吧？

智媛：這個嘛…質感莫名地差。

賢宇：真假？！這是我在百貨公司買的，不是便宜貨欸。

智媛：蛤？那問題出在哪呢？

賢宇：哎…是妳眼光差啦。

智媛：不不，是因為你本身氣質差的關係吧。

單字解說

「싼티」是「廉價感」、「低俗感」的意思，加上表「出現」、「散發」的動詞「나다」後，可以指物品看起來很便宜、質感差或人的言行舉止給人膚淺、庸俗、沒有氣質的感覺。一言以蔽之就是「看起來很 Low」啦。

使用時機

　　싼티(가) 나다是負面意義的表現，當著別人面前說「너 싼티 난다.」（你氣質很差／你很Low），幾乎可以說是要找架吵，所以通常會在自嘲、議論第三者或討論物品的質感時使用。亦可用來詢問他人對自己穿搭的意見。例如「이 드레스 싼티 나니?」（這件洋裝會不會看起來很廉價？）。

詞類變化

動詞形	冠詞形 (現在式)	副詞形	基本階陳述形
싼티(가) 나다	싼티(가) 나는 ＋名詞	싼티(가) 나게 ＋動詞	싼티(가) 난다

句型活用

167.mp3

1. 이 치마가 저렴하지만 싼티 하나도 안 나네.
   這件裙子很便宜，但看起來質感一點都不差欸。

2. 날라리처럼 싼티 나는 남자가 마음에 안 들어.
   我不喜歡像小混混一樣氣質不佳的男生。

3. 싸이는 항상 싼티 나게 춤을 추지만 나름의 매력이 있어.
   Psy總是跳舞跳得很Low，但卻有他自己的魅力。

성괴 整形怪物

성괴是성형 괴물（漢字：整形怪物）的縮寫，這個表現是用來揶揄因過度整形，導致外貌變得相當違和的人。韓國漫畫家마인드C在作品《2차원 개그》（二次元搞笑）中創造了「강남언니」（江南姐姐）這個角色，堪稱是성괴的代表人物。韓國網友整理出了성괴的幾個代表性特徵：一、筆直高挺的鼻樑；二、不自然隆起的前額填充物；三、海腸般肥厚的臥蠶；四、過深的雙眼皮；五、往內外兩側延伸的大眼；六、椎子般的尖下巴。說到這裡，腦海中是否有畫面了呢？如果沒辦法想像，不妨試著搜尋「강남언니」吧。

例句：그 애는 본판이 예뻤는데 왜 이렇게 성괴가 된 거지?

她天生就很美了，為何會變成這種整形怪物呢？

호빗 哈比人

호빗（Hobbits）是《魔戒》的作者在這部小說中虛構出的一種民族，平均身高約一公尺，身形十分矮小。《魔戒》系列電影在全世界造成熱潮後，호빗就成了「矮子」的代名詞，與台灣的狀況有異曲同工之妙。一般來說，不管男性或女性，只要個頭小就可以稱為호빗，但指女性時會習慣說호빗녀（哈比女）。

例句：키가 190센티가 되는 사람한테 우리는 다 호빗이지.

對身高 190 公分的人來說，大家應該都是哈比人吧。

오징어 顏值低的人

오징어原本的字義為「魷魚」，又被拿來形容顏值很低的人。據說曾有一位女性網友在電台節目的留言板發表了看見韓國演員張東健本人後，覺得自己的男友長得像오징어的故事。這個投稿被主持人在節目上念出來後，無辜的오징어便成為了低顏值人士的代名詞。另外，因顏值太高而讓身邊的人都顯得特別醜的人則可以稱為오징어 제조기（魷魚製造機）。

例句：**원빈 옆에 서 있으면 누구나 오징어가 됨.**

只要站在元彬旁邊，任何人的顏值都會變得很低。

補充單字／表現—批評外表相關

❶ 장미단추　遠美近醜

장미단추乍看之下很像「玫瑰鈕扣」的意思，但它其實是個漢字詞，四個字分別是장－「長」、미－「美」、단－「短」、추－「醜」，指某人「長距離時看起來很美，但縮短距離時看起來很醜」。

❷ 패션 테러리스트（Fashion Terrorist）　時尚恐怖份子

패션 테러리스트這個表現是由「時尚」的外來語「패션」（Fashion）與「恐怖份子」的外來語「테러리스트」（Terrorist）所組成。패션 테러리스트不只是不擅穿搭，不懂時尚，他們既然身為恐怖份子，必然有其攻擊性。這樣的人通常衣著品味異於常人，且樂於打扮自己，以自己的風格為傲。就算他們的服裝或髮型在大眾眼中有強烈違合感，走在路上，依然自信不減，堅持挑戰視覺極限。

❸ 촌스럽다　土氣

指外型欠缺品味與時尚感，言行舉止傻氣純樸。

❹ 촌닭　土包子

촌닭的字面意義為「村雞」，除了可以指村子裡的雞以外，也會用來揶揄外貌舉止土氣的人。

❺ 주접　發育不良／寒酸

주접可以指動植物發育不良，或是人類的外型看起來狼狽寒酸的樣子。不過以주접(을) 떨다之形式使用時則有貪嘴、貪婪的意思噢。

❻ 밉상　討厭鬼／討厭的長相、行為

指討人厭的人，或不討喜的長相、行為。想表達「令人討厭」的意思時，可以使用形容詞用法**밉상스럽다**。

❼ 뚱보　胖子

뚱보是揶揄肥胖人士的詞彙，也可以說**뚱뚱이**。

기분(이) 꿀꿀하다

：心情鬱悶

基本會話

169.mp3

민준　기분이 꿀꿀하다…

현우　기분이 꿀꿀하다고? 네가? 희한하네.

민준　요즘 슬럼프에 빠졌어.

현우　무슨 슬럼프야?

민준　길에서 내 가슴근육을 훔쳐 보는 여자가 적어졌어…

현우　그까짓 것 때문에 기분이 꿀꿀하다니…

敏俊：心情好鬱悶啊…

賢宇：心情鬱悶？你嗎？還真稀奇啊。

敏俊：我最近陷入了低潮。

賢宇：什麼低潮？

敏俊：路上偷看我胸肌的女生變少了。

賢宇：居然就為這點事情心情鬱悶…

單字解說

꿀꿀하다這個字有許多意思，可以指豬的叫聲，也可以指天氣的陰沉或氣氛的陰森，不過最普遍的用法是以기분(이) 꿀꿀하다的形態，表達因生活中遇到了不順遂的事情而心情鬱悶的狀態。

使用時機

由於꿀꿀하다本來就有「蒙上陰影」的意味在裡頭，所以當心情因為某些事情而烏雲罩頂、悶悶的、開心不起來時，便可以說기분이 꿀꿀하다。因為在公司被主管斥責，或連日陰雨、和男／女朋友吵架等不如意的事情而心情不佳時，都可以用기분(이) 꿀꿀하다來表達。

詞類變化

形容詞原形	冠詞形（現在式）	基本階陳述形
기분이 꿀꿀하다	기분이 꿀꿀한＋名詞	기분이 꿀꿀하다

句型活用

170.mp3

1. 장마철만 되면 기분이 꿀꿀하다.
一到梅雨季心情就很鬱悶。

2. 기분이 꿀꿀한 날엔 소주 한 잔이 딱이야.
心情鬱悶的日子喝杯燒酒最棒了。

3. 기분이 꿀꿀하면 단 걸 좀 먹지 그래?
心情鬱悶的話就吃點甜的如何？

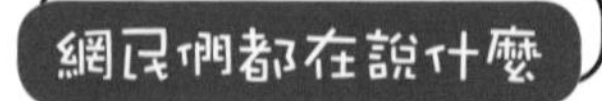

171.mp3

사이다 大快人心的人、事、物

사이다為英語的 Cider，在英語圈中為「蘋果酒」或「蘋果汁」的意思，但在韓國則是指類似雪碧的透明碳酸飲料。由於喝下碳酸飲料時會有一種獨特的爽快感，所以사이다也被用來比喻打破沉悶陰鬱現況，大快人心的言行、事件或人物。

例句：교수님의 사이다 발언은 학생들을 통쾌하게 만들었다.

教授大快人心的發言讓學生們都很痛快。

고구마 令人煩悶的人、事、物

고구마是사이다的反義詞，原本是「地瓜」的意思。由於地瓜吃太多或吃太快時卡在喉嚨會很不舒服，所以고구마也被用來比喻頑固不懂變通的人，或令人煩悶的狀況。相關的表現還有고답이，它是고구마 답답이的縮寫，指讓人彷彿吃了海量地瓜一樣心悶不已的人。

例句：이 드라마가 많이 기대됐는데 완전 고구마 전개네.

我本來很期待這部電視劇，但劇情發展令人煩躁到極點。

정줄놓 精神失常、神智不清

정줄놓是정신줄을 놓다的縮寫，字面意義為「失去正常思考判斷能力」，也就是「精神失常」、「神智不清」的意思。정줄놓與大家較熟悉的멘탈붕괴（精神崩潰）意思相同，但目前정줄놓這個說法在韓國是更流行的。

例句：이 친구가 강동원을 보고 정줄놓 상태가 됐어.

他看到姜棟元之後就進入了神智不清的狀態。

마상입음 心靈受創

마상입음爲마음의 상처를 입었음的縮寫，意指內心受到了創傷。

例句：오디션에서 광탈해서 마상입음.

我在選秀會瞬間被淘汰，內心受到了創傷。

補充單字／表現—情緒相關

❶ 기분(이) 째지다 心情好

째지다本身就有「心情愉快」的意思，它除了與기분形成慣用語之外，還可以以입(이) 째지다的形式，形容樂不可支，笑得合不攏嘴的模樣。

❷ 기분(이) 업되다 情緒高漲

업되다中的「업」是英文的「Up」，加上「-되다」。可表示情緒或精神、衝勁等逐漸高漲的狀態。

❸ 짠하다 懊悔／心疼

짠하다可以形容因過去的事而悔恨，或看到可憐的人或事件而覺得難過的心情。

❹ 찡하다 心酸

指因感動或感傷而心酸酸的情緒，亦可用코끝(이) 찡하다的形式來加強表達鼻子發酸的狀態。

❺ 찝찝하다 心裡覺得不對勁

形容心裡覺得不舒服、不放心的狀態。

❻ 마인드 컨트롤（Mind Control） 調適心情

指控制並調整自己的情緒、思想、行為。

❼ 기분 전환 散心、解悶

기분 전환（漢字：氣分轉換）指的是試圖將不愉快的情緒轉好的行為。

❽ 슬럼프에 빠지다 陷入低潮／遭遇瓶頸

「슬럼프」為英語的「Slump」，可以表示經濟或事業、精神、成績、體力等的低迷狀態，而슬럼프에 빠지다指的就是心理狀態陷入低潮，或正在進行的某件事遭遇瓶頸，難以透過努力有相應的成長。

지름신(이) 내리다

：購物欲大開

基本會話

지원 어제 신발 세 켤레를 샀어.

서연 지름신이 내리셨니?

지원 그게 아니라 여자한테 좋은 신발은 꼭 필요한 거야.

서연 무슨 소리야…그냥 지름신이 내려서 그런 거지.

지원 좋은 신발이 좋은 곳에 데려다 준다는 말도 못 들어봤어?

서연 뜬금없이 왜 뽐뿌질을 해?!

智媛：我昨天買了三雙鞋子。

書妍：妳購物欲大開啊？

智媛：才不是，對女人來說好的鞋子是必備的呢。

書妍：什麼意思啊…不就是因為購物欲嘛。

智媛：妳沒聽過「好的鞋子會帶你去好的地方。」這句話嗎？

書妍：幹嘛沒來由地生火啊？！

單字解說

지름신(이) 내리다的字面意義為「購物神下凡」，지름신是一個誘發衝動購物的虛構神明，這個字是由動詞「지르다」的名詞形「지름」與表「神」的名詞「신」組合而成。由於지르다這個字在網路上也有「衝動購物」的含義，所以지름신便成了韓國人口中的假想購物之神，而지름신(이) 내리다就是購物之神來到人間，讓人購物欲大開的意思。

使用時機

在要買不買的十字路口掙扎時，耳邊總有個似有若無的謎之聲，說著「買吧…買吧…」，而지름신(이) 내리다就很具體地呈現了這個熟悉的場面。購物時那種難以克制的衝動，就像지름신在一旁操縱著自己的理智一般，所以當人鬼迷心竅地花了大錢或買了大量的東西時，便可以說是지름신(이) 내리다。

詞類變化

動詞原形	冠詞形（現在式）	基本階陳述形
지름신(이) 내리다	지름신(이) 내리는 ＋名詞	지름신(이) 내린다

句型活用

173.mp3

1. 갑자기 지름신이 내려서 새 휴대폰을 샀어.
   我突然購物欲大開，就買了支新手機。

2. 오늘은 지름신 내리는 날이야.
   今天真是購物欲大開的日子啊。

3. 가을이 되면 지름신이 내린다.
   一到秋天就購物欲大開。

품절대란 爆款熱潮

품절대란是由表「斷貨」的「품절」（漢字：品切）與表「大混亂」的「대란」（漢字：大亂）組合而成的詞彙，指產品賣到斷貨，供不應求的狀況。造成搶購熱潮，一貨難求的爆款商品則可稱為품절대란템。

例句：이 신발은 한정판매라 품절대란을 일으킬 거야.

這雙鞋是限量的，應該會引起爆款熱潮吧。

하울 大採購／大量商品開箱、評比

하울源自英語的「Haul」，它的原始意義為「用力拖拉重物」，在韓國被用來比喻大量購入同一廠牌、同一類型或同一個地方販賣的商品，動詞用法為하울하다。這個說法通常出現在部落客或 Youtuber 的試用評比、開箱內容中，例如：뷰티 하울（美妝大採購）、인터넷 쇼핑 하울（網路商城大採購）、쿠션 하울（氣墊粉餅大採購）、면세하울（免稅品大採購）等。只要是以大量商品評比、開箱做為主題的內容，都可以簡短地稱呼為하울。

例句：나는 뷰티 유튜버의 하울 영상을 제일 즐겨 본다.

我最愛看美妝 Youtuber 的採購開箱影片了。

텅장 戶頭空空

텅장是텅텅 빈 통장的縮寫，字面意義為「空空如也的存摺」，比喻帳戶餘額所剩無幾。

例句：내 통장은 텅장이 되어 버렸어.

我的存摺已變得空空如也。

탕진잼 小揮霍的樂趣

탕진잼是表「揮霍」的「탕진」（漢字：蕩盡）與表「樂趣」的「잼」（재미）之合成詞，指從小小的浪費中體會的樂趣。韓國的經濟不景氣與低就業率，讓民眾背負沉重的生活壓力。在這樣的狀況下，只能用少少的錢購買非必要的小東西來解壓。這種少額浪費換來的快樂，便是탕진잼。

例句：인터넷 쇼핑에서 탕진잼을 즐긴다.

在網路購物中享受小揮霍的樂趣。

補充單字／表現──大血拼相關

❶ 앞다투어 구매하다 搶購

「앞다투다」指的是「爭先恐後」，而앞다투어 구매하다便是爭相搶購物品的意思。

❷ 싹쓸이 쇼핑 爆買、掃貨

「싹쓸이」是「一掃而空」的意思，加上表「購物」的「쇼핑」，指的是大量購買，幾乎要把所有商品買光的行為。

❸ 돈지랄 揮霍

돈지랄是表「錢」的「돈」與表「發神經」的「지랄」（請參考지랄篇P.182）組合而成的，指毫無節制地亂花錢。

❹ 외상(을) 긋다 賒帳

외상這個字本身便是「賒帳」的意思，而搭配有「劃」之意的「긋다」這個特殊動詞則是因為古代提供賒帳服務的都是一些簡陋的小酒館，老闆通常是不識字，也不會記帳的。於是他們便在牆上畫下客人的外貌特徵，並以劃線的方式來標示喝掉的杯數。所以直到現在，韓國人依然習慣用외상(을) 긋다這個慣用語來表達「賒帳」的意思。

❺ 호갱님 凱子客人

호갱님為表「冤大頭」的「호구」與表「顧客」的「고객님」組合而成的，指好騙的客人。

가성비(가) 좋다

CP 值高

基本會話

175.mp3

현우 요즘 가성비가 좋은 새 키보드를 사려고.

서연 키보드가 고장났니?

현우 그게 아니고 게임 제대로 하려면 지금 이 키보드 좀 아닌 것 같아.

서연 그럼 피시방에 가서 하지.

현우 난 집에서 하는 게 더 편해.

서연 내가 볼 때는 게임 끊는 게 가성비가 제일 좋다.

賢宇：我最近想買個 CP 值高的新鍵盤。

書妍：你鍵盤壞啦？

賢宇：不是啦，遊戲要打好的話，現在的鍵盤不太行。

書妍：那你去網咖打啊。

賢宇：我在家打比較自在。

書妍：依我看，CP 值最高的就是把遊戲戒了。

單字解說

가성비（漢字：價性比）是「가격 대비 성능의 비율」的縮寫，字面意義為「價格與性能的比例」，指產品依其定價提供性能或服務的能力，簡單來說就是性能／價格，也就是俗稱的 CP 值，數字越大的商品就越物超所值。而這裡的가성비(가) 좋다指的就是「CP 值高」，CP 值低可以說가성비(가) 안 좋다。

使用時機

我們在網路上的開箱、試用、食記等內容中，常會看到與가성비相關的評價。除了가성비(가) 좋다以外，**가성비 갑**（漢字：價性比甲）這個說法也相當普遍，갑有加強語氣的效果（請參考존나篇P.230）。當我們為一樣東西冠上가성비 갑的頭銜時，就是指這樣東西的CP 值不是高，而是非常高，可以翻譯為「最強 CP 值」。

詞類變化

形容詞原形	冠詞形（現在式）	基本階陳述形
가성비(가) 좋다	가성비(가) 좋은＋名詞	가성비(가) 좋다

句型活用

176.mp3

1. **이 노트북 가성비가 되게 좋아.**
   這台筆記型電腦的 CP 值很高。

2. **요즘 생활비 좀 빠듯해. 가성비가 좋은 식당을 추천해 줘.**
   最近生活費有點緊，推薦我 CP 值高的餐廳吧。

3. **나 제주도에서 묵었던 호텔이 가성비 참 좋아.**
   我在濟州島住的飯店 CP 值頗高。

가심비 療癒值

가심비（漢字：價心比）是從가성비（漢字：價性比）延伸出來的單字。前面講過가성비是「價格與性能的比例」；而가심비則是「價格與心情的比例」。가성비強調的是物超所值，通常是指價廉物美的商品或服務；但가심비強調的是療癒心情，不管價格高低，只要能讓心靈獲得滿足，就是가심비高的好商品、好服務。而重視가심비的消費型態，也呼應了年輕世代욜로족（請參考무민세대篇P.102）及時行樂的生活態度。

例句：신사동 카페 가심비 짱이야!

新沙洞咖啡廳的療癒值超高。

믿고 거르다 （經評估後決定）不再信任／不再採用／不再購買

믿고 거르다的字面意義為「相信並過濾」，網路上常縮寫為믿거。這裡的「相信」指的是採信他人的評價或自身的判斷；而「過濾」指的則是不再相信某人、不再關注某件事、不再使用某產品、不再造訪某個地方等。믿거這個表現的內涵與「因了解而分開」這句話十分接近，都可以表達理性評估後，認為某人、事、地、物的水準不符期待，決定敬而遠之的行動。另外，評估後決定拒買的物品可以簡單稱為믿거템。在資訊爆炸的網路世代裡，任何不好的風評都流傳得特別快，只要沒有好的品質、品性，都很容易變成믿거的對象噢。

例句：이 브랜드는 믿고 거른다.

這個品牌我拒買。

뽐뿌질 生火／煽動

뽐뿌질是由表「購物欲」的「뽐뿌」與表「行為」的後綴「-질」組合而成的。뽐뿌是「幫浦」的外來語「펌프」（Pump）之俗稱，而韓國習慣把幫浦作為液體或氣體加壓的推進力，比喻成熊

熊燃燒的購物欲，加上了-질之後，便可以指挑起他人的購物欲，誘發他人做某事的行為。動詞用法為뽐뿌질(을) 하다。另外，燃起了強烈的購物欲也可以用뽐뿌(가) 오다來表達。

例句：지금 돈이 없으니까 뽐뿌질을 하지 마라.

我現在沒錢，別再生火啦。

補充單字／表現—商品選購相關

❶ 에누리 哄抬價格、殺價

에누리除了有亂喊價、哄抬價格的意思外，還可以指殺價的行為。

❷ 눈썰미(가) 있다 有眼光

눈썰미指的是一眼就能看懂的辨識能力，在購物時指的便是看一眼就能了解商品實用性與品質的好眼力。

❸ 싸구려 便宜貨、廉價品

싸구려可以指價格便宜或是品質不佳的商品。

❹ 짝퉁 山寨版、假貨

指品牌商品的非法仿製品，最近也有人將짝퉁變形為**짭퉁**，或直接縮寫為**짭**來使用。

❺ 끼워 팔기 搭配銷售

끼워 팔기中的「끼우다」有「夾帶」、「安插」的意思，指銷售的一方要求消費者購買產品或服務時，也必須連帶購買另外一項商品或服務的行為。由於끼워 팔기是在強制消費者買下自己不需要的東西，所以一般人對這種銷售方式都不抱好感，必須在賣方較強勢時才可能湊效。

❻ 복불복 복주머니 商品福袋

「복불복」的漢字為「福不福」，有「看運氣」的意味在裡頭；而「복주머니」指的則是韓國人新年時會掛在小孩子身上的祈福小荷包。傳統복주머니裡頭放的是五穀雜糧，現代的복불복 복주머니裡頭放的則是各種商品。복불복 복주머니裡的商品是不公開的，要買了才知道裡頭有些什麼東西，夠不夠超值。所以這福袋裡究竟有沒有「福氣」，還真是百分之百「看運氣」呢。

060 계(를) 타다
：走偏財運、天上掉餡餅

基本會話

178.mp3

현우 야야. 나 계탔다!

민준 진짜? 복권 당첨됐냐? 야, 밥 사 줘!

현우 당첨금 5000원밖에 없는데 밥을 사 줄 돈이 어디 있어.

민준 5등이구나. 몇 게임을 사고 당첨된 거야?

현우 5게임.

민준 5000원을 내고 당첨금 5000원을 받는 게 무슨 계탄 거야!

賢宇：喂，我走偏財運啦。

敏俊：真假？你中彩券啊？喂，請吃飯！

賢宇：獎金才 5000 塊而已，我哪來的錢請你吃飯。

敏俊：原來是五獎啊。那你是買幾組中的？

賢宇：五組。

敏俊：你花 5000 塊，拿 5000 塊獎金，這算什麼偏財運啦！

單字解說

계(를) 타다在字典上的意義為「標到會」，由於會錢通常是一筆不小的金額，所以계(를) 타다又可用來比喻因運氣好而輕鬆獲得金錢的意思，如中彩券便是계(를) 타다的典型例子。

使用時機

계(를) 타다原本只有「走偏財運」、「發橫財」的意思，但現代韓國人已把這個慣用語的使用範圍大幅拓寬，凡是沒付出什麼努力就得到了利益或好處，都可以說是계(를) 타다，類似中文裡的「天上掉餡餅」、「喜從天降」等。相反地，無福享受白吃的午餐則可以說계(를) 못 타다。

詞類變化

動詞原形	冠詞形（現在式）	基本階陳述形
계(를) 타다	계(를) 타는＋名詞	계(를) 탄다

句型活用

179.mp3

1. **오늘 계타서 콘서트 1열을 잡았어.**
   我今天好走運，搶到演唱會第一排。

2. **오늘은 계타는 날이구만.**
   今天真是走運的一天。

3. **이번에도 당첨 안 됐어. 역시 난 계를 못 탄다.**
   這次也沒中獎，我果然還是沒偏財運啊。

網民們都在說什麼

180.mp3

덕계못 本命魔咒

덕계못是活用계(를) 타다的一個絕佳例子，它是덕후는 계를 못 타다的縮寫，字面意義為「狂熱粉絲享不了好運」，指追自己最喜歡的藝人時運氣總是特別背，或越是想見的藝人越是沒機會見到。例如：幫人買票總能搶到好位置，買自己偶像演唱會的票卻買到三樓；永遠抽不到偶像的隨機小卡；喜歡的藝人好不容易來台灣辦活動，但當天要當閨密的伴娘。當然衰運也不是走一輩子的，打破本命魔咒時，便可以說덕계못(을) 깼다。

例句：이번 티켓팅 또 실패야. 언제쯤 덕계못을 깰 수 있을까?

我這次搶票又失敗了。什麼時候才能打破本命魔咒呢？

뽀록 僥倖、走狗屎運

뽀록源自於撞球術語「Fluke」的日式發音「후루꾸」，這個說法在韓國流傳開來後，漸漸變形為現在的뽀록。這個字原本的意思是意外進洞的幸運球，普遍被用來比喻「僥倖」的狀況，指在能力不足或表現不佳的狀態下，歪打正著獲得了超水準的好成果。動詞用法為뽀록(이) 터지다。另外，值得留意的是**뽀록나다**這個說法，它也包含了뽀록這個字，但指的是欲隱藏的事實或謊言曝光的意思，類似中文的「露餡」、「露出馬腳」等。揭發祕辛或踢爆他人的謊言則可以說뽀록내다。

例句：시험 문제를 잘 찍어서 90점 받았어. 뽀록 터졌네.

我考試答案猜得很準，拿了 90 分。真是狗屎運欸。

운빨 好運氣／靠運氣

之前在〈사진발篇〉中曾經提過「-발」是表「效果」的後綴，亦常寫做「-빨」。這裡所謂的운빨，可以指顯著的「好運」，或指目前發生的好事完全都是「靠運氣」，運氣好可以說운빨(이) 있다或운빨(이) 좋다。雖然운발才是正確的寫法，但운빨的使用率比較高喔。

例句：이건 다 운빨이야.

這都是靠運氣啊。

補充單字／表現－運氣相關

❶ 팔자　命運

팔자的漢字為「八字」，也就是「命運」的意思。命好可以說팔자(가) 좋다；命苦則可以說팔자(가) 사납다。

❷ 개팔자　悠閒命

개팔자的漢字為「狗八字」，指天生悠閒，吃喝玩樂的命。韓國有個著名的俗語叫개팔자가 상팔자，字面意義為「狗命是好命」，話中的情緒為「每天光顧著玩跟吃的狗真幸福，好羨慕啊！」，是勞碌命的人感嘆自己人生時常會說的話。

❸ 땡잡다　意外地走運

땡잡다中的「땡」原為韓國傳統紙牌遊戲「화투」(漢字：花鬪)的術語，指拿到兩張同系列花色的牌。由於這種狀況下獲勝的機率相當高，所以땡又可以比喻「意外的幸運」；而땡잡다便是땡的動詞用法，指拿到了一手好牌，偶然地走了好運。

❹ 징크스（Jinx）　魔咒、禁忌

징크스為英語的 Jinx，原始意義為「厄運」、「凶兆」，在韓國的解釋則偏向「魔咒」或「禁忌」。例如：考試前夕刮了鬍子就會考不好；得了奧斯卡影后的女星隔年便會傳出婚變或情變等，都是非常典型的징크스。

作者有話要說

說到韓國的징크스，最廣為人知的就是아이돌 7년차 징크스－偶像七年魔咒。據說韓國偶像團體在出道第七年時，幾乎都會有成員退出或團體解散的狀況。但這個魔咒並非都市傳說，而是有法可循的。

韓國公正交易委員會從 2010 年開始限制團體歌手的合約，有效期限不得超過七年，所以大部分團體歌手都會以七年為單位簽訂合約。出道進入第七年時，成員們便會面臨續約與否的問題，許多變動都會在這個時間點上發生。

目前因七年魔咒而解散或減少成員的團體有 miss A、2NE1、4MINUTE、SISTAR、INFINITE、B1A4、B.A.P…等，族繁不及備載。媒體每年都會列出該年度即將面臨七年魔咒的團體，預測可能發生的分離。如果您也有喜歡的偶像團體，請務必珍惜他們出道的前七年啊。

정곡(을) 찌르다
：一針見血

基本會話

181.mp3

현우 난 왜 연애를 오래 하지 못할까?

서연 몸만 보면 상남자인데 막상 사귀다 보니 깨서 그래.

현우 기분 좀 나쁘지만 정곡 찌른 것 같아.

서연 진정한 상남자가 되자, 현우야.

현우 서연이도 진정한 여자가 되자.

서연 기분 좀 나쁘지만 정곡을 찔렀네!

賢宇：為什麼我戀愛都談不久啊？

書妍：因為你光看身材是個男子漢，但真的交往後就會破滅。

賢宇：有點不爽，但好像滿一針見血的。

書妍：當個真正的男子漢吧，賢宇。

賢宇：妳也當個真正的女人吧。

書妍：有點不爽，但一針見血啊！

單字解說

정곡(을) 찌르다最初是射箭時「射中靶心」的意思，亦可比喻為說話「切中要害」、「一針見血」。這裡的「정곡」（漢字：正鵠）指的是靶子正中央的位置。古代的箭靶分布製與皮製兩種，布製的靶心稱為「정」

（正）；而皮製的靶心則稱為「곡」（鵠），정與곡合而為一後，便成了現在常說的정곡。

使用時機

정곡是一個箭靶最中間的位置，也是最重要的部份，所以정곡也被引申為「核心」、「要害」的意思。當有人指出事件最重要的內容時，便可以說是정곡(을) 찌르다。

詞類變化

動詞原形	冠詞形（現在式）	基本階陳述形
정곡(을) 찌르다	정곡(을) 찌르는＋名詞	정곡(을) 찌른다

句型活用

182.mp3

1. 얘 머리가 좋아서 금방 정곡을 찔렀어.
   他頭腦很好，所以馬上就說到重點了。

2. 이게 정곡을 찌르는 질문이네 .
   這是個一針見血的問題呢。

3. 교수님의 말씀이 늘 정곡을 찌르신다.
   教授說的話總是很一針見血。

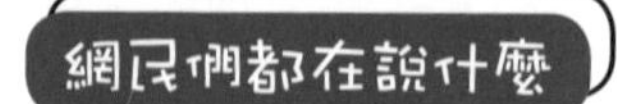

183.mp3

솔까말 老實說

솔까말是솔직히 까놓고 말해서的縮寫，字面意義為「老實地攤開來說」，亦常縮寫為솔까。솔까말後面連接的是自己真心的想法，或一直沒能說出口的話，類似中文的「老實說…」、「說真的…」。

例句：솔까말 너 정말 짜증나.

老實說，你真的好煩。

단호박 言行果斷、說一不二的人

단호박原本是「甜南瓜」的意思，之所以會和果斷扯上關係，是由於果斷的韓文正是「단호하다」。這個說法源自於網路上流傳的一個梗：「단호하시네요, 단호박이세요？」，字面意義是「您真果斷，您是甜南瓜嗎？」，從此以後，把「果斷的人」稱為단호박的風氣就大大流行起來了。此外，也可以用단호박○○的形式，加上任何人物，表示○○的言行果斷堅決。例如斬釘截鐵拒絕男性糾纏的女性便可以說是단호박녀。

例句：우리 아빠가 아주 단호하신 단호박이셔.

我爸是個是個很果斷，說一不二的人。

돌직구 直率的言語或行為

돌직구是「돌」（石頭）與「직구」（漢字：直球）的合成詞，它原本是棒球用語，指球威非常強的直球。在網路上也被拿來比喻與猛烈的直球一般，正面指出問題或突破現狀的行動。不過，直率有時與白目、冒犯只是一線之隔，也有許多不懂尊重、沒有禮貌的人，拿돌직구當做免責的護身符來合理化自己待人處世不圓融、缺乏同理心的行為。另外，由於돌직구源自棒球，所以動詞用法為돌직구(를) 던지다。字面意義為「投出強力直球」，要更加強語氣時則可以說핵직구（核直球）。

例句：그냥 돌직구 던져라!

你就直說吧！

補充單字／表現—說話方式相關

❶ 입(이) 싸다　藏不住話
입(이) 싸다有「心直口快」以及「嘴巴不緊」的意思，簡單來說就是藏不住話，也可以說**입(이) 가볍다**。反義的慣用語為**입이 무겁다**，形容人守口如瓶或說話謹慎。

❷ 돌려서 말하다　說話拐彎抹角
字面意義即為「拐彎說話」，指說話迂迴，不直接。

❸ 변죽(을) 울리다　說話拐彎抹角／說話沒有重點
「변죽」指的是容器或物體的邊緣，故변죽(을) 울리다的字面意義便是「敲打邊緣」。比喻以迂迴的方式說話，不直接講重點，或是說話根本無法切入核心。

❹ 딴전(을) 피우다　不務正業／答非所問
古代的商店稱為「전」(漢字：廛)，而딴전便是다른 전，也就是「其他店」的意思。딴전(을) 피우다指的是自己家的店不顧好，而跑去關心別人家的生意，或是另操其他副業。這個慣用語後來也被用來比喻分內的事不做，光做些不相干的事；或是模糊焦點，不正面回應問題。

❺ 뜸들이다　賣關子／躊躇
뜸들이다的原始意義為「以小火慢慢燜煮食物」，亦可以比喻說話或做事刻意停頓或減緩步調。

❻ 뒷북(을) 치다　放馬後砲
뒷북是馬後砲的意思，뒷북(을) 치다則是動詞用法。

作者有話要說

韓國有個俗語叫做「삼천포로 빠지다」，字面意思是「走到三千浦」，常用來比喻「話題扯遠」。電視劇《請回答 1994》中也有個叫「三千浦」的角色，一到首爾就被計程車司機惡意繞了大半個首爾市，而這段劇情恰好與삼천포로 빠지다的典故相呼應。1990 年之前，從慶尚南道三浪津站開往光州市的慶全線火車在抵達晉州市開陽站時，列車便會分離，部分車廂會轉入晉三線，開往三千浦站。這個時候如果睡著或恍神錯過了車廂廣播，便會到不了光州，一路坐到三千浦去。雖然現在已經沒有晉三線，三千浦也併入了泗川市，這個慣用語卻流傳到了現在。

062 필름(이) 끊기다

：斷片、暫時失憶

基本會話

184.mp3

현우：친구야, 오늘 시험 끝나고 한잔할래.

민준：야, 나 알쓰인 거 깜박했어?

현우：아, 맞다. 엠티 때 너 맥주 두 캔만 마시고 필름이 끊겼지.

민준：그러니까 다시는 술자리에 부르지 마.

현우：야, 너 앞으로 회사에서 회식 때 필름 끊기면 큰일 나!

민준：하긴…그럼 지금부터 연습해야 될까?

賢宇：朋友，今天考完試要不要去喝兩杯？

敏俊：喂，你忘記我酒量很差這件事了嗎？

賢宇：啊，沒錯。你集訓的時候喝兩罐啤酒就斷片了。

敏俊：所以你以後別再找我喝酒了。

賢宇：喂，你以後要是在公司聚餐的時候斷片就死定了！

敏俊：也是…那要從現在開始練習嗎？

單字解說

필름(이) 끊기다的字面意義是「底片斷掉」，比喻人短暫喪失記憶的狀態，彷彿回憶的影像中間莫名其妙被人剪輯掉一塊。這個表現與中文「斷片」的概念如出一轍，相信大家看一眼就能記得了吧。

使用時機

一般來說，只要是短暫失去記憶都可以說是필름(이) 끊기다，但通常指的是大醉一場醒來之後，發現自己對醉酒後的事情毫無印象的狀況。

詞類變化

動詞原形	冠詞形（現在式）	基本階陳述形
필름(이) 끊기다	필름(이) 끊기는＋名詞	필름(이) 끊긴다

句型活用

185.mp3

1. 엠티 때 필름이 안 끊기는 사람 없을걸.
   集訓的時候應該沒人不斷片的。

2. 우리 남편이 필름 잘 끊기는 사람이다.
   我老公是個很容易斷片的人。

3. 술 많이 마시면 필름이 끊긴다.
   酒喝多了就會斷片。

꽐라 爛醉、喝掛

꽐라通常以動詞用法꽐라(가) 되다的型態使用，指喝的酩酊大醉，不省人事。這個說法的來源眾說紛紜，其中一說是來自中文「過了」或「夠了」的諧音；另一說是來自술에 곯았다（喝掛）的諧音。甚至還有謠傳是因為尤加利樹葉含酒精成分，所以吃尤加利葉的無尾熊整天都是呈現爛醉狀態，而無尾熊的韓語코알라念快一點便是꽐라。不過無尾熊一說已被證實是無稽之談。另外，同義的表現還有만취（漢字：滿醉），和꽐라一起以만취꽐라的形式使用可加強語氣。

例句：어제 밤에 너무 꽐라 되서 필름이 끊겼어.

我昨天晚上喝得太醉，所以斷片了。

알쓰 酒量很差的人

알쓰是알콜쓰레기的縮寫，字面意義為「酒精垃圾」，指酒量非常差的人。同義的表現還有알콜귀요미的縮寫알귀，字面意義為「酒精小可愛」；以及술찌질이的縮寫술찌，字面意義為「酒精遜咖」。

例句：알쓰도 마실 수 있는 술이 있어?

有酒量差的人也能喝的酒嗎？

혼코노 獨自去投幣式 KTV

혼코노是表「獨自」的前綴「혼-」與「코인 노래방」（投幣式KTV）的縮寫「코노」組合而成的新造語，指「一個人去投幣式KTV」。韓國新一代的年輕人漸漸對締結關係與團體活動感到厭倦，所以近年來出現許多以혼-開頭的新造語（請參考혼팔리다篇P.206）。比起應酬式的聚餐、陪笑般的飲酒作樂，倒不如一個人自在地小酌，投幾枚硬幣唱幾首自己喜歡的歌。

例句：회식보다 혼코노.

聚餐還不如獨自去投幣式 KTV。

補充單字／表現 — 夜生活相關

❶ 병나발　直接用瓶子喝酒

병나발的漢字為「瓶喇叭」，指直接用酒瓶對著嘴來喝酒的行為，拿著瓶子灌酒的模樣就像吹奏喇叭一樣。

❷ 깡술　寡酒

깡술指的是不配下酒菜，單喝的酒。雖然是강술才是標準語，但使用率卻遠不及깡술。

❸ 술꾼　酒鬼

술꾼是由「술」（酒）與表專家或慣用者的貶意後綴「-꾼」所組成的，指沉迷於酒精的人。同義字還有**주당**（漢字：酒黨）。

❹ 술고래　酒量大的人

술고래的字面意義是「酒鯨魚」，指喝酒的量跟鯨魚喝的水一樣多，比喻酒量非常好的人。

❺ 술주정　發酒瘋

指喝醉酒後的失控言行，動詞用法為술주정하다。

❻ 골뱅이　聲色場所的爛醉女子

골뱅이原本是警察用來指稱「喝醉酒的人」的暗號，動詞用法為골뱅이(가) 되다；後來漸漸變質為在夜店等聲色場所醉到不省人事的女性，也就是一般所謂「夜店撿屍」的對象。

❼ 클럽 죽돌이　夜店咖

「클럽」為「夜店」，「죽돌이」則是「老是泡在某個地方的人」，結合起來指的就是成天混在夜店的「夜店咖」囉。

❽ 물(이) 좋다　新鮮／正妹多、帥哥多／氣氛很嗨

물(이) 좋다原本的意義為「新鮮」，後來也被拿來比喻某個地方的正妹或帥哥特別多，或是娛樂場所的氣氛很嗨。

❾ 2차 가다　續攤

2차 가다指的是兩人以上的第一輪聚會結束後，又轉移陣地到第二個地方繼續玩。2차是「第二輪」的意思，由於韓國人普遍不愛在一個場所待太久的時間，所以一個晚上跑個 3차、4차也都是有可能的。

作者有話要說

韓國人在 KTV 常會用 **18번**代替**애창곡**（漢字：愛唱曲）來指自己必點、最拿手的歌曲。為什麼偏偏是 18 號呢？其實這個說法是源自日本歌舞伎名家－市川家的精選演目《歌舞伎十八番》（かぶき じゅうはちばん）。由於其中以第十八號演目最受歡迎，所以十八番在日本便被用來形容「拿手絕活、得意的事情」。而此說法也在日帝強占期時流傳到韓國，沿用到現在。

땡땡이(를) 치다

：翹課

基本會話

187.mp3

민준 어? 오랜만이네.

지원 어, 오빠. 요즘 좀 바빠서 수업에 많이 빠졌어.

민준 또 땡땡이 쳤군. 이러다가 칼 졸업 가능하겠어?

지원 교수님께서 한 번 더 수업을 째면 F를 주신다고 경고를 하셨어.

민준 거봐. 땡땡이 그만 치고 학교 제대로 다녀라!

지원 아…땡땡이 칠 땐 항상 기분이 좋은데 지금은 너무 후회돼.

敏俊：欸？好久不見了呢。

智媛：對啊，哥。我最近有點忙，缺了很多課。

敏俊：又翹課啊。妳這樣下去能準時畢業嗎？

智媛：教授已經警告我說只要再翹一次課就要給我 F。

敏俊：妳看吧。不要翹課了，好好上學吧！

智媛：唉…翹課的時候心情總是很好，但我現在好後悔啊。

單字解說

「땡땡이」指的是「不執行自己該做的事情」。這個字原本的意思包含所有逃避義務、偷懶的行為，但一般都用來當做「翹課」的俗稱，땡땡이(를) 치다為其動詞用法。如果沒有特別指出是從什麼狀況或事件中脫離出來的話，通常就是指翹課的意思。

使用時機

除了翹課之外，翹班、缺席團練、不參加會議、不開伙等各式各樣逃避或偷懶的行為都可以說是땡땡이(를) 치다。例如회사 땡땡이(를) 치다（翹班）。在高壓的韓國社會中，許多人也將땡땡이(를) 치다解釋為一種暫時脫離繁瑣日常生活與現實問題的偷閒放空。

詞類變化

動詞原形	冠詞形（現在式）	基本階陳述形
땡땡이(를) 치다	땡땡이(를) 치는＋名詞	땡땡이(를) 친다

句型活用

188.mp3

1. 너무 추워서 땡땡이 치고 싶어.
太冷了，好想翹課。

2. 학교 땡땡이 치는 이유가 뭐냐?
你翹課的理由是什麼？

3. 난 땡땡이를 안 친다.
我不翹課的。

내또일 明天又是早八

내또일是내일 또 1교시的縮寫，意思是「明天又是第一堂有課」，只要讀過大學的人都懂第一堂課的殘酷，這意味著你今晚不能有任何夜唱、飲酒、午夜場電影、與友人促膝長談等佔用到睡覺時間的行程，更別提家住得遠，以及需要早起梳裝打扮的愛美少女們了。這個表現的上班族版本為내일 또 출근的縮寫내또출，意思是「明天又要上班了」，是辛苦的社會人士們週日晚上常會出現的哀號。

例句：오늘 일찍 자야 돼…내또일…

我今天要早點睡…明天又是早八…。

팀피 被團隊作業拖累

팀피是팀플레이 하다 피해 보다的縮寫，意思是「在團體作業的過程中蒙受損失」。也就是在進行分組課題時，因為遇到不負責任的幽靈組員而讓情緒與作業流程、品質都大受影響，甚至影響到成績。

例句：난 팀피 진짜 싫어.

我真的很討厭被團隊作業拖累。

새등 凌晨上學

새등是새벽에 등교的縮寫，意思是「凌晨上學」，動詞用法為새등하다。許多住得離學校很遠的同學，必須在天還沒亮的時候就出門，放學回家時也已經天黑了，這個新造語訴說的就是這群辛苦通勤學生的日常生活。

例句：매일 새등하는 언니를 보면 진짜 안쓰러워.

看著我姊每天凌晨就出門上學，真的很心疼。

개강 런웨이 開學伸展台

개강 런웨이是由指「開學」的「개강」和指「伸展台」的「런웨이」組合而成的，指開學當天爭奇鬥艷的校園舞台。放完長假後，學生們往往想展現自己最有朝氣、最好看的一面，在第一天上學的日子給同學們一個美好的印象。許多人會在這個重要的日子精心打扮，整個學校彷彿一場世紀大秀。因為這個有趣的現象，개강 런웨이這個說法便出現了。目前各大服裝、美妝品牌也都會針對개강 런웨이推出許多行銷活動，可見開學日的商機不容小覷。

例句：개강 런웨이를 위해 쇼핑을 했어.

我為了走開學伸展台去血拼了。

補充單字／表現—學校相關

❶ 수업(를) 째다 曠課

「수업」為「課」，「째다」的意思則與땡땡이(를) 치다類似。這個表現也可以改成일(을) 째다（翹班），학교(를) 째다（逃學）等。

❷ 벼락치기 臨時抱佛腳

벼락치기是指到了快來不及的時候才急忙把事情完成。除了考試的臨陣磨槍以外，在任何事情上都可以使用。

❸ 커닝（Cunning） 作弊

커닝源自英語的 Cunning，常被人誤寫為컨닝。雖然這個字在英文裡的意思是「狡猾」，但在韓國卻被拿來當做「作弊」的意思，動詞用法為커닝하다。

❹ 족보 考試題庫

족보的漢字為「族譜」，它除了有族譜的意思之外，也可以指韓國傳統紙牌遊戲的「得分規則體系」。在學校裡，它指的是題庫與出題重點筆記。通常是學長姐整理出來，代代相傳的，得有點人脈才拿得到。

❺ 문제(를) 찍다 考試猜答案

「찍다」有「猜測」的意思，而문제(를) 찍다指的是考試遇到不會的題目時，亂猜答案的行為。

웃음장벽(이) 낮다

：笑點低

基本會話

190.mp3

현우 나 왜 여자한테 인기 없을까?

서연 솔까말 너 개노잼이야.

현우 개노잼이라니? 민준이는 항상 내 말을 듣고 빵터지거든.

서연 민준이가 웃음장벽이 너무 낮아서 그래. 네가 재미있는 게 아니야.

현우 역시 내 베프 민준이.
내 개그를 잘 아는구만!

서연 그래…민준이같은 웃음장벽이 낮은 여자분을 찾길 바래.

賢宇：我為什麼那麼不受女生歡迎啊？

書妍：老實說，你超無趣的。

賢宇：說我超無趣？敏俊每次聽我講話都笑噴欸。

書妍：那是因為敏俊笑點太低。不是你有趣。

賢宇：不愧是我的摯友敏俊。他懂我的搞笑啊。

書妍：對…但願你找到一個跟敏俊一樣笑點低的女士。

單字解說

웃음장벽是表「笑」的「웃음」與表「隔閡」、「障礙」的「장벽」（漢字：障壁）組合成的單字，指要讓一個人笑出來時必須跨越的牆。這面牆的高度因人而異，越容易被逗笑的人，便意味著他的牆壁越低，也就是웃음장벽(이) 낮다，等同中文裡「笑點低」的意思。而很不容易被逗笑，笑點高，則可以說是웃음장벽(이) 높다。

使用時機

當一個人笑點超低，就算聽到冷笑話、難笑的梗，都能笑得花枝亂顫時，就可以說他是웃음장벽(이) 낮다。不過這樣的人一般會給人比較親切、單純的印象。所以當我們說一個人웃음장벽(이) 낮다時，在開玩笑的背後，通常還懷著好感與善意。畢竟笑口常開，又很容易開心的人，總是討人喜歡的嘛。

詞類變化

形容詞原形	冠詞形（現在式）	基本階陳述形
웃음장벽(이) 낮다	웃음장벽(이) 낮은＋名詞	웃음장벽(이) 낮다

句型活用

191.mp3

1. 웃음장벽이 낮아서 허무개그를 들어도 빵터진다.
   我笑點很低，聽到冷笑話也會笑翻。

2. 웃음장벽 낮은 사람에게 더 호감이 가는 것 같아.
   我對笑點低的人比較有好感。

3. 너 웃음장벽 진짜 낮다!
   你笑點真的很低！

○○드립 ○○梗

드립是애드립的縮寫，源自拉丁語「Ad libitum」的縮寫「Ad-Lib」，原文的意思為「即興演奏」或「即興表演」等。韓國的드립原本指的是負面的「即興言論」，即不負責任亂說的話，通常以○○드립的形式做為後綴使用。例如：讓人笑不出來的개드립、侮辱家族成員的패륜드립、嘲弄或污辱死者的고인드립等。不過後來드립的使用範圍大幅擴張，只要是針對某個特定主題來做文章或開玩笑，不管是正面或負面的話題都能以○○드립的形式呈現，類似中文裡「梗」的用法。例如：막장드립（狗血梗）、섹드립（A梗）等。動詞用法為드립(을) 치다。

例句：개드립 치지 마라!

不要玩爛梗了！

얼굴개그 顏藝

「얼굴」是「臉」的意思，「개그」（Gag）則是「搞笑」的意思。臉的搞笑，指的就是用各種稀奇古怪的表情引人發笑的行為，彷彿用臉做特效一般。這個說法與台灣常用到的日語外來語「顏藝」，也就是日語中的「顔芸」（かおげい）是一樣的意思。值得注意的是，有許多以얼굴개그著名的人，其實都有一定程度的顏值呢。

例句：가만있을 때는 예쁜데 얼굴개그를 하면 딴 사람 같애.

她坐在那看起來美美的，但一使用顏藝就判若兩人。

노잼 無趣

노잼是「無」的外來語「노」（No）與「잼」（재미）的合成詞，指「很無趣」的意思。欲強調語氣可以說개노잼或핵노잼（請參考존나篇P.230）。曾經也有예스잼（Yes잼）這個表「有趣」的衍生反義詞，不過目前已被꿀잼取代（請參考존나篇P.230）。

例句：인생은 노잼이야.

人生無趣啊。

대유잼 極度有趣

대유잼這個說法，源自於前述的「예스잼」。「대」的漢字為「大」；「유」的漢字則是「有」，유的意思與예스（Yes）相呼應，加上대之後，則能表達出比예스잼或꿀잼層次更高的有趣。

例句：《SNL》[1] 진짜 대유잼이야.

《SNL》真的有趣到極點。

---

[1] SNL 是 Saturday Night Live（週末夜現場）的縮寫，為美國週六深夜時段的直播喜劇節目，目前已在韓國、日本、義大利、西班牙等國家推出當地的版本。

補充單字／表現－搞笑相關

❶ 허무 개그 冷笑話

허무 개그為「허무」（漢字：虛無）與「개그」（Gag）的合成詞，指意外以爛尾做收的笑話，由於餘韻讓人一陣虛無而得此名。

❷ 셀프 디스 自黑

셀프 디스（Self Dis）指的是拿自己的糗事或缺點來自嘲，逗觀眾發笑。類似的表現還有**자폭 개그**（自爆搞笑）。

❸ 아재개그 大叔笑話

指年長的男性所說的過時笑話。

❹ 웃음지뢰 爆笑地雷

웃음지뢰是「웃음」（笑）與「지뢰」（漢字：地雷）的合成詞，指每次一看到，就會像踩到地雷一樣爆笑的內容。

❺ 빵(이) 터지다 笑翻

빵(이) 터지다原本是東西砰一聲爆掉的意思，現在通常指笑聲的大爆發，接近中文裡的「笑翻」、「笑噴」等。

구라(를) 치다
：鬼扯、說謊

基本會話

193.mp3

현우: 야야, 나 여친 생겼어.

민준: 야, 구라 치지마! 너 언제 어디서 어떻게 여친 생긴 거냐? 말해봐!

현우: 왜 그래? 나 어제 데이팅어플에서 알고 지내던 여자를 만난 건데….

민준: 야! 데이트랑 사귀는 게 다르거든. 아벌구야!

현우: 구라가 아냐. 그 애도 내가 괜찮다고 그랬거든.

민준: 그 여자분도 구라를 잘 치시네!

賢宇：欸欸，我交女友了。

敏俊：喂，少鬼扯了！你是何時何地，怎麼交到女友的啊？說來聽聽！

賢宇：幹嘛這樣？我昨天跟交友軟體認識的女生見面…。

敏俊：喂！約會跟交往不一樣好嗎。你這騙人精。

賢宇：我沒騙人啦。她也說覺得我還不錯欸。

敏俊：那位女士也很會鬼扯欸！

單字解說

「구라」這個字有「謊言」、「騙術」等意思，구라(를) 치다為其動詞用法，可以解釋為中文裡的「鬼扯」、「講屁話」、「吹牛」等。구라源自日語，一般認為是從有「掩人耳目」、「隱匿行蹤」等含義，發音為「쿠라마스」的日文單字「晦ます」（くらます）演變而來，但目前沒有確實的文獻可以驗證此說法。

使用時機

구라(를) 치다這個說法基本上與大家熟悉的**거짓말(을) 하다**或**뻥(을) 치다**是相通的，只要是說出誇大或不符事實的言語都可稱之為구라(를) 치다。如果想要給人更「在地」的感覺，不妨試試구라(를) 치다這個說法。

詞類變化

動詞原形	冠詞形（現在式）	基本階陳述形
구라(를) 치다	구라(를) 치는＋名詞	구라(를) 친다

句型活用

194.mp3

1. **애가 맨날 구라만 쳐.**
   他成天鬼扯。

2. **구라치는 애랑 친구하기 싫어.**
   我不喜歡跟吹牛的傢伙做朋友。

3. **구라쳤다가 들켜 버렸다.**
   我說謊被發現了！

網民們都在說什麼

195.mp3

아벌구 謊話連篇／說謊精

아벌구是아가리만 벌리면 구라的縮寫，「아가리」是嘴巴的俗稱，所以這句話的字面意思為「一張嘴就鬼扯」，類似中文裡的「滿口胡言」、「謊話連篇」等，一般指滿口謊言的說謊精。

例句：내 전 남친 완전 아벌구였어.

我前男友完全是個說謊精啊。

뒷담화 背後說壞話

뒷담화是由表「後面」的「뒷」與漢字為「談話」的「담화」組合而成的，字面意義為「在某人後面說話」。可比喻趁特定人物不在現場時，說他壞話的行為，與中文「背後說閒話」有異曲同工之妙。動詞用法為뒷담화(를) 하다。這是韓國流傳相當久的一個流行語，但至今使用率仍居高不下，請放心使用。

例句：친구 뒷담화를 자주 하는 사람과는 거리를 둬야 된다.

要跟常說朋友壞話的人保持距離。

겉친 假面朋友／泛泛之交

겉친是겉으로만 친한 척하는 친구的縮寫，字面意義為「只有表面裝熟的朋友」，可以指乍看之下感情好，背地裡互說壞話的朋友；或是看起來交情不錯，其實並不交心的泛泛之交。

例句：진심 없는 겉친이랑 만나는 게 너무 힘들어.

和不誠懇的假面朋友見面真是太累了。

補充單字／表現 — 虛假人際關係相關

❶ 쌩까다　視而不見、刻意忽略
指對對方視而不見，或刻意忽略他人的言語或意見。

❷ 앞뒤가 다르다　表裡不一
字面意義為「前後不一致」，也就是人前人後不一樣，表裡不一的意思。

❸ 야부리(를) 까다　說謊、說屁話
「야부리」指的是「荒謬或不實的言論」，야부리(를) 까다為其動詞用法，也可以說야부리(를) 털다，一樣都是指「說謊」、「說屁話」的意思。

❹ 약빠리　心機鬼、滑頭的人
약빠리的「약-」為「약다」（狡猾）的詞根，故약빠리指的是心機重、自私狡猾的人。

❺ 쪼개다　無聲的笑
쪼개다的基本意義為「分開」、「切開」，也可以用來表現人在無聲地咧嘴笑時嘴唇微微分開的樣子。舉凡暗爽的竊笑、不以為然的冷笑、不真誠的假笑等各種沒有笑聲的笑容，都可以說是쪼개다。

❻ 찌르다　打小報告、告密
찌르다除了有「刺」、「刺激」等意思以外，還可以指「將別人做的事情偷偷告訴師長、上司等長輩或上位者」的行為。

作者有話要說

韓國有個俗語叫뒷구멍으로 호박씨(를) 까다，字面意義為「用屁眼剝南瓜子」，可比喻人表面安份，私下搞鬼。但為什麼偏偏是用屁眼剝南瓜子呢？

首先，主角「호박씨」相當美味，在非產季時更是「一子難求」，但它的殼又硬又薄，要享受美食可得先費一番功夫。而另一個主角「뒷구멍」則是人體相當隱密的部位，不管要用它來剝南瓜子還是搞什麼鬼，皆能掩人耳目。所以뒷구멍으로 호박씨(를) 까다亦能比喻神不知鬼不覺地在背後做了各種見不得光的事情；就好像表面不動聲色，卻暗自在後頭搞定了難剝的南瓜子，打算偷偷享用美食的人一樣。

뒷구멍으로 호박씨(를) 까다也有省略「뒷구멍」的簡短版本「호박씨(를) 까다」。不過호박씨(를) 까다偏向形容人表裡不一，說一套做一套，重點在於「虛偽」；而뒷구멍으로 호박씨(를) 까다則更著重於「不為人知的惡行」，兩者的意義有著微妙的差異。

남(을) 탓하다

：怪別人

基本會話

196.mp3

서연　오늘 또 학교 늦었네.

지원　엄마가 날 깨워주지 않아서 그래.

서연　남 탓하네. 네가 알람을 스스로 설정해야지.

지원　설정하긴 했는데 날씨 때문에 잠에서 너무 깨기 힘들었어.

서연　엄마 탓, 날씨 탓…
다 네 탓이 아니구만!

지원　겨울 아침에 일어나는 거 자체가 잘못된 거야.

書妍：妳今天上學又遲到了喔。

智媛：因為我媽沒叫醒我啊。

書妍：怪別人欸。妳應該要自己設鬧鐘吧。

智媛：設是設了，但這天氣讓人太難起床了。

書妍：怪媽媽，怪天氣…都不是妳的問題噢！

智媛：冬天早上起床本身就是不對的事情啊。

單字解說

남(을) 탓하다中的動詞「탓하다」為找藉口去指責或抱怨的行為，「남」則是「他人」的意思。남(을) 탓하다指的是將過錯、問題的癥結轉嫁到他人身上，推卸責任或怨天尤人的行為。

使用時機

這個慣用語常出現在對話的雙方有所爭執，追究責任歸屬的場景中；或是批判他人不懂反省，將自己的問題推到別人身上時。「남탓하네?!」（怪別人囉？！），可以說是吵架回嘴時的金句之一。

詞類變化

動詞原形	冠詞形（現在式）	基本階陳述形
남(을) 탓하다	남(을) 탓하는＋名詞	남(을) 탓한다

句型活用

197.mp3

1. 반성은 안 하고 남 탓만 하네.
   不知反省，光會怪別人欸。

2. 항상 남 탓하면 성장을 못하는 법이다.
   總是怨天尤人必然無法成長。

3. 열등감 강한 사람이 남 탓 많이 한다.
   自卑感強的人很愛怪罪他人。

198.mp3

누물보 有人問他嗎？(誰想知道啊)

누물보是누구 물어보신 분?的縮寫，在網路上常取其初聲，寫做ㄴㅁㅂ。類似的表現還有안 물어봄（沒人問你）的縮寫안물、안궁금해（不想知道）的縮寫안궁等。누물보的字面意義為「有哪位問他這個嗎？」，背後的含義是「根本沒人想知道這些好嗎」。누물보常出現在發文下方的留言處，暗指這是一篇沒有意義，或十分唐突的文章。在文章不符合該討論區主題，或是作者的發文充滿炫耀，讓人心裡不舒服時，都可以回覆「누물보」。由於這句話的對象為其他讀者，並非作者本身，不僅有煽動網友一起批判的意圖，還赤裸裸地呈現了不以為然與拒絕溝通的態度，通常會讓發文者非常不悅。不過，為了避免自己的發文得到「누물보」這樣的回應，自己先在標題或內文處打預防針，註明「누물보」的網友也不少。

例句：선배 또 여친얘기 한다고? 누물보?

學長又在聊他女朋友的事噢？誰想知道啊？

아만보 沒知識的人、自以為聰明的人

아만보是아는 만큼 보인다的縮寫，字面意義為「懂多少，就能看見多少」。這句話出自韓國美術史學家俞弘濬（유홍준）先生的著作《나의 문화유산답사기》（我的文化遺產踏查記），原本的意思是擁有的知識越多，視野便越寬闊，是一句鼓勵人充實自我，增廣見聞的話。自從某次電玩論壇的口水戰中有人用這句話影射他人「沒知識，所以搞不懂」之後，這句話就變了質，成為貶低人「沒知識」或「不懂裝懂」時的用語。

例句：그것도 모르니? 너 아만보야?

這你也不知道？怎麼那麼沒知識？

할많하않　懶得多講／不需贅言

할많하않是할 말은 많지만 하지 않겠다的縮寫，字面意義為「有很多話想講，但我不會說出來」。這句話較常用於負面狀況中，這裡的「할 말」（想說的話）一般是指自己心裡反對的聲音，因為覺得說什麼都於事無補，所以決定不浪費口舌，類似中文的「懶得多講」。但할많하않一出場，基本上就已經是在罵人的意思了，此時即便不將所謂的「할 말」講出口，也已達到了攻擊的目的。另外，할많하않偶爾也可以用在正面情境中，表示「就算不說出口，大家也都會懂」的意思，類似中文的「不需贅言」。

例句：또 피시방 간다고? 진짜…할많하않.

你又要去網咖？真是…懶得講你。

補充單字／表現─頂嘴相關

❶ 쌤쌤이다　扯平、互不相欠

쌤쌤이다的쌤其實就是英文中表「相同」的「Same」， 兩個 Same 疊在一起，指的是你一樣，我也一樣。我們扯平了，互不相欠。

❷ 쌤통이다　活該

쌤통이다是指他人不堪的處境令人覺得痛快。

❸ 일생가?　你還能正常生活嗎？

일생가？是일상 생활 가능？的縮寫，字面意義為「你可以正常過日子嗎？」。這句話當然不是一個單純問句，而是揶揄對方「你那麼〇〇，還能正常生活嗎？」的意思。〇〇的部份可以容納各種形容詞，例如：愚笨、疲倦、猥瑣、古怪等。只要話者主觀認為對方在〇〇方面的程度超過一般人很多，極可能造成生活不便時，便可以說일생가？。

❹ 노답　無解／令人無言

노답是「無」的外來語「노」（No）與「답」（漢字：答）的合成詞，字面意義為「沒有答案」，指狀況令人束手無策，或某人的行為脫序，讓人難以理解。

❺ 네 알 바 아니야　不關你的事

네 알 바 아니야的字面意義為「這不是你的兼差」，也就是要告訴聽者「這件事情並非你分內的事，你不需要管」。相反地，내 알 바 아니야則是要告訴對方「這件事不是我的責任，不關我的事」。

台灣廣廈 國際出版集團
Taiwan Mansion International Group

國家圖書館出版品預行編目（CIP）資料

追劇、韓綜、網民都在用的超融入韓國語/李禎妮著.
-- 新北市：語研學院, 2020.1
面； 公分
ISBN 978-986-975-664-8
1. 韓語 2. 會話

803.288 108017609

追劇、韓綜、網民都在用的超融入韓國語

作 者／李禎妮
編輯中心編輯長／伍峻宏
編輯／邱麗儒
封面設計／林嘉瑜・**內頁排版**／菩薩蠻數位文化有限公司
製版・印刷・裝訂／東豪／弼聖／紘億／明和

行企研發中心總監／陳冠蒨
整合行銷組／陳宜鈴
媒體公關組／陳柔彣
綜合業務組／何欣穎

發 行 人／江媛珍
法 律 顧 問／第一國際法律事務所 余淑杏律師・北辰著作權事務所 蕭雄淋律師
出 版／國際學村
發 行／台灣廣廈有聲圖書有限公司
地址：新北市235中和區中山路二段359巷7號2樓
電話：（886）2-2225-5777・傳真：（886）2-2225-8052

代理印務・全球總經銷／知遠文化事業有限公司
地址：新北市222深坑區北深路三段155巷25號5樓
電話：（886）2-2664-8800・傳真：（886）2-2664-8801
網址：www.booknews.com.tw（博訊書網）
郵 政 劃 撥／劃撥帳號：18836722
劃撥戶名：知遠文化事業有限公司（※單次購書金額未達500元，請另付60元郵資。）

■出版日期：2020年1月
ISBN：978-986-975-664-8